Marcus Hünnebeck

Die TodesApp

Thriller

Über den Autor:

Marcus Hünnebeck wurde 1971 in Bochum geboren und lebt inzwischen als freier Autor in Leipzig. Er studierte an der Ruhr-Universität Bochum Wirtschaftswissenschaften.

Im März 2001 erschien mit *Verräterisches Profil* sein erster Thriller, 2003 und 2004 folgten *Wenn jede Minute zählt* und *Im Visier des Stalkers.*

Dank der Möglichkeiten, die das E-Book-Publishing bietet, veröffentlichte er im Jahr 2013 seine alten Thriller als überarbeitete E-Books. *Im Visier des Stalkers* erhielt aus rechtlichen Gründen den Namen *Die Rache des Stalkers* und schaffte im Juli 2013 den Sprung in die Top 10 der Amazon-Bestseller-Charts. Dem Roman *Verräterisches Profil* gelang dies im Dezember 2013. *Wenn jede Minute zählt* erreichte im Juni 2014 die Spitzenposition der Kindle-Charts und gehörte 2014 zu den zehn meist verkauften E-Books bei Amazon. Die Fortsetzung um den Kommissar Peter Stenzel erschien im Juni 2015 (*Stumme Vergeltung*).

Als Erstausgabe erschien im Juni 2014 *Kainsmal* bei Amazon Publishing. Mit *Die Drahtzieherin* führte er die Serie um Oberkommissarin Katharina Rosenberg fort. Die Trilogie schloss der Roman *Tödlicher Komplize* ab.

Im September 2015 veröffentlichte Egmont-Lyx den ersten Band einer neuen Reihe, der den Titel *Im Auge des Mörders* trägt. Im Mittelpunkt dieser Serie stehen die Journalistin Eva Haller und der Leibwächter Stefan Trapp.

Der zweite Band folgte im September 2016 und heißt *Abschaum.*

In *Sommers Tod* taucht zum ersten Mal Oberkommissar Lukas Sommer auf. *Sommers Schuld* ist sein zweiter Solo-Fall.

Die Namen des Todes bildet den Auftakt einer neuen Serie um den BKA-Kriminalkommissar Robert Drosten und sein Team. *Schuld vergibt man nie* ist der Folgeband. Die Romane sind genau wie der dritte Teil *Rudelfänger* und der vierte Teil *Rudeljagd* unabhängig voneinander zu lesen.

In *Die Todestherapie* ermitteln Lukas Sommer und Robet Drosten zum ersten Mal für eine neue Polizeibehörde namens KEG (Kriminalermittlungstaktische Einsatzgruppe). *Der Wundennäher, Der Schädelbrecher* und *Blut und Zorn* setzen diese Zusammenarbeit fort.

Außerdem ist Hünnebeck noch als Autor mit dem ersten Band *Rampensau* an der ersten Staffel der vierteiligen Serie *Mordkommission Leipzig* beteiligt und ebenso mit dem ersten Band *Blender* an der zweiten Staffel.
Der Thriller Der Wundennäher war 2018 Finalist beim Kindle Storyteller Award.

Über das Buch:

Alexandra starrt fassungslos auf den Bildschirm ihres Laptops. Aus dem Lautsprecher erklingt eine Stimme, auf dem eingefrorenen Bildschirm erscheint ein Totenkopfsymbol. Alle Versuche, den Virus zu entfernen, scheitern. Der Hacker verlangt für die Freigabe des Computers kein Geld, sondern lediglich einen Gefallen. Zögerlich geht sie darauf ein.
Robert Drosten und Lukas Sommer stoßen auf eine bizarre Mordserie an drei jungen Frauen, die sich mit einem Unbekannten an verlassenen Orten getroffen haben. Aus ihrem Besitz fehlen jeweils Handy und Laptop. Als die Polizisten die Nachforschungen vorantreiben, nimmt der Täter das nächste Opfer ins Visier. Unterdessen finden Drosten und Sommer heraus, dass die Ermordeten das Programm einer kleinen Softwarefirma benutzt haben. Können sie den Wahnsinn stoppen, bevor weitere Morde geschehen?

Marcus Hünnebeck

Die TodesApp

Thriller

Impressum

Die TodesApp

1. Auflage, Dezember 2018

Covergestaltung: © Artwize

Lektorat: Ruggero Leò
Korrektorat: Kirsten Wendt

Herausgeber:
Marcus Hünnebeck
Hegelstraße 11, 40789 Monheim

ISBN: 978-1790701704

1

Heute würde er ihr Leben zerstören.

Er schaute auf die Armbanduhr. Wenn sie ihrer täglichen Routine folgte, kehrte sie in den nächsten Minuten nach Hause zurück. Er war bereit. Das Spiel begann von Neuem. Ob es wieder so reibungslos wie bei den letzten Frauen liefe?

***

Alexandra stand an einer roten Fußgängerampel. In der rechten Hand hielt sie die Einkaufstüte, in ihren Ohren steckten Kopfhörer. Ihr Kopf wippte im Takt der Musik. Obwohl sie einen achtstündigen Arbeitstag hinter sich hatte, fühlte sie sich ausgezeichnet. Seit ihrem Abteilungswechsel vor sieben Wochen machte die Arbeit wieder Spaß. Im Gegensatz zum vorherigen Chef hatte sie diesmal Glück. Ihr Abteilungsleiter achtete auf ein gutes Betriebsklima und versuchte, unsinnige Geschäftsführerentscheidungen zu verzögern, bis sich diese von selbst erledigten.

Die Ampel sprang auf Grün. Beschwingt überquerte sie die Straße. Für den Rest des Tages hatte sie sich nichts Besonderes vorgenommen. Zunächst würde sie ihre Katze füttern und anschließend mit ihr spielen. Danach eine Weile im Internet surfen, bevor sie den Abend mit Netflix einläutete.

Kurz vor der Haustür zog sie den Schlüsselbund aus der Hosentasche. Sie betrat den Flur und öffnete den Briefkasten, in dem wieder einmal nur Werbung lag, die sie achtlos in die Einkaufstüte stopfte. Auf dem Weg in die vierte Etage des Mehrfamilienhauses kam ihr niemand entgegen. Leicht außer Atem nahm Alexandra an der Wohnungstür die Kopfhörer aus den Ohren und stoppte die Streaming-App an ihrem Handy. Dann öffnete sie die Tür.

»Blacky, ich bin wieder da.«

Seltsamerweise kam ihr die Katze nicht sofort entgegengelaufen.

»Blacky?«, rief sie überrascht. Sie schloss die Wohnungstür hinter sich und stellte die Einkaufstüte ab.

Aus der Küche drang ein gedämpftes Mauzen. Wieso war die Küchentür geschlossen? Alexandra durchquerte den Flur. Vorsichtig drückte sie die Türklinke hinunter. Von innen schien etwas die Tür zu blockieren.

»Nicht schon wieder«, stöhnte sie.

In der Küche stand einer von insgesamt drei Katzenbäumen. Vor ein paar Wochen war der umgekippt – offenbar, weil ihre Katze zu wild an den baumelnden Bällen gezogen hatte. Der Baum war gegen die Tür geprallt, hatte sie zugestoßen und blockiert. War das erneut passiert? Alexandra stemmte sich gegen die Tür, und es gelang ihr, sie ein Stück weit aufzudrücken. Blacky schoss ihr durch den Türspalt entgegen und rannte ins Wohnzimmer. Ein anklagendes Maunzen drang zu ihr herüber. Als ob das Dilemma Alexandras Schuld wäre. Sie schob die Tür ganz auf und fand ihren Verdacht bestätigt. Sie richtete den Katzenbaum auf. Es wäre wohl besser, eine stabilere Variante zu kaufen.

»Hey, meine Kleine. Warst du lange eingesperrt?«

Alexandra betrat das Wohnzimmer, wo Blacky in der Mitte des Raumes auf sie wartete. Sie setzte sich zu der Katze und streichelte ihr ausgiebig übers schwarze Fell. Sofort schnurrte das Haustier und schmiegte sich an sie.

Zwanzig Minuten später schleckte Blacky zufrieden die Futterschale leer und verzog sich danach unter die Couch. Das war der ideale Zeitpunkt, um E-Mails zu überprüfen und zu sehen, was sich auf Instagram getan hatte.

Alexandra zog den Schreibtischstuhl zurück und nahm Platz. Erst vor wenigen Wochen hatte sie sich einen neuen Laptop gegönnt. Seitdem ging das Hochfahren rasend schnell, denn sie hatte bisher kaum Programme geladen, die den Rechner verlangsamten.

Zusätzlich hatte das Gerät sogar eine SIM-Karte, über die sie monatlich ein paar hundert Megabyte für eine kleine monatliche Grundgebühr surfen konnte. Sie fand das praktisch, da sie zweimal im Monat wegfuhr und nun trotzdem permanent online wäre. Alexandra klickte das Browser-Symbol an. Doch statt des gewohnten Bildes starrte sie auf einen schwarzen, grinsenden Totenkopf.

»Was ist das?«, murmelte sie leicht erschrocken.

Ziellos klickte sie mit der Maus herum, ohne dass der Totenkopf verschwand. Hatte sie sich einen Virus eingefangen? Hastig drückte sie die Escape-Taste, doch nichts geschah, woraufhin sie beliebig andere Tasten versuchte. Der Totenkopf blieb im Vordergrund.

»Scheiße!«

Der Laptop hatte sie fast eintausend Euro gekostet. Eine Anschaffung, die sie sich nach dem Abteilungswechsel gegönnt hatte, denn der war ihr mit einer Gehaltserhöhung versüßt worden. Ob sie den Rechner einfach ausschalten konnte? Alexandra drückte einige Sekunden lang mit dem Zeigefinger den Einschaltknopf. Nichts geschah.

»Fuck!«, fluchte sie.

Sie hatte eine Antivirussoftware installiert und besuchte keine illegalen Internetseiten. Trotzdem funktionierte das verdammte Ding nicht mehr.

Alexandra schloss den Laptopdeckel, wartete kurz und klappte ihn wieder auf. Nach wie vor der grinsende Totenkopf.

»Hallo, Alex«, erklang plötzlich eine tiefe, männliche Stimme.

Alexandra schrie erschrocken auf.

»Hab ich dich erschreckt? Das tut mir leid.«

Die Stimme kam zweifelsohne aus dem Laptop. Wie war das möglich?

»Wer sind Sie?«, fragte sie unsicher.

»Jemand, der dich kennenlernen möchte. Jemand, der dich in deiner ganzen Schönheit bewundern möchte.«

Ihr Puls raste. Was hatte das zu bedeuten?

»Blockieren Sie meinen Computer?«

Die Stimme kicherte vergnügt. »Ein schöner Schreck, nicht wahr? Du schaltest das Gerät ein, startest den Browser und blickst statt auf Google auf einen Totenkopf. Dein erschrockenes Gesicht war herrlich!«

Beobachtete er sie? Instinktiv klappte sie erneut den Laptop zu, um nicht in die Kameralinse zu starren.

»Du glaubst, das ändert etwas?«, verhöhnte er sie. »Ich bin trotzdem noch hier.«

»Scheiße!«, murmelte sie leise.

»Klapp das Display wieder auf. Dann reden wir.«

Zögerlich folgte sie der Anweisung.

»Brav! Hör mir zu. Ich hab die Kontrolle über deinen PC übernommen. Wenn ich es will, zerstöre ich das Motherboard und die Festplatte mit wenigen Klicks.«

»Nein!«, flehte sie. »Bitte nicht!«

»Ich hoffe, dir ist der Laptop etwas wert.«

»Das ist er. Ich hab ihn erst vor ein paar Wochen gekauft.«

»Dann wird es dich freuen, zu hören, dass ich nicht viel verlange. Du musst mir keine Bitcoins zahlen oder sonstige Lösegeldforderungen erfüllen.«

»Sondern?«

»Ich erwarte einen Strip von dir.«

»Nein!«, entfuhr es ihr entsetzt.

»Nur zehn Minuten. Du ziehst dich schön langsam vor der Kamera aus, bis du nackt auf deinem Stuhl sitzt. Danach spielst du ein bisschen an dir herum. Sobald du mir einen überzeugenden Orgasmus vorgetäuscht hast, erlöse ich dich, entferne den Virus und verschwinde aus deinem Leben.«

»Nein«, wiederholte sie kraftlos. »Bitte nicht.«

»Bloß ein kleiner Strip. Was ist das schon im Vergleich zu den neunhundertfünfundsiebzig Euro, die das Gerät gekostet hat?«

Alexandra überlegte. Hatte einer der Verkäufer ihr den Virus eingeschmuggelt? Oder woher kannte er den exakten Preis? Sie erinnerte sich an den jungen Mann in dem Düsseldorfer Geschäft, das ihr ein Freund empfohlen hatte. Der Angestellte hatte in keiner Weise seltsam gewirkt. Alexandra hielt es für unwahrscheinlich, dass er dahintersteckte.

»Bist du plötzlich verstummt? Oder spielst du gedanklich deine Alternativen durch? Von denen es nur zwei gibt. Ein finanzieller Verlust von fast eintausend Euro oder ein kurzer Strip, der niemandem wehtut.«

Vielleicht irrte sich der Hacker, und es gab eine dritte Möglichkeit. Die Erinnerungen an den Laden, in dem sie das Notebook erworben hatte, waren eng mit ihrem Freund Marcel verbunden. Einem Computer-Crack. Entschlossen stand sie vom Schreibtisch auf, ging in die Diele und schlüpfte in ihre Schuhe. Wortlos kehrte sie ins Wohnzimmer zurück.

»Da bist du ja wieder.«

Sie klappte den Laptop zusammen und verließ die Wohnung. Der Hacker reagierte nicht auf ihr Verhalten.

***

»Hi, Alex«, begrüßte Marcel sie. »Deine Nachricht vorhin klang ungewöhnlich. Was ist los?«

»Hi.« Sie klopfte auf den Laptop in ihrer Hand. »Keine Ahnung, wie das passiert ist, aber ich hab mir einen Virus eingefangen.«

»Zu viel Pornoseiten aufgerufen?«, fragte er amüsiert.

»Schließ nicht von dir auf andere.«

Er grinste ertappt. »Komm rein.«

Alexandra folgte ihm in die Studentenbude. Obwohl Marcel bereits achtundzwanzig war, studierte er noch. Allerdings hatte er mit seinem Informatik-Masterstudium inzwischen die Zielgerade erreicht, sehr zu seinem Leidwesen. Hastig räumte er einige Zettel von dem großen Winkelschreibtisch, der das Zimmer dominierte.

»Setz dich.« Er deutete auf den Besucherstuhl. »Wie hat sich der Virus bemerkbar gemacht?«

»Ich konnte den Laptop nicht bedienen. Anstelle des normalen Startbildschirms war ein Totenkopf zu sehen und ...«

»Ein Totenkopf? Scheiße! Da will jemand vermutlich Bitcoins erpressen. Hoffentlich kann ich dir weiterhelfen.«

Was der Hacker in Wahrheit gefordert hatte, beschämte sie so sehr, dass sie es Marcel verschwieg. Auch die Stimme ließ sie unerwähnt.

Marcel klappte den Laptop auf. Alexandra rechnete mit dem vertrauten Anblick des Totenkopfs. Stattdessen war der Bildschirm schwarz. Der Student drückte den Startknopf. Als wenn nichts gewesen wäre, fuhr der PC in Sekundenschnelle hoch.

»Als ich das Browsersymbol angeklickt habe, erschien der Totenkopf«, erklärte sie.

Marcel versuchte es. Doch bei ihm öffnete sich der Browser.

»Komisch«, murmelte sie.

»Das ging nicht bei dir?«

»Nein.«

Probeweise stellte er eine W-LAN-Verbindung her und rief ein paar Seiten auf, die sich allesamt aufbauten.

»Wie kann das sein?«, fragte Alexandra. »Ich konnte nichts machen.«

»Ist der Rechner vielleicht hängengeblieben?«

Sie hörte die Skepsis in seiner Stimme und verlor den Mut, ihm zu erzählen, was sonst noch vorgefallen war.

»Den Totenkopf hab ich mir nicht eingebildet«, sagte sie. »Erscheint so was, wenn der Computer sich aufhängt?«

»Eher nicht.« Er seufzte, schloss den Browser und überprüfte die Systemeinstellungen. »Sieht alles gut aus. Ich starte dein Antivirusprogramm. Vielleicht erkennt es ja einen Schädling.«

Zehn Minuten später schüttelte Marcel den Kopf. »Der Laptop ist absolut virenfrei.«

»Hast du eine Erklärung?«

»Du meinst, davon abgesehen, dass du als Frau die Finger von moderner Technik lassen solltest?«

Alexandra boxte ihm auf den Oberarm. »Sei kein Arsch!«

»Vielleicht hat dein Antivirusprogramm eingegriffen. Obwohl im Protokoll nichts zu erkennen ist.« Ratlos zuckte er die Achseln.

»Hauptsache, er läuft wieder.«

»So ist es. Was macht der Job? Bist du noch immer zufrieden mit deiner Entscheidung?«

Marcel fuhr den Laptop herunter – was reibungslos funktionierte. Stockend erzählte Alexandra ihm von ihren neuen Kollegen und dem kompetenten Chef. Dann erkundigte sie sich pflichtschuldig nach Marcels Studium, hörte jedoch nur halbherzig zu. In ihrer Erinnerung erklang immer wieder die Stimme des Erpressers. War sie ihn wirklich so leicht losgeworden?

***

»Ich bin wieder da«, rief sie ihrer Katze Blacky zu, die diesmal sofort zur Wohnungstür kam und ihr an den Beinen entlangstrich.

Alexandra streichelte sie geistesabwesend, bevor sie ins Wohnzimmer ging und den Laptop auf den Schreibtisch stellte. In der Diele zog sie die Schuhe aus und lief barfuß ins Schlafzimmer, um sich bequeme Kleidung anzuziehen. Blacky folgte ihr.

»Fühlst du dich vernachlässigt?«

Die Katze miaute zustimmend.

»Entschuldige. Mama ist heute etwas abgelenkt.« Obwohl sie am liebsten sofort überprüft hätte, ob der Laptop auch noch in ihrer Wohnung funktionierte, kümmerte sie sich zunächst um Blacky.

Einige Minuten später wischte sich Alexandra die feuchten Hände an den Hosenbeinen ab, bevor sie den Laptop aufklappte. War es ihr Hang zum Pessimismus, der sie befürchten ließ, dass das Problem nicht überstanden war? Oder eine Vorahnung? Sie drückte den Einschaltknopf. Der Computer fuhr hoch und präsentierte ihr die normale Desktopansicht. Erneut strich sie sich mit der rechten Hand übers Hosenbein. Sie konnte das Zittern der Finger nicht unterdrücken, als sie den Mauszeiger zum Browsersymbol führte. Sie betätigte die linke Maustaste.

Im selben Moment geschah zweierlei: Der Totenkopf kehrte zurück, untermalt von einem höhnischen Lachen.

»Hast du wirklich geglaubt, ich sei weg?«, fragte die Stimme, die ihr nur zu vertraut vorkam.

»Nein!«, stieß sie fast lautlos hervor. Tränen sammelten sich in ihren Augen.

»Niemand kann dir helfen, du dreckige Fotze«, zischte der Mann. »Du musst dich jetzt entscheiden. Willst du tausend Euro in den Müll schmeißen, oder erkaufst du dir deine Freiheit mit einer kleinen Camgirl-Einlage?«

Während sie sich die Tränen wegwischte, fasste sie einen Entschluss. Unter keinen Umständen würde er ihr diesen finanziellen Verlust einbrocken. Sie war eine attraktive Frau, die sich für nichts schämen musste. Sollte der perverse Spanner seinen Spaß mit ihr haben. Letztlich war er eine bemitleidenswerte Gestalt.

»Danach funktioniert mein Laptop wieder?«

»Ich versprech's.«

»Was bringt Ihnen das? Gibt es nicht genug Pornoseiten im Netz?«

Er lachte. »Das hat mich noch keine deiner Vorgängerinnen gefragt.«

Es gab Vorgängerinnen? Das ließ darauf schließen, dass er sein Versprechen wahrscheinlich halten würde. Sonst hätte sie bestimmt irgendwo im Netz von einem unheimlichen Erpresser gelesen, der Frauen zu solchen Dingen zwang.

»Ehrlich gesagt macht es mich mehr an, wenn ich die Stripperinnen mit meinen Argumenten überrede. Bist du bereit?«

Sie nickte. Der Totenkopf verschwand. Stattdessen starrte sie wie bei einem Videoanruf auf ihr eigenes Videobild.

»Ich hoffe, es irritiert dich nicht, dir dabei zuzugucken.«

»Hab ich eine Wahl?«, fragte sie.

»Nein.«

Im nächsten Moment erklang ein aktueller Popsong.

»Ein wunderbarer Song für eine private Pornoshow. Leg los! Sei lasziv und denk dran: Am Ende will ich einen glaubhaften Orgasmus vorgespielt bekommen. Du bist eine Frau, du kannst das.«

Erneut wischte sie sich Tränen aus dem Gesicht.

»Rutsch mit deinem Stuhl einen halben Meter nach hinten, dann sehe ich alles von dir.«

Sie folgte der Anweisung, schloss die Augen, zog sich langsam das T-Shirt über den Kopf und warf es achtlos auf den Boden.

»Ein roter BH. Sexy«, erklang seine leise Stimme.

Vor ihrem geistigen Auge sah sie einen hässlichen Mann vor dem PC sitzen, der seine Hose öffnete. Die Vorstellung half ihr, sich ihm überlegen zu fühlen.

»Öffne ihn. Dann streichelst du deine Titten.«

Nur das Wissen, dass es fast geschafft war, ließ Alexandra durchhalten. Mit jeder Minute fühlte sie sich beschmutzter. Beinahe wie vergewaltigt.

»Deine Finger rein. Und das Stöhnen nicht vergessen.«

Sie folgte seinen Anweisungen.

»Oh ja, ganz fantastisch«, lobte er sie. »Jetzt das Finale. Los! Komm! Danach hast du es hinter dir!«

Sie täuschte stoßweise Atmung vor, bevor sie zunächst leise stöhnte und immer lauter wurde. Mit einem Aufschrei hielt sie inne.

Aus dem Lautsprecher drang höhnischer Applaus. »Du bist ein Schatz. Hattest du auch so großen Spaß wie ich?«

Mühsam unterdrückte Alexandra die Tränen.

»Ich wünsche dir viel Vergnügen mit dem Rest deines Lebens. Adios.«

Im nächsten Moment verschwand das Videobild. Stattdessen betrachtete sie wieder den voreingestellten Desktophintergrund. Zögerlich las sie ihre Kleidungsstücke vom Boden auf und schlüpfte hinein.

»Das war gar nicht schlimm. Nicht schlimm«, murmelte sie leise.

Kaum hatte sie ihre Blöße bedeckt, startete sie den Browser, der sich anstandslos öffnete. Sie klickte eines ihrer Lesezeichen an. Die Seite baute sich in Sekundenschnelle auf.

»Oh Gott«, flüsterte sie dankbar. »Ich hab's überstanden.« Diesmal zeugten ihre Tränen von der Erleichterung, die sie empfand. Sie war aus einem Albtraum erwacht – einem Albtraum, von dem niemand jemals erfahren dürfte, sonst würde sie vor Scham sterben. »Ich hab's geschafft.«

***

Der menschliche Verstand ist etwas Wundervolles. Ständig gaukelt er einem vor, man habe das Schlimmste überstanden – obwohl man erst am Anfang des Leidenswegs steht. Das hatte er schon schmerzhaft in jungen Jahren gelernt.

Alexandra hingegen befand sich noch im Stadium der Verleugnung. Oder glaubte sie ernsthaft, es wäre vorbei?

Amüsiert beobachtete er, wie sie sich selbst unter Tränen einredete, es überstanden zu haben.

»Ich versichere dir, dass es gerade erst anfängt«, flüsterte er gehässig.

2

An manchen Abenden brauchte Robert Drosten eine Erinnerung, dass Danas Zu-Bett-Geh-Ritual bevorstand. Meist war er in Gedanken noch beim aktuellen Fall und verdrängte seine neue Pflegevaterrolle völlig. Heute jedoch hatte er daran gedacht.

Bevor Dana bei ihnen eingezogen war, hatten die Drostens ihr Gästezimmer so umgestaltet, dass sich ein elfjähriges Mädchen darin wohlfühlte. Robert hatte seiner Frau Melanie komplett die Regie überlassen und lediglich ihre Anweisungen ausgeführt. An den pastellfarben gestrichenen Wänden hingen nun Poster von Danas Lieblingsfilmen – allesamt von Pixar. Seine Pflegetochter liebte diese bunten animierten Streifen. Ganz besonders *Alles steht Kopf* und *Merida*. Neben dem Kinderbett hatten sie zudem einen neuen Kleiderschrank aufgestellt, ein Bücherregal, das mittlerweile schon halb gefüllt war, und einen Schreibtisch. Außerdem hatten sie den alten grauen Teppich gegen einen türkisfarbenen ausgetauscht. Ziemlich viel Veränderung innerhalb von sechs Wochen. Fast zu viel für Roberts Geschmack.

Er setzte sich auf die Bettkante. Die Deckenlampe hatten sie ausgeschaltet, dafür brannte noch die kleine Nachttischlampe neben dem Bett. Rocky folgte ihm ins Zimmer.

Sofort richtete sich Danas Aufmerksamkeit auf den Hund. »Darf Rocky irgendwann bei mir schlafen?«

»Melanie und ich möchten nicht, dass er in einem Schlafzimmer übernachtet«, erklärte Drosten. »Er läuft nachts viel herum und würde dich wecken.«

»Schade.« Traurig verzog sie die Lippen.

»Aber jeden Morgen, wenn du nach ihm rufst, darf er sofort zu dir.«

Ihre Gesichtszüge hellten sich auf. »Toll!«

»Schlaf gut und träum schön«, wünschte er ihr.

»Mach ich.«

Drosten erhob sich und bemerkte, dass Melanie bereits an der Türschwelle wartete. »Komm, Rocky.«

»Lass ihn noch bleiben«, bat Melanie ihn. »Ich nehme ihn mit raus.«

»Okay.« Er ging in die Küche. Aus dem Kühlschrank nahm er eine Scheibe Käse, rollte sie zusammen und knabberte an ihr herum. Obwohl es ihm kindisch vorkam, war er eifersüchtig. Momentan spielte er im eigenen Haus bloß die dritte Geige – sogar beim Appenzeller Sennenhund, der demnächst zehnten Geburtstag feierte. Früher waren die Rollen klar verteilt gewesen. Kam er von der Arbeit, folgte Rocky ihm überallhin.

Inzwischen bevorzugte das kinderliebe Tier das Mädchen.

Drosten seufzte. Wieso war man nie zu alt für solche Gefühle? Er warf einen zweiten Blick in den Kühlschrank. Zögerlich nahm er die angebrochene Flasche Weißwein heraus, überlegte es sich jedoch anders. Statt des Weins würde er ein Glas Orangensaft trinken. Als er sich ins Wohnzimmer setzte, hörte er aus dem Kinderzimmer Danas vergnügtes Gekicher, untermalt von Melanies Lachen.

Das Mädchen hatte es im Leben nicht leicht gehabt; er sollte sich für sie freuen. Noch vor Danas zweitem Geburtstag waren ihre Eltern bei einem Autounfall gestorben. Danach hatte sie eine Weile bei ihrem Onkel gewohnt, bis das Jugendamt wegen dessen Alkoholproblemen eingeschritten war. Seitdem hatte sie, von kurzen Unterbrechungen abgesehen, in Heimen gelebt.

Drosten griff zu einem Nachrichtenmagazin und blätterte lustlos darin herum. Er verspürte den Drang, sich ins Arbeitszimmer zurückzuziehen. In den letzten Wochen hatte es im Norden und im Süden der Republik zwei Mordfälle gegeben, die eventuell miteinander zusammenhingen. Lukas Sommer und er waren erst gestern darauf gestoßen und versuchten seither, weitere Informationen zu finden. Doch er unterdrückte seinen Arbeitsdrang. Melanie würde heute auf einen gemeinsamen Abend bestehen.

Nach ein paar Minuten gesellte sie sich mit Rocky zu ihm ins Wohnzimmer. Der Hund setzte sich aufrecht neben den Sessel, und Robert streichelte ihm über den Kopf.

»Ich bin ziemlich platt«, seufzte Melanie.

»War es ein anstrengender Tag?«

»Das ist noch immer so ungewohnt. Dana morgens zur Schule bringen, den Haushalt und die Einkäufe unter Zeitdruck erledigen. Rocky hat ja auch seine Bedürfnisse, und ab mittags bin ich nur für Dana da. Alles viel anstrengender als meine früheren Arbeitstage.«

»Irgendwann bekommst du darin Routine.«

»Nicht falsch verstehen: Ich beschwere mich nicht. Aber du sollst dich nicht wundern, wenn ich abends total erschöpft bin.« Sie deutete zu seinem Glas mit Orangensaft. »Keine Lust auf Wein?«

Drosten schüttelte den Kopf.

»Ich trinke einen Schluck.« Melanie erhob sich und schlurfte in die Küche. Rocky folgte ihr. Wie fast immer, wenn jemand den Kühlschrank öffnete, hoffte er auf einen Snack. Drosten schaute den beiden hinterher. Was hatten Melanies Worte zu bedeuten? Hatte sie sich beschwert, dass er ihr zu wenig Arbeit abnahm? Oder interpretierte er das falsch?

Als sie zurückkam, lächelte sie ihm herzlich zu – alles andere als verstimmt. In der Hand hielt sie ein gut gefülltes Weinglas. Sie prostete ihm zu und setzte sich. Drosten überlegte, ihr nachzueifern und den Saft gegen Wein auszutauschen. Doch er wollte einen klaren Kopf bewahren.

»Diese Ruhe!« Melanie lächelte. »Früher hat mich das massiv gestört.«

»Was?«, fragte er überrumpelt.

»Wenn du von der Arbeit kamst und wir uns nach ein paar Sätzen nichts mehr zu sagen hatten.«

»Das kam fast nie vor.«

Melanie widersprach ihm, indem sie die Lippen verzog, seine Aussage allerdings vorläufig nicht kommentierte.

Drosten fühlte sich persönlich angegriffen. »Du weißt, dass ich viele Details meiner Arbeit dir zuliebe verschweige. Vor allem die grausamen Sachen. Aber du wusstest immer über den privaten Kram meiner Kollegen Bescheid, da hab ich ...«

»Das ist nicht böse gemeint. Wir sind so lange verheiratet. Ist kein Wunder, wenn sich Stille einnistet. Dein Job verstärkt das natürlich.«

»Wir waren nie still.«

»Jetzt nicht mehr. Durch Dana hat sich das geändert. Das war die beste Entscheidung unseres Lebens. Danke, dass du einverstanden warst.«

Drosten beschloss, das Thema nicht zu vertiefen. Melanie schien keinen Streit zu suchen.

»Hast du etwas dagegen, wenn ich zur Entspannung eine halbe Stunde durchs Fernsehprogramm zappe? Ich weiß, du hasst das.«

»Kein Problem. Ich bin so lange im Arbeitszimmer. Gib mir Bescheid, sobald du fertig bist und dich für eine Sendung entschieden hast.«

Melanie nickte und griff zur Fernbedienung. Drosten stand auf, Rocky folgte seinem Beispiel. Damit Dana ihn nicht beim Betrachten grausamer Tatortfotos überraschte, schloss Drosten die Tür hinter sich ab. Rocky gähnte und legte sich zu seinen Füßen.

Um keine Zeit zu verlieren, vertiefte sich Drosten rasch in die Analyse der beiden Mordfälle, auf die Sommer und er aufmerksam geworden waren. Das erste Opfer war vor vier Wochen in Baden-Baden aufgefunden worden. Das zweite achtzehn Tage später in Sankt Peter-Ording. Bei beiden Todesopfern handelte es sich um junge, attraktive Frauen. Nummer eins hatte der Täter mit einem Messer erstochen. Die tödlichen Schnittwunden des zweiten Opfers stammten von einem Skalpell.

Drosten analysierte die Tatortfotos aus Baden-Württemberg. Die Leiche hatte neben einem Auto gelegen. Die ersten Polizisten am Tatort hatten den rechten Außenspiegel des lilafarbenen Ford Ka verdreht vorgefunden, so eingestellt, dass sich das Opfer darin spiegelte. Der Wagen war auf die Tote Johanna Liszt zugelassen.

Opfer Nummer zwei, Dörte Ahlstett, war in den Dünen Sankt Peter-Ordings gefunden worden. Teilweise eingegraben im Sand, in der Hand einen kleinen Taschenspiegel.

Neben dieser Spiegel-Parallele und der ähnlichen Todesart gab es eine weitere auffällige Gemeinsamkeit. Bei beiden Frauen hatte man weder Handys noch Computer entdeckt. Die ermittelnden Kommissare hatten unabhängig voneinander in ihren Berichten darauf hingewiesen. Es erschien offensichtlich, dass der

Täter per Internet oder Handy Kontakt zu ihnen gesucht hatte.

Allerdings gab es auch einige Unterschiede, weshalb die KEG – die Kriminalermittlungstaktische Einsatzgruppe – noch nicht zu den Ermittlungen hinzugezogen worden war. Die toten Frauen waren zwar beide attraktiv, glichen sich jedoch äußerlich nicht und schienen zudem eine völlig unterschiedliche Lebensart gepflegt zu haben. Johanna Liszt hatte eher zurückgezogen gelebt, wohingegen Dörte Ahlstett ein aktives Mitglied in verschiedenen örtlichen Vereinen gewesen war.

Drostens Handy klingelte und übertrug Sommers Nummer.

»Hi«, begrüßte Drosten ihn.

»Störe ich?«

»Ich sitze gerade am PC und checke die Fakten.«

Sommer schmunzelte. »Wir sind beide unverbesserlich. Hoffentlich bekommst du keinen Ärger mit deiner Frau.«

»Im Gegenteil. Ihr schien das ziemlich recht zu sein. Und Jennifer?«

»Hat eine Nachtschicht im Krankenhaus. Jeremias liegt im Bett.«

»Weshalb rufst du an?«

Sommer nannte ihm ein Aktenzeichen. Drosten rief am PC die entsprechende Datei auf und überflog sie, ohne etwas Neues zu entdecken. »Ich kapier nicht, worauf du hinauswillst.«

»Zeile vierzehn.«

Drosten fand die Information auf den ersten Blick nicht. »Entweder bin ich blind oder ...« Plötzlich hielt er inne. »Scheiße! Wieso hat das noch keiner gesehen?«

War das der Zusammenhang zwischen den Toten, der ihnen bislang gefehlt hatte? Oder bloß ein dummer Zufall?

Auf der Seite waren Dörte Ahlstetts Freizeitaktivitäten des vergangenen Jahres aufgelistet, die die Schleswig-Holsteiner Polizei hatte ermitteln können. Vor drei Monaten war Ahlstett mit einigen Mitgliedern ihres Reitclubs in Iffezheim gewesen, um die dortige Galopprennbahn zu besuchen. Also hatte sie sich in unmittelbarer Nähe von Baden-Baden aufgehalten.

»Wir müssen herausfinden, wo die Gruppe geschlafen hat«, sagte Sommer. »Vielleicht hat sie in einem Hotel in Baden-Baden übernachtet.«

In Drosten erwachte das Jagdfieber. Obwohl es möglicherweise Zufall war, erschien es ihm immer unwahrscheinlicher, dass die Mordfälle nicht zusammenhingen.

»Glaubst du, dieses Indiz reicht, damit die KEG offiziell ermitteln darf?«, fragte Sommer. »Immerhin ist bislang kein Landeskriminalamt eingeschaltet. Normalerweise besteht Karlsen auf die korrekte Einhaltung aller Regularien.«

Sommer sprach eine Marotte ihres Vorgesetzten an. Der Kriminaldirektor achtete peinlich genau darauf, ob die KEG ihre Befugnisse überschritt. Doch erst vorgestern hatte Karlsen Drosten eine vertrauliche

Information zukommen lassen, von der Sommer offenbar noch nichts wusste.

»Hat er dir nichts von der Konferenz in Berlin erzählt?«

»Nein«, sagte Sommer. »Ich hab nur mitbekommen, dass er momentan abwesend ist.«

»Es geht um unsere Zukunft. Also die der KEG.«

»Seit wann weißt du davon?«

»Seit vorgestern.«

»Hast du Geheimnisse vor mir?«

»Entschuldige, Karlsen bat mich darum, das nicht an die große Glocke zu hängen. Er will keine Unruhe stiften. Ich dachte, mit dir hätte er gesprochen.«

»Unruhe? Planen die etwa ...«

»Unsere Auflösung?«, vollendete Drosten den Satz. »Ich glaub nicht. Im Gegenteil. Ich könnte mir vorstellen, dass die Landesinnenminister die Bedingungen lockern, damit wir schneller Zugriff auf die Ermittlungen bekommen.«

»Das hoffst du.«

»Alles andere wäre irrsinnig. Ein Blick in unsere Statistik sollte jeden davon überzeugen, uns freie Hand zu lassen.«

»Robert, wie naiv bist du? Vielleicht ist gerade unsere Aufklärungsquote dem einen oder anderen Landesinnenminister ein Dorn im Auge.«

»Das kann nicht sein!«

»Wir reden von Politik. Da geht es selten um Logik.«

Den Gedanken an die Auflösung der Einsatztruppe hatte Drosten bisher verdrängt. Er arbeitete für eine neu gegründete Behörde, die auf Bewährung existierte. Genau diese Bewährungsphase hatten sie jedoch mit Bravour gemeistert.

»Nein«, fügte er entschieden hinzu. »Sie lösen uns nicht auf. Im Gegenteil. Ich schätze, sie erweitern unsere Kompetenzen.«

»Hoffentlich behältst du recht. Ich wüsste sonst nicht weiter. Monatelange Undercover-Ermittlungen kann ich Jen und Jeremias nicht antun.«

Drosten brummte zustimmend.

»Du würdest irgendwo beim BKA unterkommen«, fuhr Sommer fort.

»Keine Ahnung, ob ich das noch will. Mir ist das Aufgabengebiet der KEG wichtig geworden. Falls sie unseren Laden wirklich dichtmachen, würde ich ...«

»Würdest du nicht«, widersprach ihm sein Kollege. »Du bist viel zu gewissenhaft, um den Hut zu nehmen. Außerdem sind wir beide zu jung, die schicken uns niemals in Rente.«

Es klopfte an Drostens Bürotür.

»Moment!«, rief er.

»Wenn du magst, können wir gemeinsam fernsehen«, erklang Melanies gedämpfte Stimme.

»Ich bin gleich bei dir.« Drosten schloss die geöffneten Dokumente und sagte zu Sommer: »Reden wir morgen weiter. Ich bin überzeugt, Karlsen bringt gute Neuigkeiten aus Berlin mit.«

»Hoffen wir's.«

Drosten legte auf und dachte über das Gespräch nach. War es wirklich so abwegig, in seinem Alter die

Frühpension anzustreben? Immerhin näherte er sich mit seinen sechsundvierzig Jahren in großen Schritten dem fünfzigsten Lebensjahr und hatte psychisch belastende Dinge erlebt. Falls man ihm sein berufliches Baby wegnähme, würde er sein bisheriges Pflichtbewusstsein überdenken müssen.

3

Die letzten drei Tage hatte Alexandra fast wie im Wachkoma verbracht. Ständig durchlebte sie von Neuem, was der Erpresser von ihr verlangt hatte. Sie schämte sich, darauf eingegangen zu sein. Stattdessen hätte sie den finanziellen Verlust in Kauf nehmen müssen. Doch sie konnte ihre dumme Entscheidung nicht revidieren, sondern musste mit der Erinnerung daran leben.

Jedes Mal, wenn sie am Laptop saß, befürchtete sie, der Totenkopf würde erneut auftauchen. Deshalb hatte sie ihre Internetzeit drastisch reduziert. Vor allem hatte sie einen Entschluss gefasst, nachdem sie heute Morgen in der Kaffeeküche ein Gespräch zweier Arbeitskollegen belauscht hatte. Sie würde sich nicht länger der Angst aussetzen, dass der perverse Kerl zurückkehren könnte. Erst wenn sie den Laptop losgeworden war, könnte sie den Vorfall vergessen.

Nervös sah sie aufs Handydisplay. Sie hatte sich mit Nico für neunzehn Uhr verabredet. Er müsste also in einer halben Stunde auftauchen.

Ihre Katze strich ihr um die Beine und forderte Aufmerksamkeit. Blacky hatte in den letzten Tagen davon profitiert, dass Alexandra oft mit ihr auf der Couch gesessen, sie apathisch gestreichelt und dabei ins Leere gestarrt hatte. Doch das musste endlich aufhören.

»Mama hat jetzt keine Zeit«, sagte sie. »Wir bekommen gleich Besuch, und ich muss noch aufräumen. Nico soll mich nicht für eine Schlampe halten.«

Blacky miaute.

***

Er saß mit Kopfhörer an seinem privaten Arbeitsplatz, surfte im Internet und belauschte nebenbei, was in Alexandras Wohnung vorging. Bislang hatte ihm die Muße gefehlt, um erneut in ihr Leben zu treten. Da sie den Laptop oft zugeklappt hatte, funktionierte lediglich das Mikrofon. Alexandra glaubte zwar meist, der Computer sei ausgeschaltet, in Wahrheit befand er sich jedoch bloß im Ruhemodus. Lieber wäre es ihm gewesen, sie auch zu sehen, doch daran konnte er nichts ändern. Zum Glück war sie wie die vorherigen Opfer nicht auf die Idee gekommen, einfach den Router abzuschalten und die SIM-Karte aus dem Gerät zu entfernen. So waren ihm ein paar Fische bereits aus dem Netz gesprungen – was er sehr bedauerte.

Seit sie von der Arbeit zurück war, hatte sie kaum mit ihrer Katze gesprochen. Ohnehin hatte es Alexandra fast die Sprache verschlagen, wodurch ihm der heimliche Lauschangriff weniger Spaß bereitete. Sie telefonierte mit niemandem und tauschte nicht einmal Sprachnachrichten per WhatsApp aus. Als sie sich erneut ihrem Haustier zuwandte, wurde er hellhörig.

»Mama hat jetzt keine Zeit. Wir bekommen gleich Besuch, und ich muss noch aufräumen. Nico soll mich nicht für eine Schlampe halten.«

Wer war dieser Nico? Den Namen hatte sie bislang nicht erwähnt. Er überprüfte ihre Facebook- und E-Mail-Nachrichten, ohne einen Hinweis auf ihn zu finden. Hatte sie jemanden frisch kennengelernt?

Der Mann lächelte. Stand ihm etwa der Zauber eines ersten Rendezvous bevor? Wo hatte sie ihn getroffen? Bei der Arbeit? Kommunizierte sie per Handy mit ihm?

Vorfreude stieg in ihm auf. Falls Alexandra nach ihrem Tiefpunkt vor drei Tagen neuen Lebensmut geschöpft hatte, wäre es ein umso größeres Vergnügen, sie zu brechen, ehe er sie tötete. Er schloss den Browser, um ihr in den nächsten Minuten seine volle Aufmerksamkeit zu schenken.

***

Wie so oft in der Firma verspätete sich Nico auch zu ihrer Verabredung. Da er jedoch nicht über WhatsApp absagte, rechnete sie fest mit ihm. Erst nach einer Viertelstunde Wartezeit kam ihre Überzeugung ins

Wanken. Was sollte sie tun, falls er es sich anders überlegt hatte? Sie schaute zu dem verhassten Laptop. Am liebsten hätte sie ihn aus dem Fenster geworfen.

Gerade, als sie Nico eine Nachricht schicken wollte, klingelte es an ihrer Tür. Schnell trat Alexandra an die Gegensprechanlage.

»Hallo?«

»Ich bin's, Nico. Sorry für die Verspätung.«

»Macht nichts. Du musst in die vierte Etage. Leider gibt's keinen Aufzug.«

»Super!«, brummte er.

Sie drückte ihm auf und öffnete die Tür. Der leicht übergewichtige Arbeitskollege benötigte deutlich länger als erwartet und kam schnaufend bei ihr an.

»Wie schaffst du das jeden Tag?«

»Man gewöhnt sich dran. Ich bin kaum noch außer Atem. Komm rein!«

Er folgte ihr ins Wohnzimmer.

»Willst du was trinken?«

»Nein, danke. Da steht das Teil ja. Darf ich?«

Sie nickte. Nico trat an den Schreibtisch und klappte den Laptop auf.

»Wann hast du ihn gekauft?«

»Vor knapp zwei Monaten. Die Rechnung hab ich bereitgelegt.«

Er startete den Laptop, der problemlos hochfuhr. Sie beobachtete, wie er die Einstellungen des Windows-Gerätes sichtete und über den Info-Button den Prozessor, den installierten Arbeitsspeicher und den

Systemtyp überprüfte. Danach schaute er sich den Speicher an.

»Das ist ein Superteil«, sagte er. »Du hast nicht übertrieben. Wieso willst du ihn loswerden?«

»Ein Laptop passt nicht zu meinen Bedürfnissen. Ich hatte vorher einen richtigen PC, der Monitor steht noch im Keller«, behauptete Alexandra. »Das mit dem Laptop war eine doofe Idee. Ich kauf mir wieder einen Desktop-Rechner.«

»Zeig mal die Rechnung«, bat er.

Sie gab sie ihm. Er warf einen kurzen Blick darauf.

»Du überlässt ihn mir für fünfhundert? Inklusive der mobilen Datennutzung?«, vergewisserte er sich.

»Wie besprochen.«

»Cool.«

Er führte den Mauszeiger zum Browser-Symbol. Unwillkürlich hielt Alexandra die Luft an und stieß sie erleichtert aus, als das normale Google-Fenster auftauchte.

»Was für eine Internet-Verbindung hast du?«, fragte Nico.

»16000 DSL.«

Er gab in der Adresszeile »YouTube« ein. Die Seite baute sich in Sekundenschnelle auf.

»Ich hab keine Ahnung, was dich daran stört, aber ich nehm ...«

In diesem Moment erschien der Totenkopf. Fassungslos starrte Alexandra darauf.

»Was ist das?«

»Keine Ahnung«, behauptete sie leise.

Nico ruckelte an der Maus, drückte die Escape-Taste. Dann versuchte er, den Laptop auszuschalten. Nichts half. Schließlich drehte er sich wütend zu ihr um. »Toll, Alex. Das hätte ich nicht von dir erwartet.«

Mühsam kämpfte sie gegen die Tränen an. »Das hatte ich noch nie.«

»Ist klar! Scheiße! Deswegen wirkst du auch so schuldbewusst. Du hast dir einen üblen Virus eingefangen und wolltest mir den Schrott verkaufen. Ich fass es nicht!«

»So war das nicht.«

»Verarsch mich nicht«, zischte er und stand auf. »Das erzähle ich den anderen. Danke für gar nichts.«

»Nico!« Sie griff nach seinem Arm, doch ihr Kollege lief unbeirrt zum Ausgang und warf die Wohnungstür hinter sich zu.

Nun konnte sie die Tränen nicht mehr zurückhalten. »Warum?«, wisperte sie.

Der Erpresser antwortete nicht.

»Ich habe alle Forderungen erfüllt.«

Er blieb weiterhin stumm. Alexandra traf eine Entscheidung, die sie schon vor drei Tagen hätte fällen müssen. Energisch ging sie zum Laptop, um ihn vom LAN-Kabel zu trennen.

»Stop!«, ertönte die verhasste Stimme. »Bevor du unüberlegt handelst, solltest du dir etwas ansehen.«

Der Totenkopf verschwand. Alexandra hielt inne, denn im nächsten Moment sah sie sich selbst auf dem Bildschirm.

»Nein«, stöhnte sie. »Nein!«

Der Erpresser hatte ihren Strip aufgenommen. Wütend klappte sie den Laptop zu. Sie würde mit einem Hammer darauf einschlagen, bis er in tausend Teile zersplitterte.

»Stop!«, wiederholte er. »Du guckst dir das an.«

»Niemals! Ich schmeiß das Scheißteil weg!«

»Du meinst, das ändert etwas?« Er lachte.

Alexandra wandte sich vom Schreibtisch ab. Jetzt würde sie es durchziehen. Aus der Abstellkammer holte sie einen Hammer und kehrte ins Wohnzimmer zurück.

»Ich stelle deinen Porno online«, warnte er sie.

»Nein!« Der Gedanke entsetzte sie.

»Klapp den Laptop auf. Sonst weiß bald jeder in deiner Firma, wie du deine Freizeit verbringst. Was meinst du, wie schnell sich Gerüchte verbreiten, du würdest als Camgirl jobben.«

»Bitte!«, flehte sie.

»Ich sag's dir nicht noch mal.«

Kraftlos setzte Alexandra sich an den Schreibtisch. Wenn er seiner Warnung Taten folgen ließ, wäre ihr Ruf in der Firma zerstört. Wer würde ihr glauben, dass sie dazu gezwungen worden war? Würde sie einer Arbeitskollegin in ähnlicher Situation glauben? Vermutlich nicht.

Sie gehorchte seinem Befehl. Zu ihrer Überraschung starrte sie anschließend weder auf ihr eigenes Video noch auf den Totenkopf. Stattdessen füllten ein stoppliges Kinn und der dazugehörige Mund den Bildschirm aus.

»Hallo, meine Hübsche.«

Seine Zähne waren strahlend weiß.

»Was wollen Sie?«

»Kannst du dir das nicht denken?«

»Ich strippe nie wieder für Sie! Das war ein Fehler.«

Er lachte gehässig. »Keine Sorge, darum geht es mir nicht.«

»Sondern?«

»Du bist so unglaublich dumm. Ich will Geld. Was sonst?«

»Geld?«, erwiderte sie fassungslos.

Er verzog die Lippen zu einem höhnischen Grinsen. »Schnöder Mammon ist das Einzige, was mich interessiert. Nur hab ich frühzeitig gelernt, dass die Leute nicht bereit sind, die gewünschten Summen zu zahlen, wenn ich bloß die Kontrolle über ihre Rechner übernehme. Sie brauchen einen größeren Antrieb.«

»Wie viel schwebt Ihnen vor?«

»Bevor ich dir den exakten Betrag nenne, erkläre ich dir ein paar Dinge. Denn ich weiß ja, wie du sonst reagierst. Du behauptest, du könntest die Summe nicht aufbringen. Auf solche Spiele hab ich keine Lust. Ich verschwende meine Lebenszeit nicht mit Lügen.«

Seine Worte besorgten sie. Würde er einen exorbitanten Betrag nennen, den sie niemals zusammenkratzen könnte?

»Ich hab die Kontrolle über deinen Computer. Du nutzt ihn für dein Onlinebanking. Außerdem besitzt du zwei Kreditkarten. Ich hab alles gecheckt.«

»Sie mieses Schwein!«

»Ach, Süße. Irgendwie muss ich über die Runden kommen. Das ist hart verdientes Geld. Was meinst du, wie viele Fehlschläge ich hinnehme, bevor ich so einen fetten Fisch wie dich an der Angel habe? Die meisten entscheiden sich leider gegen den Striptease. Du warst zum Glück leichtgläubiger.« Er formte seine Lippen zu einem Kussmund. »Kommen wir wieder zum Finanziellen«, fuhr er fort. »Dein Girokonto befindet sich mit tausendreihundert Euro im Plus. In acht Tagen bekommst du deinen nächsten Lohn. Dass du bis dahin etwas Kohle zum Leben brauchst, berücksichtige ich natürlich. Außerdem hat dir die Bank einen Dispo in Höhe von dreitausend Euro eingeräumt, was mich ziemlich freut. Bei deinen Kreditkarten kannst du insgesamt über fünftausend Euro verfügen. Wenn ich das zusammenrechne, komme ich auf eine glatte Summe von neuntausend, mit der du dich freikaufen kannst.«

»Sind Sie irre?«

Er seufzte. »Ich hab dir gerade vorgerechnet, warum es nicht zu viel ist. Hast du nicht zugehört?«

»Dann wäre ich komplett pleite.«

»Falsch. Du wärst verschuldet. Aber alles in allem wirst du dich in einem oder maximal anderthalb Jahren davon erholen. Zumindest solange du deinen Job nicht verlierst und einigermaßen sparsam lebst. Außerdem ist es keine Schande, Schulden zu haben. Und die Kreditkartenbeträge stotterst du einfach in Raten ab.«

»Machen Sie das nicht!«

»Hast du den Eindruck, ich lasse mit mir handeln?«

Am liebsten wäre Alexandra aufgestanden, doch sie ahnte, dass er noch nicht fertig war.

»Erfüllst du meine Forderungen nicht, schicke ich das Video an all deine E-Mail-Kontakte. Außerdem war es ziemlich leicht herauszufinden, wo du arbeitest. Dein Abteilungsleiter Michael Braun wäre bestimmt fasziniert davon. Ein Camgirl als Mitarbeiterin. Vielleicht gibt er dir sogar für eine Privatvorführung eine Gehaltserhöhung.«

»Ich hab Ihnen nichts getan«, jammerte sie.

»Deswegen geb ich dir die Chance, dich freizukaufen. Wie fänden deine Eltern das Video? Oder dein Onkel Josef? Ihr schreibt euch wirklich schöne Mails. Er scheint dir wichtig zu sein.«

Alexandra wusste, dass der Erpresser sie in der Hand hatte. Bei der Vorstellung, dass ihre Familie den Clip per E-Mail erhielte, empfand sie grenzenlose Verzweiflung. Doch wer garantierte ihr, dass der Albtraum jemals endete?

»Lassen Sie mich danach in Ruhe?«

»Sobald du neuntausend Euro bezahlt hast? Versprochen.«

»Das haben Sie beim letzten Mal auch behauptet.«

Er lächelte. »Endlich wirst du misstrauisch. Vielleicht war dir das eine wertvolle Lektion.«

»Ich hab keine Garantie, oder?«

»Nein, hast du nicht. Leider musst du mir vertrauen.«

»Ausgerechnet Ihnen?«

»Du bist mein siebzehntes Opfer. Ich habe von jeder Frau vor dir genau die Summe verlangt, die sie aufbringen konnte. Der geringste Betrag war viertausend, der höchste achtzehntausend. Du siehst, du kommst ziemlich gut weg. Und ich versichere dir, ich hab keine von ihnen jemals wieder belästigt.«

Ob er die Wahrheit sagte? Sie zweifelte daran. Doch die Alternative war schrecklicher. Wenn ihre Familie, ihre Arbeitgeber oder ihre Freunde das Video zu sehen bekämen, wäre das Alexandras Ende. Natürlich könnte sie erklären, wie die Aufnahme zustande gekommen war. Trotzdem würde man sie wegen ihrer Naivität bemitleiden – sofern man ihr glaubte. Warum gingen zahlreiche Vergewaltigungsopfer nicht zur Polizei? Weil sie sich dem anschließenden Prozess nicht aussetzen wollten. Letztlich hatte ihr Erpresser genau das getan: sie vergewaltigt.

»Haben wir einen Deal?«, fragte er.

Trotz ihrer Bedenken zögerte Alexandra. Sie bräuchte eine Garantie.

»Okay. Wem soll ich zuerst mailen? Deiner Mutter? Oder wird dein Vater die kleine Pornoshow mehr genießen?«

»Nein! Bitte!«

»Du kennst meine Bedingungen.«

Alexandra gab auf. Sie musste darauf hoffen, dass er Wort hielt. »Wohin soll ich es überweisen?«

»Damit du anschließend zu den Bullen rennst und sie mich festnehmen? Halt mich nicht für doof.«

»Wie soll das sonst funktionieren? Über diese ...« Sie suchte nach dem richtigen Ausdruck. »... Bitcoins?«

»Auch solche Transaktionen sind nachvollziehbar. Zwar schwieriger, aber nicht unmöglich. Es kommt nur eine Bargeldübergabe infrage.«

»Bargeld? Ich soll Ihnen die Kohle bringen?«

»Ich hole sie ab.«

»Hier?«

»Nicht ganz.«

»Wo dann?«

»Den Ort darfst du aussuchen. Du könntest zum Beispiel ein Hotelzimmer anmieten und mir das Geld dort übergeben.«

»Ich treffe mich mit Ihnen in keinem Hotel.«

Wieder lachte er. »Wo wir uns begegnen, ist mir egal. Du entscheidest. Schlag mir einen Ort vor, an dem man spätabends ungestört den Deal abwickeln kann. Natürlich ohne Zeugen. Du bringst neuntausend Euro in 50-Euro-Scheinen mit, außerdem den Laptop.«

»Den Laptop? Davon war nie die Rede.«

»Hängst du etwa an ihm? Du wirst ihn ohnehin nie wieder benutzen, oder? Und ich will keine Spuren hinterlassen.«

»Ich hab keine Ahnung, welcher Treffpunkt geeignet wäre.«

»Ich gebe dir vierundzwanzig Stunden Zeit. Such nach einem passenden Ort. Aber mach dir keine Hoffnung. Es wäre nutzlos, deine Kontakte zu löschen. Ich hab sie gespeichert.«

Sein Bild verschwand. Stattdessen blickte Alexandra auf die Google-Startseite.

***

Nach einer Dreiviertelstunde hatte sie den Schreck überwunden. Sie begann, Google um Rat zu fragen.

Der Erpresser lächelte zufrieden. Je nachdem, welchen Ort sie vorschlug, würde er eingreifen müssen. Er hatte zwei Treffpunkte in ihrer Nähe gefunden, die für seine Bedürfnisse wie geschaffen wären. Lieber wäre es ihm allerdings, wenn sie eigenständig etwas fand. Denn dann wäre sie weniger misstrauisch.

Genüsslich öffnete er die Schublade, in dem das Skalpell lag. Beim ersten Mord hatte festgestellt, dass ein Messer nicht ideal war. Es nahm zu viel Platz in seiner Jackentasche weg. Daher hatte er sich ein Skalpell besorgt. Das perfekte Mordinstrument. Klein genug, um es unauffällig einzustecken. Scharf genug, um tödliche Wunden zuzufügen.

Er schloss die Augen und dachte an die Frauen aus seiner Vergangenheit. Nicht an diejenigen, die er getötet hatte. Sondern jene, die in ihm den Hass geweckt hatten.

Jede Frau, die noch sterben würde, war bloß ein Resultat der damaligen Ereignisse.

Sie hatten ihn eingesperrt und wie Dreck behandelt. Misshandelt. Missbraucht. Ihn benutzt.

Er hatte viel zu lang auf seine Rache gewartet. Doch jetzt gab es keinen Halt mehr. Für niemanden.

4

Zu seiner Überraschung entdeckte Drosten Kriminaldirektor Karlsens Dienstwagen vor der Wiesbadener BKA-Zentrale, in dem für die KEG reservierten Parkbereich. Offenbar hatte die gestrige Konferenz in Berlin ein so zeitiges Ende gefunden, dass der Beamte noch den Heimweg angetreten hatte. War das ein gutes oder schlechtes Zeichen?

Nachdenklich stellte Drosten den Motor ab. Seine großspurige Ankündigung beim Telefonat mit Sommer schoss ihm durch den Kopf. Anscheinend kannte Lukas ihn besser als er sich selbst. Heute Morgen hatte er mit Dana und Melanie gefrühstückt, bevor seine Frau ihre Pflegetochter zur Schule gefahren hatte. Drosten war noch zehn Minuten geblieben und hatte sich vorgestellt, wie es wäre, nie wieder zur Arbeit zu müssen, sondern den Vormittag gemütlich anzugehen. Schnell war ihm klar geworden, dass das mindestens zwölf Jahre zu früh käme. Also müsste er um den

Fortbestand der KEG kämpfen, falls Karlsen schlechte Nachrichten hatte.

Drosten stieg aus. Das mulmige Gefühl, das ihn vor einer tiefen Enttäuschung warnte, ignorierte er. Auf dem fünfminütigen Weg in sein Büro hielt er das Diensttelefon in der Hand – überzeugt davon, dass Karlsen anrufen würde. Dessen Büro lag nicht in unmittelbarer Nähe zu dem Büroflügel, in dem Sommer und Drosten untergekommen waren. Daher kommunizierte der Kriminaldirektor hauptsächlich über Telefon und Mails mit ihnen. Doch zumindest das Handy blieb stumm. Drosten schloss die Bürotür auf und drückte den Startknopf des PCs, bevor er die Jacke auszog und über den Garderobenständer hängte. Er checkte die internen Mails. Karlsen hatte weder einen Termin anberaumt noch eine Nachricht geschrieben.

Als es Minuten später an der geöffneten Bürotür klopfte, zuckte Drosten zusammen.

»Guckst du Pornos oder Fußballberichte?«, fragte Sommer amüsiert, dem die Reaktion seines Kollegen nicht entgangen war.

»Ich starre seit Minuten auf den Bildschirm und rechne mit einer Mail von Karlsen«, erklärte Drosten. »Glaub's oder nicht, aber ich hab eine miese Vorahnung. Warum hat er keine Terminanfrage geschickt?«

»Mach dich nicht verrückt«, empfahl Sommer. »Du siehst das zu pessimistisch. Außerdem können wir sowieso nichts an der Entscheidung ändern.«

In diesem Moment drang aus dem integrierten Monitor-Lautsprecher ein Klingeln – Drostens eingestellter Ton für Termineinladungen. Rasch wandte er sich dem Bildschirm zu und überflog das Pop-up-Fenster, das sich automatisch geöffnet hatte.

»Um halb elf sollen wir bei Karlsen sein.«

Dass Sommer anschließend die Titelmelodie aus *Spiel mir das Lied vom Tod summte*, verbesserte Drostens Laune nicht.

***

Pünktlich betraten die Hauptkommissare Karlsens Büro. Der Endfünfziger saß hinter seinem Schreibtisch, lächelte ihnen zu und deutete auf die Besucherstühle. »Setzen Sie sich. Ich bin die Berichte über die Morde in Baden-Baden und Sankt Peter-Ording durchgegangen. Klingt ja nach einem möglichen Fall für die KEG. Aber bevor wir das vertiefen, muss ich Sie über die gestrige Innenministerkonferenz informieren.« Er griff zu seiner halb gefüllten Kaffeetasse und trank einen Schluck. »Die KEG war ein wichtiges Gesprächsthema. Ich habe diesbezüglich gute und schlechte Neuigkeiten.«

Verdammt!, dachte Drosten. *Wieso schlechte Neuigkeiten? Unsere Ermittlungsresultate und die Aufklärungsquote bieten dafür keinen Anlass.*

»Manchen Landeskriminalämtern ist die Zusammenarbeit ein Dorn im Auge. Sie fürchten Beschneidungen der eigenen Kompetenzen«, fuhr Karlsen fort. »Außerdem beanspruchen sie die Lorbeeren gern für sich, statt sie zu teilen.«

»Sollte nicht das Ergebnis zählen?«, argumentierte Sommer.

Karlsen hob beschwichtigend die Hände. »Keine Sorge. Ihre exzellenten Resultate stellt niemand infrage. Gerade die Mordserie im Ruhrgebiet vor wenigen Monaten hat allen deutlich gemacht, dass überflüssige Regularien wie Bremsklötze wirken.«

Drosten dachte an den Fall des Vorschlaghammermörders zurück. Da er in Bochum und Essen zugeschlagen hatte, waren unterschiedliche Kriminalkommissariate zuständig gewesen. Das LKA hatte sich erst nach dem dritten Mord eingeschaltet, und Karlsen hatte Drostens Behörde ausdrücklich untersagt, vorab tätig zu werden. Trotz seiner Ermahnung hatte sich die KEG anfangs informell in die Ermittlungen eingemischt, um bis zu ihrer offiziellen Hinzuziehung keine Zeit zu verlieren. Der größte Bremsklotz war währenddessen der Kriminaldirektor gewesen. Das schien Karlsen zu verdrängen. Da er keine überflüssige Diskussion anzetteln wollte, schwieg Drosten. Auch Sommer kommentierte die letzte Aussage seines Vorgesetzten nicht.

»Trotzdem sollten wir immer die Interessen der anderen Behörden im Auge behalten«, sagte Karlsen. »Sobald die KEG eingeschaltet wird, stehen wir in Konkurrenz zum zuständigen LKA. Doch damit ist zukünftig Schluss.«

»Was heißt das?«, fragte Drosten.

»Es ist ab sofort nicht mehr notwendig, darauf zu warten, dass ein LKA mitmischt«, antwortete Karlsen.

»Wenn Sie Fälle entdecken und den Verdacht hegen, dass ein Mehrfachtäter dahintersteckt, dürfen Sie die ermittelnden Beamten kontaktieren und ihnen unsere Hilfe anbieten. Natürlich möchte ich über Ihre Tätigkeiten stets informiert sein.«

Drosten sah Sommer an. Das Gespräch entwickelte sich deutlich besser als gedacht.

»Wo ist der Haken?«, erkundigte sich Sommer.

»Ich kann Kompetenzgerangel in zukünftigen Ermittlungen nicht ausschließen.«

»Also immer dann, wenn sich auch das LKA einmischt«, konkretisierte Drosten.

Karlsen nickte. »Wobei das Ihre Arbeit nicht beeinträchtigen soll. Um das Gerangel würde ich mich kümmern. Schließlich kenne ich die jeweiligen Ansprechpartner in den Ämtern am besten.«

Dass Karlsen sämtliche Leiter von Landeskriminalämtern namentlich kannte, war in der Wiesbadener Behörde wohlbekannt.

»Weitere Nachteile? Sie sprachen von guten und schlechten Neuigkeiten«, erinnerte Drosten ihn.

»Die Landesinnenminister ziehen sich aus der Budgetierung unserer Behörde zurück. Dafür stockt der Bundesinnenminister seinen Anteil auf. Trotzdem müssen wir mit einer Budgetkürzung von dreißig Prozent rechnen.« Karlsen hob die Augenbrauen – als könne er mit dieser Geste den unvermeidlichen Protest seiner Untergebenen im Keim ersticken.

»Dreißig Prozent?«, wiederholte Drosten. »Das ist eine Menge!«

»Ich weiß«, bedauerte Karlsen.

»Was heißt das fürs konkrete Tagesgeschäft?«, fragte Sommer.

»Bei Überstundenanträgen muss ich künftig mein Veto einlegen. Dafür können Sie bei unerwartet angefallenen Überstunden über den kurzen Dienstweg freie Tage nehmen. Ich leg Ihnen diesbezüglich keine Steine in den Weg, solange Sie Ermittlungserfolge erzielen.«

Das bezweifelte Drosten. Karlsen gehörte zu den Bürokratiehengsten, die im Regelfall auf das korrekte Ausfüllen von Anträgen auf Freizeitausgleich bestanden. Zwar wich Karlsen manchmal von dieser starren Linie ab, bislang jedoch eher in Ausnahmefällen.

»Damit sparen wir keine dreißig Prozent Kosten ein«, vermutete Sommer.

»Bei Hotelbuchungen sollten sie sich zukünftig immer nach den preisgünstigsten Alternativen umsehen. Drei Sterne sind das Maximum, das ich Ihnen genehmige. Noch besser wären Appartements, die ja meist günstiger sind. Wenn Sie mit dem Zug fahren, dann bitte grundsätzlich in der zweiten Klasse. Für die Anreise zu einem Tatort sollten Sie sich einen Dienstwagen teilen. Solche Sachen. Ärgerlich, aber kein Beinbruch.«

»Müssen wir auch bei anderen Posten sparen?«, fragte Drosten. »Bei DNA-Analysen? Abfrage von Telefondaten? IP-Ermittlungen?«

Karlsen schüttelte den Kopf. »Diese Dinge rechnen wir schlimmstenfalls übers Budget des BKA ab«, beruhigte er ihn. »Solange wir in Wiesbaden sitzen, ist das kein Problem.«

»Steht eine Verlegung im Raum?«, hakte Drosten nach.

»Vorläufig nicht. Unsere Behörde hat die erste Phase der Probezeit dank Ihres Einsatzes erfolgreich bestanden. Aber ich kann nicht in die Zukunft sehen. Da warten bestimmt noch mehr Herausforderungen.« Er schaute auf die Armbanduhr. »So spät schon. Durch die Konferenz sind ein paar Dinge liegen geblieben, um die ich mich jetzt kümmern muss. Es sei denn, Sie haben noch Fragen.«

Drosten erhob sich. »Nein. Vorläufig ist wohl alles geklärt.«

Sommer stand ebenfalls auf, und mit einem knappen Abschiedsgruß verließen die beiden Hauptkommissare Karlsens Büro.

»Reden wir bei mir«, flüsterte Drosten im Gang.

Drosten schloss die Bürotür und atmete erleichtert durch. »Ich hatte Schlimmeres befürchtet.«

Sommer wirkte weniger gelassen. »Dreißig Prozent ist eine krasse Hausnummer. Wenn wir je für BKA-Dienste zahlen müssen, kann man uns auch gleich beerdigen. Dafür reicht das schmale Budget nie und nimmer.«

»Wir kommen mit dem Budget klar«, widersprach Drosten. »Hauptsache, wir dürfen weiterermitteln.«

»Baden-Baden?«, fragte Sommer.

»Hängen wir uns ans Telefon. Vielleicht finden wir ohne Ortstermin heraus, ob sich Ahlstett und Liszt gekannt haben oder zumindest irgendwo begegnet sein könnten.«

»Du weißt, wie unwahrscheinlich das ist. Mit Fotos kann man das Erinnerungsvermögen potenzieller Zeugen ankurbeln. Telefonisch versuchen die bloß, dich schnellstmöglich abzuwimmeln.«

Drosten wusste, dass Sommer recht hatte, was seiner guten Laune jedoch keinen Abbruch tat. »Ein paar Stunden Arbeit ist es allemal wert. Ich übernehme das.«

»Wir teilen uns die Aufgabe«, widersprach Sommer.

»Habt ihr Freitagabend schon etwas vor?«, wechselte Drosten abrupt das Thema. »Würde mich freuen, wenn Dana dich, Jeremias und Jennifer kennenlernt.«

»Lädst du uns zu dir ein?«

»Grillabend?«, konkretisierte Drosten.

»Soweit ich mich erinnere, endet Jennifers Nachtschicht am Donnerstag. Könnte also klappen. Muss ich aber abklären.«

»Und ich frage Melanie, ob es ihr passt.«

Sommer grinste. »Hast du uns gerade spontan eingeladen? Dich scheint das Gespräch mit Karlsen zu beflügeln.«

Drosten nickte. »Ich bin tatsächlich sehr erleichtert.«

5

Sie hatte einen Autobahnparkplatz vorgeschlagen. In seinen Augen ein ungewöhnlicher Ort. War er akzeptabel? Nachts würden dort Lkw-Fahrer die gesetzlich vorgeschriebenen Pausen einlegen, außerdem könnte jederzeit ein Autofahrer den Parkplatz ansteuern, um die Toilette aufzusuchen.

Doch trotz dieser Unwägbarkeiten reizte ihn das damit verbundene Risiko. Sollte er Alexandras Vorschlag annehmen oder ihr besser einen seiner ausgesuchten Treffpunkte vorschreiben?

Erneut öffnete er den Browser und googelte nach Informationen über den vorgeschlagenen Parkplatz. Er war klein, ohne Restaurant oder ähnliche Einrichtungen. Lediglich eine Toilettenanlage. Außerdem gab es einen Sicht- und Lärmschutz, der den Rastplatz teilweise von der Autobahn abschirmte.

Lockte Alexandra ihn in eine Falle? Würden dort zivile Bullen warten, um ihn festzunehmen? Er hatte zwar die Kontrolle des Laptops übernommen, doch sobald sie die eigene Wohnung verließ, war er taub und blind. Sie hätte jederzeit zur Polizei gehen können. Allerdings steckten fast alle Beweise im Laptop, den sie nicht von Zuhause wegbewegt hatte. Unwahrscheinlich, dass die Bullen bei so dünner Beweislage aktiv werden würden.

Falls er ihr einen anderen Treffpunkt aufzwänge, würde das ihr Misstrauen wecken. Das wiederum würde es ihm erschweren, nah an sie heranzukommen. Das Skalpell hatte keine große Reichweite.

Ein Autobahnparkplatz um Mitternacht. Er beschloss, das Risiko einzugehen, und Vorfreude keimte in ihm auf. Vielleicht war sie eine würdige Gegnerin.

***

Um Konfrontationen bei der Arbeit zu vermeiden, saß Alexandra am Mittwochvormittag in der Praxis ihres Hausarztes. Bis der Albtraum ausgestanden wäre, wollte sie keinem Arbeitskollegen begegnen. Schon gar nicht Nico. Der würde spätestens bei ihrem Auftauchen loszetern und die Kollegen ins Bild setzen. Im Wartezimmer blätterte sie in einer Frauenzeitschrift, ohne sich auf den Inhalt konzentrieren zu können. Aktuelle Modetrends interessierten sie momentan ohnehin nicht. Außerdem hätte sie in den nächsten zwölf Monaten kein Budget für neue Kleider.

»Frau Nagel bitte in Sprechzimmer zwei«, ertönte es aus dem Lautsprecher über der Tür.

Alexandra stand auf, legte die Zeitschrift zurück und verließ den Warteraum. Als sie das Sprechzimmer betrat, saß der Hausarzt, den sie seit zehn Jahren regelmäßig aufsuchte, bereits hinter dem Schreibtisch. Zunächst lächelte er ihr zu, dann jedoch runzelte er die Stirn.

»Guten Morgen«, sagte sie leise.

»Frau Nagel, setzen Sie sich. Was fehlt Ihnen? Sie sehen nicht gut aus.«

Für einen Moment zögerte Alexandra. Sollte sie ihn ins Vertrauen ziehen? Könnte er ihr weiterhelfen?

»Ich werde ...« Sie räusperte sich. »Ich bin überarbeitet.« Alexandra schämte sich. Die Vorstellung, dass der Erpresser das Video per Mail an ihre Familie und Freunde verschickte, raubte ihr nachts den Schlaf.

»Überarbeitet?«, fragte der Arzt.

Sie nickte. »Ich brauche ein paar Tage Auszeit. Bis Freitag. Und vielleicht ein Schlafmittel?«

»Soll ich Sie nicht länger krankschreiben?« Er stand vom Schreibtisch auf und nahm das Blutdruckmessgerät in die Hand. Vorsichtig legte er ihr die Manschette an. »Neunzig zu sechzig«, murmelte er nach einer Weile. »Ziemlich niedrig. Mir wäre es lieber, Sie länger als drei Tage krankzuschreiben.«

»Wenn ich mich nach dem Wochenende nicht besser fühle, komme ich Montag wieder«, versprach Alexandra.

»Okay«, sagte er. »Die Krankschreibung bekommen Sie am Empfang. Was ein Schlafmittel anbelangt, möchte ich Ihnen erst mal eine rezeptfreie Variante empfehlen.« Er griff zu seinem Notizblock und notierte den Namen des Medikaments. »Gute Besserung! Gönnen Sie sich etwas Schönes.«

Alexandra spürte, wie ihr Tränen in die Augen schossen. »Danke«, murmelte sie und wandte sich schnell ab. Nur fünf Sekunden länger, und alles wäre aus ihr herausgesprudelt.

Eine Viertelstunde später parkte Alexandra vor einer Filiale ihrer Bank. Das Geld von den Kreditkarten hatte sie zum größten Teil an verschiedenen Automaten abgehoben – morgen würde sie sich die fehlenden eintausend Euro auszahlen lassen. Doch dazu musste sie an den Schalter. Sie hatte vor einigen Jahren aus Sicherheitsgründen festgelegt, über welches Limit sie innerhalb einer Woche an Geldautomaten verfügen konnte. Da diese Grenze bei eintausendfünfhundert Euro lag, musste sie mit einem Mitarbeiter ihrer Hausbank sprechen.

Alexandra überprüfte ihr Make-up im kleinen Spiegel der Sonnenblende. Dann raffte sie sich auf, warf einen Blick über die Schulter und stieg aus. Im Wartebereich standen keine Kunden, sodass sie sofort an den Tresen zu dem Bankmitarbeiter treten konnte.

»Was kann ich für Sie tun?«, fragte er.

Alexandra reichte ihm ihre EC-Karte. »Ich muss von meinem Konto viertausend Euro abheben. Bitte in 50-Euro-Scheinen.«

Er nahm die Karte entgegen und tippte ihre Daten in den PC ein. »Viertausend Euro?«, wiederholte er.

Sie nickte. »Ich weiß. Damit erreiche ich fast meine Dispogrenze. Das ist für einen Gebrauchtwagen. Mein altes Fahrzeug kommt nicht mehr durch den TÜV.«

»Der Händler will ausschließlich 50-Euro-Scheine?«

»Ist ein Privatverkauf«, behauptete sie. »Der Verkäufer hat mich darum gebeten.«

»Ich bin gleich wieder bei Ihnen«, sagte der Mann. Er legte die Karte auf den Tresen und verließ seinen Arbeitsplatz.

Ungläubig sah Alexandra ihm nach. Was hatte das zu bedeuten? Sie schob die EC-Karte in ihre Hosentasche. Ihr Instinkt riet ihr, zu verschwinden. Nervös schaute sie sich um. Hinter ihr standen mittlerweile zwei Kunden. Wieso reagierte der Bankangestellte so seltsam? War es ein Verbrechen, gewisse Scheine in größerer Stückzahl anzufordern? Verstieß sie damit gegen irgendwelche Vorschriften?

Endlich tauchte der Mann wieder auf. In der Hand hielt er eine Banderole mit 50-Euro-Scheinen. Am Tresen öffnete er sie und zählte achtzig Scheine vor ihren Augen ab. Den Rest steckte er in ein Fach unter dem Tresen.

»Dann benötige ich noch eine Unterschrift.«

Er reichte ihr ein Dokument, mit dem sie den Erhalt des Betrags quittierte.

»Ich wünsche Ihnen viel Freude mit Ihrem neuen Fahrzeug.«

»Was? Oh ja, ähm, danke«, stammelte sie. Sie packte das Geld in die Handtasche und verabschiedete sich.

***

Juri betätigte den Blinker und gähnte. Es wurde Zeit für die Nachtruhe. Ein paar Stunden schlafen, bevor es weiter nach Süddeutschland ging.

Das Glück war ihm hold. Von den Lkw-Parkplätzen waren die meisten frei. Seine Kollegen favorisierten die Rastanlagen, in denen man duschen und essen konnte. Solche Anlagen waren ab zweiundzwanzig Uhr oft belegt, und Juri wollte sich die langwierige Suche nach einem besseren Platz ersparen. Zumal er die maximal zulässige Lenkzeit erneut überschritten hatte und keinen Ärger mit der deutschen Autobahnpolizei bekommen wollte, die bevorzugt ausländische Fahrer kontrollierte.

Er parkte den Lkw, zog die Handbremse und stellte den Motor ab. Juri löste den Gurt, stieg aus und streckte sich. In aller Ruhe lief er zur Toilette.

***

Zwanzig Minuten vor Mitternacht erreichte Alexandra den Rastplatz. Aufgrund ihrer Nervosität hatte sie es in der eigenen Wohnung nicht mehr ausgehalten. Der Briefumschlag mit den neuntausend Euro steckte in ihrer Handtasche. Der verseuchte Laptop lag im Beifahrerfußraum.

Sie parkte gleich auf dem ersten freien Platz und schaute sich um. Lediglich zwei Lkw standen um diese Uhrzeit in den Parkbuchten. Bei einem der großen

Sattelschlepper waren im Führerhaus die Gardinen vorgezogen.

Der Anblick der Lkw beruhigte sie. Sollte es Schwierigkeiten geben, könnte sie um Hilfe schreien und den Erpresser hoffentlich verscheuchen.

***

Juri trat aus der Toilettenanlage und schaute nach links. Bei der Zufahrt des Parkplatzes, ungefähr zweihundert Meter entfernt, stand ein Auto, das er auf dem Hinweg nicht bemerkt hatte. Darin saß eine einzelne Person. Dank der Parkplatzbeleuchtung erkannte er, dass es sich um eine Frau handelte. Benötigte sie eine Pause, oder was verschlug sie zu dieser Uhrzeit hierher?

Er stellte sich an seinen Truck, steckte sich in aller Ruhe eine Zigarette an und schaute unauffällig zu dem Wagen. Soweit er es auf die Entfernung beurteilen konnte, war die Frau attraktiv. Warum stieg sie nicht aus? Lag das an ihm? Ängstigte er sie?

Er stellte sich vor, wie sie zu ihm ins Führerhaus kam. Die Nutten, die an den großen Rastanlagen auf Freier warteten, waren im Regelfall zu teuer und zu unmotiviert. Zweimal hatte er dieses Jahr solche Dienste in Anspruch genommen. Doch ihr routiniertes Gebaren hatte ihn eher abgeschreckt. Schöner wäre es, ein wildes Mädchen zu treffen, das nach Parkplatzsex suchte. Manche Kollegen berichteten von solchen

Erlebnissen. Er hielt die Geschichten für stark übertrieben, wäre aber bereit, seine Meinung zu ändern.

Die Frau blieb sitzen und starrte zu ihm herüber. Ob sie seinetwegen nicht aufs Klo ging? Sollte er zu ihr herübergehen, oder würde sie dann panisch wegfahren?

Juri rauchte die Zigarette zu Ende und schnippte sie achtlos weg. Warf einen letzten sehnsüchtigen Blick zu dem Kleinwagen. Dabei schmunzelte er über seine eigenen Gelüste. Offensichtlich wurde es mal wieder Zeit für eine feste Freundin, die ihn erwartete, wenn er von seinen Touren heimkehrte.

Er ging um den Lkw herum und öffnete die Fahrertür. Bevor er die Scheiben mit der Gardine verdunkelte, warf er einen Blick in den Außenspiegel. Die Frau hockte noch immer hinterm Steuer.

Wenn du unvergesslichen Spaß willst, darfst du mich jederzeit wecken, dachte er.

Dann zog er die Gardine zu.

***

Das Programm, das er Alexandra untergejubelt hatte, lieferte ihm als zusätzlichen Bonus immer den ungefähren Aufenthaltsort des infizierten Laptops. Zumindest solange sie über die SIM-Karte im Mobilfunknetz eingebucht war. Auf die Idee, die Karte zu entfernen, war sie zu seinem Glück noch immer nicht gekommen. Wobei das inzwischen nichts mehr an ihrem Schicksal ändern würde. Eine Stunde vor der vereinbarten Zeit hatte er einen fünfzehn Kilometer entfernten Rastplatz angesteuert und das Signal anschließend verfolgt. So war er Zeuge geworden, wie sie viel zu früh losgefahren und entsprechend zeitig am Treffpunkt angekommen war.

Er würde sie warten lassen. So gab er ihr eine letzte Chance, die heutige Nacht zu überleben.

Pünktlich um Mitternacht startete er den Motor. Das Navi zeigte ihm an, dass er ungefähr sieben Minuten benötigen würde. Ob sie so lange wartete?

***

Alexandra wischte sich die schweißnassen Hände an den Hosenbeinen ab. Spielte ihr Peiniger schon wieder ein falsches Spiel?

Zunächst hatte sie geglaubt, bei dem Erpresser handele es sich um den Lkw-Fahrer. Doch nachdem der sich in sein Führerhaus zurückgezogen hatte, zweifelte Alexandra an dieser Vermutung.

Mittlerweile war es fünf Minuten nach Mitternacht. Wo blieb der Mistkerl?

Von ihrem Parkplatz aus konnte sie einen Teil der Autobahn einsehen. Plötzlich kam ein Wagen in Sicht, der erst im letzten Moment auf die Verzögerungsspur des Parkplatzes wechselte und stark abbremste. Der unauffällige Kompaktwagen kam direkt hinter ihr zum Stehen. Am Steuer saß ein Mann mit Sportkappe, die er sich tief ins Gesicht gezogen hatte. Er spitzte seinen Mund zu einem höhnischen Kuss.

Alexandra starrte ihn eine Weile an. Schließlich stieg der Mann aus und trat an ihr Heck. Ihr schoss der Gedanke durch den Kopf, dass sie ihn einquetschen und zum Krüppel machen könnte. Doch statt die finstere Idee in die Tat umzusetzen, griff sie zu der Handtasche und dem Laptop. Dann stieg sie ebenfalls aus.

»Hallo, Süße«, begrüßte er sie. »Schön, dich zu sehen.«

»Bringen wir es einfach schnell hinter uns.«

»Ein Quickie?« Er lachte dreckig. »Aber du hast recht. Unser Vorspiel war lang genug. Gib mir zuerst den Laptop.«

Sie näherte sich dem Erpresser bis auf drei Schritte und reichte ihm das nutzlose Gerät. Eingehend betrachtete sie sein Gesicht. Sie hatte den Mann nie zuvor gesehen.

»Wie hab ich mir den Virus eingefangen?«, fragte sie. In den letzten Tagen hatte sie oft darüber nachgedacht und wollte nun ihre Vermutung bestätigt bekommen.

Er nahm ihr den Laptop ab und legte ihn auf die Motorhaube seines Fahrzeugs.

»Hast du Angst, es könnte dir noch mal passieren?«

»Ich will für die Zukunft lernen.«

»Vergiss es! Ich verrate dir nichts. Sonst könntest du auf die dumme Idee kommen, zu den Bullen zu rennen. Wo ist die Kohle?«

»In meiner Handtasche.«

»Gib sie mir«, forderte er.

Während Alexandra sich an ihrer Tasche zu schaffen machte, bemerkte sie, dass der Fremde im selben

Moment auf sie zuschoss. Sie hob den Blick und sah im Licht der Rastplatzlaternen etwas Spitzes in seiner Hand aufblitzen.

***

Im Bruchteil einer Sekunde verkürzte der Erpresser die Distanz zu Alexandra. Endlich war sie in Reichweite. Er holte aus. Sie bemerkte das Skalpell, doch es war zu spät. Er stach zu und traf ihren Hals. Die scharfe Klinge des Instruments drang spielend leicht in ihre Haut, Blut spritzte hervor. Er machte einen Satz zurück, während ihre Hand automatisch zur Stichwunde fuhr. Die Tasche fiel zu Boden, Gegenstände kullerten heraus. Dann schoss er wieder vor und stach ein zweites Mal zu. Diesmal schlitzte er ihr die Wange auf. Sie schrie auf, doch ein am Rastplatz vorbeifahrendes Fahrzeug übertönte die Schmerzenslaute.

Geschwächt versuchte sie, Gegenwehr zu leisten. Er trat ihr mit voller Wucht in den Bauch, woraufhin sie zusammensackte. Dann sprang er zu ihr und presste ihren Kopf auf den Boden.

»Stirb, du miese Sau«, zischte er und setzte das Skalpell an ihrem Ohr an. Mit einer kleinen Bewegung zerschnitt er das Ohrläppchen. Doch war seine Wut längst nicht verraucht. Er verunstaltete ihr Gesicht, bevor er ein weiteres Mal in ihren Hals stach und sie endgültig tötete.

Schwer atmend erhob er sich. Im Gegensatz zu den letzten beiden Morden hatte er die Beherrschung verloren. Das hätte nicht passieren dürfen. Er nahm die Handtasche auf und öffnete den braunen Briefumschlag darin. Zufrieden stellte er fest, dass sie das Geld mitgebracht hatte. Auch ihr Handy steckte in der Tasche. Er nahm Umschlag, Telefon und Laptop an sich und legte alles in seinen Kofferraum, in dem auch ein 5-Liter-Wasserkanister stand. Er nahm ihn heraus, schraubte den Verschluss ab und trat erneut an die Leiche heran. Langsam kippte er das ganze Wasser über der Toten aus, wobei er sich vor allem darauf konzentrierte, ihren Kopf und Hals zu säubern – für den Fall, dass er blutige Fingerabdrücke auf der Haut hinterlassen hatte.

Der letzte Schwall Wasser rieselte auf sie herab. Er schaute sich um. Bislang hatte er Glück gehabt. Doch er sollte die Dienste der Glücksgöttin nicht überstrapazieren. Jederzeit konnte ein nächtlicher Autofahrer hier anhalten und ihn neben der Leiche sehen. Je schneller er die Tote positionierte, desto besser.

***

Um halb fünf riss der Handy-Weckton Juri aus dem Schlaf. Wie jeden Morgen richtete der Lkw-Fahrer sich bereits nach wenigen Sekunden auf. Gähnend streckte er sich in der Koje. Im engen Sattelschlepper musste er erst umständlich nach vorn klettern, um die Gardinen zurückziehen zu können. Im Außenspiegel sah er zu seiner Verwunderung nach wie vor den Wagen der schönen Frau. Ob sie schlief? Vielleicht hätte sie Lust, einen Kaffee mit ihm zu trinken.

Er stieg aus und lief zuerst zur Toilette. Dort angekommen, blickte er flüchtig zu dem Wagen und bemerkte etwas am Boden vor Beifahrertür. Täuschten ihn seine Augen?

Unsicher näherte er sich dem Auto. Als er bis auf dreißig Schritte herangekommen war, wurde ihm klar, dass in der Nacht etwas Schreckliches geschehen war. Juri stieß einen russischen Fluch aus. Ein Monster hatte sich an der Frau vergangen.

Obwohl er kaum Hoffnung hegte, musste er sich vom Zustand der Frau überzeugen. Womöglich hatte sie wie durch ein Wunder überlebt und wäre noch zu retten. Doch je näher er kam, desto mehr schwand seine letzte Hoffnung, aus der Geschichte als Held hervorzugehen.

6

Da das Wetter mitspielte, hatte Melanie Drosten im Garten alles für den Grillabend hergerichtet. Sie war aufgeregt. Lukas Sommer und seine Frau waren zwar schon bei ihnen zu Gast gewesen, damals allerdings ohne ihren Sohn Jeremias. Nun stand ihr der Besuch einer befreundeten Familie bevor – von einem solchen Anlass hatte sie früher so oft geträumt! Und endlich ging dieser Traum in Erfüllung.

Sogar Rocky lief aufgeregt hin und her. Er ahnte, dass ein besonderer Abend bevorstand. Melanie ließ den Blick über die Saucen und Getränke auf dem Tisch schweifen. Nichts schien zu fehlen.

»Wann schmeißt du den Grill an?«, rief sie ins Haus hinein.

Robert trat zu ihr nach draußen und lächelte beruhigend. »Der Gasgrill ist blitzschnell einsatzbereit. Nicht so wie früher unser Kohlegrill.«

»Hoffentlich.« Ihr war es wichtig, am Ende des

Abends als gute Gastgeberin dazustehen.

»Willst du eine Wurst haben, Dana?«, fragte Jeremias eine Dreiviertelstunde später. »Ich glaube, die sind fertig.«

Amüsiert beobachtete Melanie den Jungen, der keinerlei Hemmungen in der ungewohnten Umgebung zeigte und offenbar riesigen Hunger hatte. Dana hingegen verhielt sich zurückhaltender, obwohl sie es aus dem Heim gewohnt war, mit vielen Leuten am Esstisch zu sitzen. Sie senkte oft den Blick und hatte einen Stoffbären mit nach draußen genommen. Außerdem hatte sie mehrfach Rocky zu sich gerufen, der jedoch meist nur kurz bei ihr verweilte, ehe die Grillgerüche ihn wieder fortlockten.

»Ja, ich nehme eine Wurst«, antwortete sie leise.

Jeremias nahm die Grillzange und packte zwei Würste auf seinen Teller. Eine brachte er dem Mädchen, eine behielt er für sich selbst.

»Danke.«

Melanie lächelte ihrer Pflegetochter stolz zu. Gute Manieren hatte sie schon im Heim gezeigt und nach ihrem Umzug nie abgelegt, obwohl die Heimleitung angemerkt hatte, dass dies passieren könnte.

»Ich find die Pixar-Filme auch cool«, sagte Jeremias. Er hatte sich bei seiner Ankunft Danas Zimmer zeigen lassen und die Filmposter bewundert. »Am coolsten sind die *Incredibles*. Hättest du gern Superkräfte?«

»Weiß nicht«, murmelte sie.

»Ich schon. Am liebsten wäre ich blitzschnell wie

der Sohn. Stell dir vor, ich könnte zum Grill, und keiner bekommt's mit.«

Die Erwachsenen lachten, und auch Dana entfuhr ein Kichern.

»Mach dir nicht zu große Hoffnungen.« Robert stand auf und ging zum Grill. »Ich würde das fehlende Fleisch bemerken.«

»Aber Sie könnten mir nichts beweisen«, erwiderte Jeremias.

»Schon vergessen, dass er der beste Polizist der Welt ist?«, fragte Lukas Sommer seinen Sohn.

Jeremias warf einen kritischen Blick zu dem Mann, der gerade fertig gegrillte Fleischstücke auf einen Teller stapelte.

»Besser als du?«, flüsterte er.

»Tausendmal besser«, behauptete Sommer.

»Glaub deinem Vater nicht.« Robert kehrte an den Tisch zurück. »Höchstens doppelt so gut.« Er zwinkerte dem Jungen zu.

***

Kaum hatten sie das großzügig bemessene Fleisch komplett vertilgt, klingelte Drostens Handy im Wohnzimmer.

»Hoffentlich nichts Dienstliches«, brummte Melanie.

Drosten sah sie entschuldigend an und erhob sich. Er ahnte, dass ihr Wunsch nicht in Erfüllung ginge – und sollte recht behalten. Im Display stand der Name

›Peter Stenzel‹. Ein Hauptkommissar aus dem Kreis Mettmann, mit dem er bei früheren Ermittlungen zusammengearbeitet hatte.

»Hallo, Peter«, begrüßte er ihn.

»Hallo, Robert. Entschuldige, dass ich dich an einem Freitagabend störe. Ich hatte den ganzen Tag so viel zu tun, dass ich nicht eher dazu gekommen bin.«

Der Tonfall des Mannes klang ernst. Das war eindeutig kein Höflichkeitsanruf. Drosten suchte Sommers Blick. Er winkte ihn zu sich und bat ihn mit einer stummen Geste, die Balkontür zu schließen.

»Wir haben Besuch. Ein Kollege mit Frau und Sohn. Ach, und das Wichtigste weißt du noch gar nicht. Meine Ehefrau Melanie und ich haben ein Pflegekind aufgenommen.«

»Wunderbar! Eine verantwortungsvolle Aufgabe. Ich gratuliere zu eurem Mut. Aber dann tut mir mein Anruf umso mehr leid. Soll ich mich morgen früh wieder melden?«

Stenzel sprach von Samstagvormittag. Nicht vom nächsten Werktag. Sein Anliegen schien keinen großen Aufschub zu dulden.

»Nicht nötig. Betrifft es die KEG?«

»Wahrscheinlich.«

»Dann schalte ich den Lautsprecher ein, damit Hauptkommissar Sommer ebenfalls mithören kann.«

Drosten berührte das entsprechende Symbol auf dem Display und legte das Handy auf den Wohnzimmertisch. Sommer begrüßte Stenzel, was der knapp erwiderte und dann gleich auf den Grund des Anrufs zu sprechen kam.

»Zu Beginn oute ich mich als Streber«, sagte er. »Ich lese alle Behördenmitteilungen, die die KEG verschickt.«

»Sehr löblich.« Drosten schmunzelte. »Aber wahrscheinlich bloß, weil wir uns persönlich kennen.«

»Und schätzen. Ja, das spielt eine Rolle. Die Morde in Baden-Baden und Sankt Peter-Ording. Gibt's da neue Erkenntnisse?«

»Wir gehen Spuren nach. Das zweite Opfer war einige Wochen vor seiner Ermordung mit einer Reitsportgruppe in Iffezheim. Übernachtet hat die Gruppe in einem Hotel in Baden-Baden. Allerdings ermitteln wir noch nicht offiziell, sondern sammeln bloß Hintergrundmaterial. Was ist bei dir passiert?«

»Eine ziemlich übel zugerichtete Tote. Bei der Mordwaffe handelt es sich um ein Skalpell. Der Täter hat große Teile ihres Gesichts zerschnitten. Außerdem hat er die Leiche nach der Tat arrangiert.«

»Wo ist der Mord geschehen?«, fragte Sommer.

»Auf einem Autobahnparkplatz im Kreis Mettmann. Deshalb bin ich der leitende Beamte.«

»Wie war die Leiche arrangiert?«, hakte Drosten nach.

»Der Täter hat den Kopf des Opfers so gedreht, dass sich das Gesicht in den blitzsauberen Reifenfelgen des rechten Vorderreifens spiegelte. Da alle anderen Felgen normal verschmutzt waren, hat der Mörder wahrscheinlich nachgeholfen. Die Felge gesäubert.«

»Habt ihr einen Computer oder ein mobiles Telefon

des Opfers gefunden?«

»Ihr Handy ist verschwunden, obwohl sie definitiv mindestens eins besessen hat. In ihrer Wohnung liegt ein LAN-Kabel unter dem Schreibtisch.«

»Scheiße!«, fluchte Drosten. »Das sind zu viele Parallelen. Ich fürchte, alle drei Fälle hängen zusammen. Kannst du mir Bilder der Toten mailen? Wie hieß sie überhaupt?«

»Alexandra Nagel.«

Durch den Namen bekam die Tote für Drosten eine Identität. Er hasste es, die Namen von Mordopfern nicht zu kennen. Bei Opfern, die jünger waren als er selbst, hatte er sich angewöhnt, stets ihre Vornamen zu benutzen. Dadurch verspürte er einen größeren Druck, den Mörder zu fassen – so, als hätte er das Opfer im richtigen Leben gekannt und es nicht beschützen können.

»Ich schicke dir ihre Fotos an deine dienstliche E-Mail-Adresse«, fügte Stenzel hinzu. »Oder musst du dafür ins Büro?«

»Nein. Ich schau es mir gleich am Computer an.«

»Wenn ich mich nicht irre, darf die KEG erst eingreifen, sobald ein LKA involviert ...«

»Das hat sich kürzlich geändert«, unterbrach Drosten ihn. »Uns wurde zwar das Budget gekürzt, aber dafür können wir jetzt unabhängiger agieren.«

»Heißt das, ich könnte euch zu den Ermittlungen hinzuziehen, ohne vorher jemanden um Erlaubnis zu bitten?«

Drosten betrachtete Sommer, der zustimmend

nickte.

»Das liegt in deiner Hand. Je schneller, desto besser«, sagte Drosten.

»Ich bin die nächsten Tage zur garantierten Freude meiner Familie dienstlich fest eingespannt«, erklärte Stenzel. »Meinetwegen könnt ihr gern morgen zu uns stoßen. Oder wann immer es passt.«

»Ich meld mich gleich noch einmal bei dir«, versprach Drosten.

Er beendete das Gespräch.

»Bitten wir zuerst um Absolution, oder schauen wir uns erst die Fotos an?«, fragte Sommer.

»Gehen wir an meinen PC.«

Die meisten Bilder stammten vom Tatort, doch Hauptkommissar Stenzel hatte zusätzlich ein Porträtfoto der jungen Frau mitgeschickt. Ihre Ähnlichkeit zu dem Todesopfer aus Baden-Baden war unverkennbar. Ebenso wie die Eskalation bei der Tatausführung.

»Verliert er die Kontrolle?«, fragte Drosten.

»Wäre aus Ermittlersicht nicht das Schlechteste«, antwortete Sommer.

Drosten wusste, worauf sein Kollege anspielte. Obwohl ein Kontrollverlust für die Opfer meist noch größere Qualen bedeutete, lieferte er den Ermittlern mehr Ansätze, um dem Täter auf die Spur zu kommen.

»Fahren wir direkt morgen früh?«

»Jennifer und Jeremias werden nicht begeistert sein. Aber derzeit sind die Spuren frisch.«

»Melanie und Dana brechen sicher auch nicht

gerade in Jubel aus.« Er zuckte mit den Achseln. »Das ist halt unser Job. Ob wir irgendwo ein preisgünstiges Appartement finden?«

»Woher kennst du Stenzel?«

»Als das BKA damals die Täter aus dem Darknet gejagt hat, war er der erste Kommissar, mit dem wir kooperiert haben. Er stand der Zusammenarbeit von Beginn an aufgeschlossen gegenüber. Ihm geht es nie um die Lorbeeren des Falls, sondern um die Inhaftierung des Mörders.«

»Käme er für die KEG infrage?«, erkundigte sich Sommer.

Über kurz oder lang müsste die KEG personell mit festen Ermittlern aufgestockt werden. Trotz der aktuellen Budgetkürzungen. Doch wahrscheinlich stünde das erst im nächsten Jahr auf der Tagesordnung.

»Fachlich wäre er qualifiziert. Ich weiß allerdings nicht, ob er sich einen Umzug nach Hessen vorstellen kann. Er ist ein Familienmensch und hat feste Wurzeln im Rheinland.«

Ein paar Minuten später hatten sie eine preiswerte Unterkunft mit zwei Schlafzimmern und einem zusätzlichen Raum gefunden, in dem es sich aushalten ließ. Drosten buchte zunächst drei Übernachtungen. Sie würden zuerst im Umfeld der dritten Toten recherchieren, bevor es sie zu den früheren Tatorten verschlüge.

Kaum hatten sie das erledigt, kontaktierte Drosten Hauptkommissar Stenzel erneut und kündigte ihre Ankunft für den Folgetag an, zur Mittagszeit.

»Jetzt zum Schafott.« Drosten zwinkerte seinem Kollegen zu.

Als die beiden Männer in den Garten zurückkehrten, ergriff Jennifer Sommer rasch das Wort. »Schau sie dir an, Melanie. Wie schuldbewusst sie wirken. Kleine Jungs, die wir beim Griff in die Keksdose erwischt haben.«

Melanie seufzte. »Müsst ihr noch heute Abend losfahren?«

»Morgen früh«, antwortete Drosten. »Kreis Mettmann. Ich schätze, wir sind zweieinhalb Stunden mit dem Auto unterwegs und sollen zur Mittagszeit eintreffen. Bei Hauptkommissar Stenzel. Ich hab dir von ihm erzählt.« Vor den Kindern wollte er den Grund der Reise nicht vertiefen.

»Morgen?«, beschwerte sich Jeremias. »Was ist mit unserem Besuch bei der Eintracht? Wir haben Karten!«

»Deine Mutter wird mich würdevoll vertreten«, antwortete Sommer.

»Na super! Mama weiß nicht mal, was Abseits ist.«

»Eine leckere Eiscreme?«, fragte sie scheinheilig. Jeremias stöhnte genervt.

7

Samstagmittag kamen Robert Drosten und Lukas Sommer im Präsidium in Mettmann an. Da Drosten Hauptkommissar Stenzel eine halbe Stunde vor der Ankunft Bescheid gegeben hatte, erwartete der sie bereits in dem erst vor wenigen Jahren fertiggestellten Gebäude.

»Hallo, Peter!« Trotz des Anlasses freute sich Drosten, seinen Kollegen wiederzusehen. Von Hauptkommissarin Rosenberg in Köln abgesehen, war er selten auf jemanden getroffen, mit dem die Zusammenarbeit so reibungslos geklappt hatte.

»Robert! Gut siehst du aus!«

Die beiden Männer schüttelten sich die Hand, und Stenzel klopfte Drosten kameradschaftlich auf die Schulter.

»Darf ich dir meinen Freund und Partner Lukas Sommer vorstellen?«

Stenzel reichte Sommer ebenfalls die Hand. »Schön, Sie kennenzulernen.«

»Ebenso. Aber mir wäre es recht, gleich zum Du überzugehen. Sonst komm ich mir wegen eures Vertrauensverhältnisses diskriminiert vor.«

Stenzel lächelte. »Einverstanden. Wie lange arbeitet ihr schon zusammen?«

»Seit fast zwei Jahren«, antwortete Drosten. »Nachdem Lukas von den Toten wiederauferstanden ist, musste sich ja jemand um ihn kümmern.«

Stenzel runzelte die Stirn. »Von den Toten auferstanden?«

»Eine lange Geschichte«, meinte Sommer. »Ich erzähl sie dir gern bei Gelegenheit.«

Stenzel nickte. »Die wird es geben. Jetzt gehen wir am besten in mein Büro. Ihr braucht einen Überblick.«

»Wir nehmen derzeit Alexandra Nagels Leben auseinander«, referierte Stenzel fünf Minuten später.

Auf seinem Schreibtisch lagen diverse Papierstapel, die er offenbar für seine Gäste sortiert hatte.

»In sozialer Hinsicht führte sie ein zurückgezogenes Leben. Hatte keine feste Partnerschaft. Zu ihren Eltern pflegte sie eine harmonische Beziehung und traf sich mit ihnen alle zwei Wochen sonntags zum Kaffee. Sie hatte einige wenige Freunde, sowohl männliche als auch weibliche. Mit den Freunden haben wir schon gesprochen. Verdächtig ist keiner davon. Der Arbeitgeber, bei dem sie in einem Team von zwölf Mitarbeitern beschäftigt war, hat uns die Kontaktdaten der Teammitglieder zur Verfügung gestellt. Die will ich am Wochenende überprüfen.« Er trank einen Schluck Wasser.

»Das Fehlen des Laptops und des Handys erschwert unsere Ermittlungen. Es wäre hilfreich, zu wissen, ob Frau Nagel in Datingportalen angemeldet war oder regelmäßig mit jemandem gechattet hat.«

»Die fehlenden Geräte sind leider eine bedeutende Parallele zu Baden-Baden und Sankt Peter-Ording«, meinte Drosten. »Der Verdacht liegt nahe, dass der Mörder sie an sich genommen hat.«

»Gibt es Hinweise, ob der Täter dafür in die Wohnungen der Opfer eingedrungen ist?«

»Nein. Die Anzeichen sprechen dagegen. Bei den Opfern haben wir die Schlüssel gefunden. Der Täter hätte sie an sich nehmen und später wieder bei der Leiche deponieren müssen«, erklärte Sommer. »Wir sehen keinen Grund, warum er dieses Risiko hätte eingehen sollen.«

»Zumal die zweite Tote im Sand eingegraben war. Mit dem Schlüsselbund in der Hosentasche«, fügte Drosten hinzu.

»Also bewegt er sie vermutlich dazu, beide Geräte zum Tatort mitzuschleppen«, folgerte Stenzel.

»Was beim Handy normal wäre, bei einem Laptop nicht«, sagte Sommer.

»Die Lösung dieses Rätsels bringt uns bestimmt ein gehöriges Stück weiter. Berücksichtigen wir das bei der Befragung von Nagels Arbeitskollegen.«

***

Ihr erster Weg führte die Polizisten an den Stadtrand Erkraths, zu einer jungen Mutter, die Teilzeit in Alexandras Firma arbeitete. Da es ein schulfreier Samstag war, wuselte ein Grundschulkind um sie herum und versuchte immer wieder, die Aufmerksamkeit der Mutter zu gewinnen.

»Ole, ich muss mich in Ruhe mit den Herren unterhalten«, sagte sie schließlich genervt. »Wir spielen später zusammen. Geh auf dein Zimmer. Sonst sperren dich die Polizisten ein.«

»Ich hab überhaupt nichts getan!«, protestierte Ole.

»Deine Mutter hat nur Spaß gemacht.« Sommer zwinkerte dem Jungen verschwörerisch zu. »Trotzdem wäre es nett, wenn du uns zehn Minuten in Ruhe lässt.«

Der Schuljunge musterte Sommer, drehte sich wortlos um und verließ das Wohnzimmer.

»Entschuldigen Sie«, bat die Mutter. »Uns fehlt eine männliche Autorität im Haus.« Sie seufzte. »Schrecklich, was Alexandra zugestoßen ist. Haben Sie einen Verdacht, wer es gewesen ist?«

»Wir sammeln derzeit Anhaltspunkte«, bekannte Stenzel. »Hat Frau Nagel mal bei der Arbeit erwähnt, dass sie mit jemandem Ärger hat?«

Die Frau dachte kurz nach, dann schüttelte sie den Kopf. »Nein. Sie war noch nicht lange in unserer Abteilung. Richtig ausführlich hab ich nie mit ihr gequatscht. Zumal ich ja meistens mittags Feierabend mache.« Sie zuckte entschuldigend die Achseln. »Haben Sie schon Nico befragt?«

Stenzel blätterte in seinem kleinen Notizbuch. »Nico Knauf?«, vergewisserte er sich.

»Genau.«

»Bislang nicht. Wieso fragen Sie?«

Drosten sah der Mutter an, dass es ihr unangenehm war, die Frage gestellt zu haben.

Sie schob die Tischdecke ein paar Zentimeter nach links und verzog den Mund. »Ich will keine Gerüchte in die Welt setzen«, begann sie vorsichtig. »Alexandra hatte sich Mittwoch krankgemeldet. Nico war darüber richtig sauer.«

»Hat er erwähnt, weswegen?«

»Ich hab bloß mitbekommen, wie er zu Stefan gesagt hat, er fände Alexandras Verhalten unmöglich. Erst würde sie versuchen, ihn zu verarschen, und dann hätte sie am nächsten Tag nicht die Eier in der Hose, zu ihrem Betrugsversuch zu stehen. Seine Wortwahl, nicht meine.«

»Mehr haben Sie nicht mitbekommen?«, hakte Stenzel nach.

Die Frau schüttelte bedauernd den Kopf.

»Dann suchen wir als Nächstes Herrn Knauf auf«, verkündete Stenzel. »Warnen Sie ihn bitte nicht vor.«

»Keine Sorge. Nico und ich sind nicht die engsten Kollegen.«

»Hat das einen Grund?«

»Ich finde ihn ... unangenehm. Er ist bei Telefonaten Kunden gegenüber ziemlich unfreundlich. Außerdem kommt er regelmäßig zu spät – was in einem kleinen Team wirklich nervt.«

***

Nico Knauf wohnte mit seiner Lebensgefährtin und insgesamt drei Hunden in einer Doppelhaushälfte. Er führte die Polizisten in eine urig eingerichtete Küche, die von blau-weißen Farben dominiert wurde.

»Hier haben wir den meisten Platz«, sagte er und deutete auf den Küchentisch. »Sie kommen wegen Alexandras Tod?«

Stenzel nickte. »Wir haben erfahren, dass Sie vergangene Woche nicht gut auf Ihre Kollegin zu sprechen waren.«

»Wie hätte ich das sein können? Alexandra hat versucht, mich zu linken. Man soll nicht schlecht über Tote reden, aber das war eine miese Nummer von ihr.«

»Was hat sie getan?«, fragte Drosten.

Knauf hielt eine Thermoskanne hoch. »Möchte jemand von Ihnen grünen Tee? Oder soll ich einen Kaffee aufkochen?«

Die Polizisten verneinten dankend.

»Anfang der Woche hab ich meinem Kollegen Stefan bei der Arbeit erzählt, dass ich einen neuen Laptop brauche, mir aber das nötige Kleingeld fehlt. Ich hab ihn gefragt, ob er einen Tipp hätte. Alexandra geselle sich zu uns in die Küche und hörte gespannt zu. Dann sagte sie, ich könne ihr Gerät haben, das angeblich erst ein paar Wochen alt sei. Sie wäre vom Desktoprechner auf einen Laptop umgestiegen, was sich als falsche Entscheidung herausgestellt hätte. Ich war interessiert, zumal sie einen Preis nannte, der in meinem Budget lag. Also vereinbarten wir, dass ich abends zu ihr komme, um mir das Gerät anzusehen. Gesagt, getan. Anfangs schien alles in bester Ordnung. Sie hatte eine Originalrechnung, und auf dem Laptop waren erfreulich wenig Programme installiert. Chrome, Word, ein PDF-Reader, maximal drei oder vier Symbole, die mir nichts sagten. Ich witterte das Schnäppchen des Jahres. Bis ich feststellte, dass sie mich verarschen wollte.« Bei der Erinnerung schüttelte er den Kopf.

»Wieso?«, fragte Stenzel.

»Als ich ausprobierte, wie schnell der Laptop Internetseiten aufbaute, tauchte plötzlich ein Totenkopfsymbol auf.«

Drosten entging Stenzels Stirnrunzeln nicht.

»Der Rechner ließ sich nicht mehr bedienen«, fuhr Knauf fort. »Alexandra hatte sich einen üblen Virus eingefangen. Ich vermute, sie wollte den Laptop deswegen loswerden. Da bin ich aus Prinzip abgesprungen. Natürlich hätte man probieren können, ob man den Virus löschen oder zumindest in Quarantäne stecken kann. Wobei mir das zu heikel war. Ich war wirklich sauer«, bekannte er.

»Hatte sie eine Erklärung?«

»Bla, bla, bla. Das war ihre Erklärung. Ich habe ihr das schlechte Gewissen angemerkt. Ich bin dann wieder gefahren. Jetzt stehe ich noch immer ohne Laptop da ...« Schuldbewusst hielt er inne. War ihm seine Taktlosigkeit aufgefallen?

»Haben Sie für Donnerstagabend ein Alibi?«, fragte Stenzel.

»Schatz?«, rief Knauf laut.

Kurz darauf erschien seine Lebensgefährtin in der Küche.

»Die Herren wollen wissen, wo ich Donnerstagabend war.«

»Wie jeden Donnerstag bei unserem Tanzkurs«, antwortete sie. »Wir heiraten in fünf Wochen und wollen uns beim Ehrentanz nicht blamieren.«

»Natürlich hab ich mich über Alexandras Abzocke geärgert. Umgebracht hab ich sie deswegen nicht«, versicherte Knauf. »Wofür halten Sie mich?«

***

Zurück im Auto fragte Drosten seinen Kollegen: »Du hast ungewöhnlich reagiert, als er den Virus erwähnte.«

»Ich hab gestern mit einem der wenigen Freunde des Opfers geredet. Marcel Siegbach. Den letzten Kontakt zu ihr hatte er in der Woche vor Alexandras Ermordung. Sie war zu ihm gefahren, weil angeblich ein Virus ihren Laptop unbrauchbar gemacht habe. Er konnte das allerdings nicht bestätigen. Seiner Ansicht nach war der Computer in Ordnung, und das installierte Antivirusprogramm hat keine Schadsoftware angezeigt.«

»Nach Knaufs Aussage klingt das unglaubwürdig. Hast du Hintergrundinformationen über Siegbach gesammelt?«, fragte Drosten.

»Das erschien mir bisher nicht nötig. Wir sollten zu ihm fahren und ihn mit unserem neuen Wissen konfrontieren.«

8

Josefine starrte aus dem Fenster. Seit Wochen schien die Sonne von einem fast wolkenlosen Himmel. Das war so ungerecht! Eigentlich müsste der Himmel weinen aufgrund des Verlustes, den die Erde erlitten hatte.

Sie erinnerte sich an die vielen Unternehmungen mit ihrer Mutter. Schon früh hatte der Tod des Vaters ein enges Band zwischen ihnen gestrickt. Alle wundervollen Kindheitserinnerungen hatten etwas mit ihrer Mutter zu tun. Die Urlaube auf Baltrum, vierzehn Jahre hintereinander in den Sommerferien. Die vielen Geburtstagsfeiern. Die Fernsehabende. Die Abifeier. Die gemeinsame Überlegung, welchen Berufsweg Josefine nach der Schule einschlagen sollte, die am Ende zum richtigen Ergebnis geführt hatte. Die Suche nach Josefines erster eigener Wohnung. Am falschen Ort, aber das konnte sie damals nicht ahnen.

Tränen stiegen der 27-Jährigen in die Augen. Sie wandte sich vom Fenster ab. Auf dem

Wohnzimmertisch stand eine Packung Kleenex neben dem Laptop. Sie zog ein Tuch heraus und tupfte sich die Tränen ab.

»Mama, ich vermiss dich so«, flüsterte sie.

Der schicksalhafte Anruf hatte sie völlig überrascht. Sie war an jenem verhängnisvollen Tag gerade von der Arbeit nach Hause gekommen, als das Telefon geklingelt hatte. Das Display hatte eine unbekannte Nummer aus ihrem Heimatort angezeigt. Sie hatte den Anruf angenommen und schon bei der Meldung des Krankenhausarztes eine schlimme Vorahnung gehabt. Ihre Mutter war bei einem Verkehrsunfall schwer verletzt worden, und man hatte in der Geldbörse einen Zettel gefunden, der Josefine als Notfallkontakt auswies. Sie hatte sich sofort auf den vierzigminütigen Weg in ihre Geburtsstadt begeben. Doch sie war zu spät gekommen. Ihre Mutter hatte den Kampf um ihr Leben verloren.

Seitdem fühlte sich Josefine unvollständig und schuldgeplagt. Wäre sie nicht in die eigene Wohnung gezogen, um sich das morgendliche Pendeln zur Arbeit zu ersparen, wäre sie rechtzeitig im Krankenhaus gewesen. Hätte sich verabschieden können. Ein letztes Mal ihrer Mutter die Hand streicheln oder ihr die Stirn küssen, während sie das noch mitbekam.

Stattdessen hatte sie den leblosen Körper angestarrt und war schließlich weinend aus dem Aufbewahrungsraum gerannt.

Josefine trat an den Kühlschrank und nahm das letzte Stück der Cremetorte heraus, die sie vorgestern gekauft hatte. Seit dem Tod ihrer Mutter aß sie nur noch unregelmäßig. Ohne das ganze schokoladenhaltige Zeug hätte sie deutlich mehr als drei Kilo abgenommen.

Sie setzte sich an den Wohnzimmertisch und startete den Laptop. Da er mehrere Jahre alt und seine Speicherkapazitäten zu neunzig Prozent ausgeschöpft war, dauerte das Hochfahren entsprechend lang. Josefine scheute den Gedanken, sich ein neues Gerät zuzulegen. Ihre finanziellen Grenzen waren eng gesteckt. Sie hatte die Schulden der Mutter übernommen, um das Erbe antreten zu können. Zwar waren es nur zwölftausend Euro gewesen, trotzdem befand sich seitdem auch ihr eigenes Konto tief im Minus. Doch unter keinen Umständen hätte sie auf den Schmuck verzichten wollen, den ihre Mutter in einem Bankschließfach aufbewahrt hatte. Leider hatte man ihr den Schlüssel erst ausgehändigt, nachdem sie einen Erbschein vorzeigen konnte. Der Schmuck hatte vermutlich einen Gegenwert von zwanzigtausend Euro, wodurch sich der Saldo auf dem Girokonto relativierte. Und der ideelle Wert lag für Josefine weit höher.

Endlich war der Computer einsatzbereit. Sie rief im Browser Facebook auf. Früher hatte sie die Plattform unregelmäßig genutzt und oft wochenlang nichts gepostet. Seit dem schrecklichen Unfall nutzte sie jedoch ihr Profil, um die Erinnerung an ihre Mutter wachzuhalten.

Josefine wählte einen passenden Hintergrund für das nächste Posting aus, bevor sie die Worte *Für die*

Welt warst du nur ein Mensch, für mich warst du die ganze Welt schrieb, und den Beitrag veröffentlichte.

Es dauerte nicht lang, bis die ersten ihrer zweihundert Facebook-Freunde mit einem traurigen Emoji reagierten – ein Zeichen der Anteilnahme, das ihr Kraft schenkte. Sie hätte es nicht ertragen, wenn der Tod ihrer Mutter den anderen Menschen egal wäre.

Nach einer Weile schloss sie den Browser und öffnete den Dateimanager. Im Unterregister ›Bilder‹ bewahrte sie alle Fotografien auf, die es von ihrer Mutter gab. Zusätzlich hatte sie noch drei prall gefüllte Fotoalben, doch in denen steckten vor allem ältere Aufnahmen aus der Zeit vor den Neunzigern. Ihre Mutter hatte in ihrem Job als Fotografin sehr früh die Digitalfotografie für sich entdeckt und umfangreiche digitale Sammlungen angelegt. Diese füllten nun einen Großteil der Speicherkapazität von Josefines Laptop.

Der Anblick der meisten Bilder machte sie traurig. Doch manche Fotos entlockten ihr auch beim x-ten Ansehen ein Lächeln.

Sie verlor sich in den Fotos des letzten Baltrum-Urlaubs. Das Wetter war zwei Wochen lang perfekt gewesen, und sie hatten eine wahnsinnig unbeschwerte Zeit erlebt.

Das war alles unwiderruflich vorbei.

Das Klingeln des Handys lenkte sie ab. Im Display stand der Name *Veronika*. Bestimmt hatte ihre langjährige Freundin das neue Posting entdeckt. Josefine überlegte, den Anruf zu ignorieren. Allerdings kannte sie Veronikas Ausdauer. Sie brächte es fertig, so lange anzurufen, bis Josefine das Gespräch annähme. Daher beschloss sie, es lieber gleich hinter sich zu bringen.

»Hi«, sagte Josefine zur Begrüßung.

»Hallo, Süße. Wie geht's dir?«

»Ganz okay.«

»Machst du irgendwas Besonderes?«

Sollte sie lügen? Josefine schaute sich im Wohnzimmer um. »Ich nutze das Wochenende zum Aufräumen. War mal nötig.«

Nur eine halbe Lüge. Sie müsste tatsächlich mal wieder Ordnung schaffen, doch fehlte ihr die Kraft dazu.

»Patrick hat hier in den letzten Tagen auch alles liegen gelassen«, schimpfte Veronika über ihren Ehemann.

»Stimmt überhaupt nicht«, erklang dessen Stimme aus dem Hintergrund.

»Hast du heute Abend etwas vor?«, fragte Veronika unvermittelt.

Josefine fühlte sich überrumpelt. »Wieso?«

»Ich würde dich gern ins Kino einladen. Ein Mädchenabend.«

Die Vorstellung, einen Samstagabend unter gut gelaunten Menschen zu verbringen, erschien ihr wie ein Frevel an ihrer Mutter.

»Das geht leider nicht«, murmelte sie.

»Süße, wann bist du das letzte Mal ausgegangen? Ich mache mir Sorgen. Der schreckliche Unfall ist vier Monate her.«

»Du sagst es. Vier Monate! Das ist nichts. Ich versteh überhaupt nicht, warum dafür niemand Verständnis hat.«

»Josefine, so war das nicht ge...«

»Alle meinen, ich soll mich nicht anstellen. Mama war aber nicht irgendwer, sondern der wichtigste Mensch in meinem Leben. Hättest du Lust, vier Monate nach Patricks Tod ins Kino zu gehen?«

»Keine Ahnung«, gestand Veronika. »Hilft es dir denn, dich zu Hause zu verkriechen?«

»Ich kann mir gerade nichts anderes vorstellen. Danke, dass du angerufen hast. Ich muss weiter aufräumen.«

»Okay, Süße. Meld dich, wenn du jemanden zum Reden brauchst.«

»Mach ich«, sagte Josefine und beendete das Gespräch.

***

Lächelnd legte er den Kopfhörer beiseite. Das Telefonat zu belauschen stellte eine gelungene Abwechslung dar. Auch wenn er nur Josefines Antworten gehört hatte. Normalerweise redete sie überhaupt nicht oder sprach zu ihrer verstorbenen Mutter, versicherte ihr, wie stark sie sie vermisste.

Ob Josefine Verständnis für ihn hätte, wenn sie seine Lebensgeschichte kennen würde?

Sein Vater war zwar nicht gestorben, aber für immer fortgegangen, als sein Sohn drei Jahre alt gewesen war.

Er zahlte weder Unterhalt, noch schickte er zu Geburtstagen oder Weihnachten Geschenke. Das war fast schlimmer als ein unerwarteter Todesfall. Alles, was danach passiert war, hatte mit dem Fortgang des Mistkerls zu tun. Der ganze Hass der Mutter, den er abbekommen hatte, war eigentlich an seinen Vater adressiert gewesen.

Josefine wusste gar nicht, wie viel Glück sie gehabt hatte. Momentan hielt sie sich für den unglücklichsten Menschen der Welt. Doch er würde ihr zeigen, dass sie noch lange nicht am Tiefpunkt angekommen war.

Von den bisherigen Kandidatinnen hatte sie den ältesten Laptop. Doch immerhin verfügte das Gerät über eine SIM-Karte zum mobilen Surfen übers Handynetz. Josefines finanzieller Verlust würde sich in Grenzen halten, wenn sie bereit war, einen harten Schnitt zu machen. Aber er war sicher, dass sie wegen des ideellen Werts der Festplatte keine Dummheiten begehen würde.

Auf dem Monitor sah er genau, wie Josefine die Zeit nach dem Telefonat vertrödelte. Über eine halbe Stunde betrachtete sie verschiedene Fotos, die sie mit ihrer Mutter zeigten. Glückliche Kindheits- und Jugenderinnerungen. Von den Dateiordnern der archivierten Bilder hatte sie Sicherungskopien auf einem Stick gespeichert. Josefine ahnte nicht, dass er ihn mit einem Virus verseucht hatte, als sie ihn kürzlich zur Zwischenspeicherung benutzt hatte. Sobald ihr Laptop nicht mehr funktionierte, würde sie garantiert versuchen, die Bilder auf dem Stick zu sichten. Er malte sich den Schreck aus, den sie dann erleiden würde. Schade, dass er den Moment wohl nicht live miterlebte.

Es wurde Zeit, in Josefines Leben zu treten. Seine Finger schwebten über der Tastatur. Sollte er jetzt schon das neue Spiel beginnen? Alexandra war erst zwei Tage tot. Die Abstände, in denen er den Nervenkitzel benötigte, wurden kürzer.

Zu kurz?

Er beschloss, ihr noch ein wenig Ruhe zu gönnen. Doch er ahnte, dass er es nicht lange aushalten würde. Dafür genoss er es zu sehr, Macht und Kontrolle über die Frauen auszuüben. Immer vorausgesetzt, dass sie ihm nicht seine Pläne durchkreuzten.

9

Sonntagvormittag standen die Hauptkommissare Stenzel, Sommer und Drosten vor dem Haus, in dem Alexandra Nagels befreundeter Computerexperte Marcel Siegbach wohnte. Die Polizisten hatten am Vortag erfolglos versucht, ihn telefonisch zu erreichen.

Stenzel drückte die Klingel des Mannes. Sie warteten fast eine Minute, ohne dass etwas passierte. Drosten überlegte fieberhaft, ob sie auf der richtigen Spur waren. Nico Knauf hatte den Laptop nicht gekauft, weil sich darauf ein Virus befand. Wieso hatte Siegbach ausgesagt, Alexandra hätte ihm den Computer wegen einer Schadsoftware vorbeigebracht, die er jedoch nicht entdeckt hätte?

Stenzel klingelte erneut. Die Hinweise reichten derzeit nicht aus, um sich gewaltsam Zutritt zur Wohnung zu verschaffen. Sie waren auf Siegbachs Kooperation angewiesen.

»Sollen wir nachmittags wiederkommen?«, fragte

Sommer.

Plötzlich knackte es in der Gegensprechanlage. »Hallo«, erklang eine müde klingende Stimme.

»Hauptkommissar Stenzel. Ich war schon vorgestern bei Ihnen. Es geht noch einmal um Frau Nagel. Machen Sie bitte die Tür auf.«

»Wie spät ist es?«

»Halb elf.«

»Oh Gott. Und da wecken Sie mich. Super! Vielen Dank!«

Doch bevor Stenzel ihn nachdrücklich um Einlass bitten konnte, vernahmen sie das Summen des Türöffners.

An der Wohnungstür erwartete sie ein verschlafen aussehender Mann mit zerzaustem Haar. Er trug lediglich T-Shirt und Boxershorts. Sein Anblick deutete darauf hin, dass sie ihn tatsächlich aus dem Bett geklingelt hatten.

»Was gibt's an einem Sonntag so früh zu klären?«, fragte er, bevor er erfolglos versuchte, ein Gähnen zu unterdrücken. »Und wieso kommen Sie zu dritt?«

»Das würden wir ungern im Hausflur besprechen«, erwiderte Stenzel.

»Gehen wir in die Küche.« Der Student führte sie hin. »Sorry, ich brauche zuallererst einen Kaffee. Und ich hab nicht mehr genug Pads, um Ihnen etwas anzubieten. Bin gestern nicht zum Einkaufen gekommen.«

Er legte ein Kaffepad ein, stellte einen Becher unter den Ausguss und startete die Maschine. Als er kurz darauf den ersten Schluck trank, erhellten sich seine Gesichtszüge. »Besser«, murmelte er.

Schlagartig wirkten seine Augen lebhafter. Die Feindseligkeit in Mimik und Körperhaltung, die Drosten wahrgenommen hatte, verschwand. Auch sein Tonfall wurde freundlicher. »Wie kann ich Ihnen helfen?« Inzwischen schien es ihn nicht einmal zu interessieren, wer die beiden anderen Polizisten waren.

»Sie haben ausgesagt, Frau Nagel das letzte Mal gesehen zu haben ...«, begann Stenzel.

»Als sie mir ihren vermeintlich defekten Laptop brachte«, fiel Siegbach ihm ins Wort. »So war es.«

»Wir haben gestern mit einem Arbeitskollegen gesprochen, der ihr den Laptop abkaufen wollte«, fuhr Stenzel fort. »Allerdings entschied er sich dagegen, als er feststellte, dass der Rechner virenverseucht war.«

Die Brauen des Mannes zogen sich zusammen. »Kann eigentlich nicht sein«, entgegnete er. »Zumindest ließ er sich bei mir tadellos bedienen. Andererseits ...« Er hielt nachdenklich inne.

»Ja?«, hakte Stenzel nach.

»Ich hab Alex als ausgeglichenen Menschen schätzengelernt. Sie war nie jemand, der übertrieben panisch reagierte. Oder sich schnell aus der Ruhe bringen ließ. Deshalb ist mir gleich aufgefallen, dass sie wegen des Laptops beunruhigt war. Im Regelfall lassen sich Viren mit entsprechender Software beseitigen. Wie schon gesagt, bei ihr hab ich nichts gefunden. Das war ein relativ neues Gerät, auf dem sich kaum Programme befanden. Das Antivirusprogramm zeigte mir nichts

Verdächtiges an, deshalb hab ich die Prüfung schnell beendet. Er funktionierte eben.« Siegbach zuckte mit den Achseln.

Drosten erinnerte sich an Knaufs Worte, der ebenfalls darauf hingewiesen hatte, wie wenig Programme sie installiert hatte. »Sie kannten Frau Nagel. Wie schätzen Sie ihr Surfverhalten ein? Hätte sie einen Link in einer Spam-E-Mail angeklickt?«

Siegbach zögerte keine Sekunde. »Nein«, widersprach er. »Alex war vorsichtig. Auf solche Mails wäre sie nicht hereingefallen.«

»Könnte sie versehentlich eine virenverseuchte App heruntergeladen haben?«, hakte Drosten nach.

»Wäre zumindest die wahrscheinlichere Variante. Wobei ich vermute, Alex hätte nur Programme aus dem offiziellen App-Store geladen. Nicht von einer dubiosen Quelle. Wodurch sich das Risiko minimiert.«

»Können Sie sich an die Verknüpfungen auf Frau Nagels Desktop erinnern?«, fragte Sommer.

Siegbach nippte an der Kaffeetasse und starrte an ihnen vorbei zum Kühlschrank. »Als Browser benutzte sie Chrome. Ich sehe das Acrobat-Reader-Symbol vor mir, außerdem das blaue W von Word.« Er nahm erneut einen Schluck Kaffee. »Ihr Antivirusprogramm hatte ein orangefarbenes Symbol. Dazu noch ein Heißluftballon und das Abbild einer unbekleideten Schaufensterpuppe. Beide Programme kannte ich nicht. Das Papierkorb-Zeichen und Spotify. An mehr erinnere ich mich nicht.« Er lächelte entschuldigend. »Mehr als ein oder zwei weitere Symbole waren nicht auf dem

Desktop.«

Drosten hatte im Rahmen der Darknet-Ermittlungen einiges über Schadsoftware gelernt. »Könnte es sein, dass Frau Nagel einen Trojaner geladen hat, mit dem ein Unbekannter die Kontrolle über ihren Laptop übernommen hat?«

»Falls ja, war das Programm im Inneren des Rechners gut versteckt«, antwortete Siegbach.

»Sie haben Frau Nagels Antivirusprogramm genutzt, um die Festplatte zu überprüfen?«, vergewisserte sich Drosten. »Kein eigenes?«

»Nein«, bestätigte er. »Meinen Sie, der Trojaner hat der Antivirussoftware vorgegaukelt, keine Schadsoftware zu sein?«

»Technisch möglich wäre es«, sagte Drosten.

»Sie haben recht! Scheiße! Hab ich einen Fehler gemacht?«

»Nein«, beruhigte Drosten ihn. »Davon konnten Sie nicht ausgehen.«

***

Nach weiteren fruchtlosen Gesprächen mit Arbeitskollegen der Ermordeten durchsuchten die Kommissare im Mettmanner Präsidium das Internet nach den App-Symbolen, die Siegbach beschrieben hatte. Doch für den Heißluftballon und die Schaufensterpuppe fanden sie zu viele Suchergebnisse, um einen Schritt vorwärtszukommen.

»Wie lautet eure vorläufige Einschätzung?«, bat

Stenzel die beiden Kollegen um Meinungen.

»Ich glaube nicht, dass der Mörder aus Alexandra Nagels sozialem Umfeld stammt«, sagte Drosten.

»Seh ich genauso«, bestätigte Sommer.

Stenzel nickte zustimmend. »Ein reisender Serienmörder, der in ganz Deutschland tötet? Baden-Baden, Sankt Peter-Ording und jetzt hier im Kreis Mettmann?«

»Würde ich vermuten.« Drosten schaute zu Sommer, der gleich das Wort ergriff.

»Wir haben uns gestern Abend über unser weiteres Vorgehen beraten. Robert und ich teilen uns auf und recherchieren jeweils vor Ort.«

Drosten grinste. »Mich zieht es in den Norden.«

»Was hauptsächlich daran liegt, dass ich viel besser ins mondäne Baden-Baden passe«, erklärte Sommer schmunzelnd.

Stenzel lachte. »Genau so hätte ich euch auch aufgeteilt. Haltet ihr mich auf dem Laufenden?«

»Sobald wir etwas erfahren, teilen wir es dir mit«, versprach Drosten.

10

Gregor Speer betrat am Montagmorgen den Konferenzraum in Baden-Baden, wie immer eine Viertelstunde vor Besprechungsbeginn. Seine Mitarbeiter kannten die Marotte des Softwareentwicklers. Niemand von ihnen wäre auf die Idee gekommen, ihm deshalb frühzeitig in den Raum zu folgen. Speer behielt gern die Kontrolle über alles, was er angeleiert hatte.

Er überprüfte zuerst den Inhalt des Kühlschranks, der mit verschiedenen Softgetränken gefüllt war. Dann schaltete er den Kaffeevollautomaten an und prüfte, ob sich ausreichend Kaffeebohnen im Behälter befanden. Anschließend ließ er per Knopfdruck die elektronischen Jalousien herab und verband sein Tablet per W-LAN mit dem Tageslichtprojektor. Die Präsentation für sein Team war vorbereitet und ließe sich später mit einem Klick an die Wand werfen.

Er nahm Platz und schaute auf die Armbanduhr, die ihm die Mitarbeiter vor einigen Monaten zum vierjährigen Firmenjubiläum geschenkt hatten. Eine Sonderedition eines Berliner Uhrenmachers, für das ein Stück Meteorit verwendet worden war. Die Uhr passte dank des dezenten Graus perfekt zu seinem legeren Outfit, das er in der Firma bevorzugte. Anzüge waren etwas für offizielle Bank- oder sonstige Geschäftstermine. Ansonsten trug er regelmäßig Jeans und T-Shirts. Im Winter auch mal einen Kaschmirpullover.

Durch die Glasfront des Konferenzraumes sah er sein pünktlich herbeischlenderndes Team. Angeführt von Sascha Weller, der den offiziell nicht existierenden Titel des stellvertretenden Geschäftsführers in Anspruch nahm und sich oft wie Speers rechte Hand aufführte. Obwohl Speer ihn garantiert niemals dazu ernennen würde. Manche Aspekte an Wellers Charakter erschienen ihm zwielichtig.

Da er die meisten Kollegen schon am Morgen begrüßt hatte, nickten sie lediglich, als sie eintraten. Bloß Miriam rief gut gelaunt »Hallo« in die Runde. Offenbar war sie wie üblich erst spät an ihrem Arbeitsplatz aufgetaucht.

»Bedient euch an den Getränken, bevor wir anfangen«, empfahl er. »Ich schätze, wir sitzen anderthalb Stunden zusammen.«

»Wo sind die Kekse?«, fragte Marcel.

»Oh«, entfuhr es Speer. »Glatt vergessen.« Er stand auf und öffnete die oberste Schublade eines Schranks.

»Unser Fokus liegt heute auf zwei Themen«, läutete Speer den offiziellen Teil des Meetings ein. »Die neue App, die wir im nächsten Quartal einführen, und das jährliche Treffen mit den wichtigsten Influencerinnen, das bald wieder ansteht. Wir sollten langsam das Programmhighlight festlegen, denn anschließend gibt es noch einiges zu organisieren. Aber beginnen wir mit der Software. Die bereitet in der Entwicklungsphase ein paar Schwierigkeiten, die wir endlich lösen müssen.« Sein Tonfall wurde ernster. Die Firma hatte die Markteinführung der App bereits verschoben. Ein Umstand, der ihm nicht gefiel. Die Dinge hatten gefälligst so zu laufen, wie er es plante.

Herausfordernd betrachtete er die zuständigen Kollegen. Zwei senkten instinktiv den Blick, doch zumindest Luisa hatte den Mut, selbstbewusst aufzutreten.

»Ich schätze, wir haben den größten Fehler gestern Abend beseitigt«, behauptete sie.

»Setz mich ins Bild!«

***

Sascha Weller folgte mit einem Ohr den Ausführungen. Gleichzeitig behielt er die Instagram- und die Facebook-Seite des Unternehmens im Auge. Es war seine Aufgabe, Posts und Nachrichten von Kunden schnellstmöglich an die betreffenden Mitarbeiter zu verteilen – oder sie selbst zu beantworten. Dadurch machte er sich nicht nur Freunde. Im Gegensatz zu dem eloquenten Geschäftsführer, der von jedem Untergebenen angehimmelt wurde, hatte Weller schon zahlreiche Auseinandersetzungen im Betrieb gehabt. Besonders dann, wenn er Aufgaben delegierte und sich die angesprochenen Mitarbeiter nicht zuständig fühlten. Bei Gregor nickten sie stets, bei ihm hingegen diskutierten sie.

Weller sah, wie sein Chef unauffällig auf die Uhr schaute. Dass er von seinen Angestellten eine Armbanduhr zum Firmenjubiläum geschenkt bekommen hatte, war wie ein schlechter Scherz gewesen. Weller hätte es angemessener gefunden, wenn die Mitarbeiter beschenkt worden wären. Doch Miriam und Angela hatten darauf bestanden, dem wohlhabenden Firmengründer ein Geschenk zu machen – als Dank für die vermeintlich fantastischen Arbeitsbedingungen. Obwohl er dagegen gewesen war, hatte er seine Bedenken nicht laut geäußert. Denn das wäre garantiert zu Speer vorgedrungen.

»Wir haben inzwischen eine Kommentarfunktion in die App eingebaut«, sagte Luisa.

Weller horchte auf. »Wieso das?«

Luisa sah verwirrt zu ihm herüber. »Was meinst du?«

»Warum habt ihr eine Kommentarfunktion integriert? Das haben wir nie besprochen. Das war für diese App nicht vorgesehen.«

»Wir geben in vielen Apps den Nutzern die Möglichkeit ...«

»Ihr könnt das nicht einfach entscheiden!«, unterbrach Weller sie. »Wer beantwortet die Kommentare?«

»Ich verstehe nicht, was meinst ...«, stammelte Luisa.

»Ein Nutzer schreibt einen Kommentar, der eine Antwort erfordert. Wer verfasst die Antwort? Du?«

Hilflos schaute Luisa zu Gregor.

»Gregor wird dir das nicht beantworten können«, stichelte Weller.

Der Geschäftsführer hob beruhigend die Hand. »Sascha, bitte nicht in diesem Tonfall.«

»Wofür halten wir ausufernde Entwicklungsmeetings ab, wenn am Ende jemand einfach zusätzliche Funktionen einführt?«, fragte Weller. Er ahnte bereits, was als Nächstes passieren würde. Gregor war ein großer Fan des direkten Kundenfeedbacks.

»Ich finde die Eigeninitiative von Luisas Team nicht schlecht«, sagte der Geschäftsführer.

Luisa grinste triumphierend.

Trotzdem war Weller nicht bereit, so schnell aufzugeben. »Dann übertrag ihrem Team die Aufgabe, die Kommentare in Echtzeit zu durchforsten. Mein Team hat dafür nicht die Kapazität.«

»Das ist doch lächerlich!«, widersprach Axel, Luisas Assistent. »Das ist nicht unser Job!«

»Euer Job wäre es, solche Vorschläge nicht eigenständig einzubringen«, sagte Weller.

Speer schnalzte mit der Zunge. »Von wie vielen regelmäßigen Nutzern im Monat gehen wir im ersten Jahr der Markteinführung aus?«

»Zehntausend«, antwortete Luisa.

»Wie viele User schreiben erfahrungsgemäß Kommentare?«, fuhr der Firmengründer fort.

»Knapp zehn Prozent«, behauptete Weller, obwohl er eher die Hälfte als realistisch einschätzte.

»Also tausend Kommentare im Monat, die sich jemand ansehen muss«, folgerte Speer. »Circa dreißig am Tag.« Er suchte Wellers Blickkontakt und hob herausfordernd die schmalen Augenbrauen.

Der stöhnte. »Super! Wir haben ja sonst nichts zu tun!«

»Sascha, wenn du einen zusätzlichen Mitarbeiter brauchst, schreiben wir eine Stelle aus.«

»Nein, alles klar. Ich versinke gern in Arbeit.«

Die verstohlenen Unmutsäußerungen ringsum verrieten Weller, dass er auf verlorenem Posten kämpfte. Die Softwareentwickler hielten ihre Baustellen natürlich für viel dringender.

»Da wir gerade beim Thema sind«, sagte Weller. »Sobald Luisa fertig ist, müssen wir über einen Problemfall sprechen. Unser Internettroll hat schon wieder eine Beleidigung gegen eine Nutzerin gepostet.«

Luisa fuhr mit ihrem Bericht fort, und er verschränkte die Arme, in der Hoffnung, dass sie nicht noch mehr Überraschungen im Köcher versteckte.

Fünf Minuten später erteilte Speer ihm das Wort.

»Kommen wir zu deinem Problem«, sagte er, während er eine Flasche Orangina öffnete. »Der Internettroll ist momentan besonders wütend. Er hat in den letzten achtundvierzig Stunden drei Power-Userinnen auf Facebook und Instagram übel beleidigt. Ich habe die Kommentare schnell gelöscht, trotzdem nimmt das

Ausmaße an, die wir uns nicht länger bieten lassen dürfen.« Weller koppelte sein Tablet mit dem Tageslichtprojektor und zeigte den Kollegen einen Screenshot.

»Penner!«, rief Klaus.

Die anderen nickten zustimmend.

»Wie haben wir das Problem vor ein paar Wochen gelöst?«, fragte Speer.

»Ich habe den User für unsere Seiten gesperrt«, antwortete Weller.

»Warum machst du das diesmal nicht wieder?«

»Die Wortwahl der Posts verrät mir, dass derselbe Mistkerl dahintersteckt. Ich bin mir da ziemlich sicher. Deswegen schlage ich weitergehende Schritte vor.«

Speer strich sich nachdenklich über den Dreitagebart. »Ich vermute, du meinst eine Strafanzeige?«

»Genau. Anhand der könnten wir herausfinden, um wen es sich handelt, und gegebenenfalls zivilrechtliche ...«

»Nein!«, unterbrach Speer ihn.

»Wieso nicht?«

»Ich will diese unerwünschte Aufmerksamkeit nicht. Sperr ihn wieder. Irgendwann verliert er garantiert die Lust daran!«

»Den Eindruck erweckt er nicht. Er nutzt das Facebook-Profil ausschließlich, um unsere Nutzerinnen zu beleidigen. Ich hab mich lange mit ihm beschäftigt. Wahrscheinlich hat er einen Grund dafür. Den würde ...«

»Nein!«, wiederholte Speer. »So etwas landet schlimmstenfalls in der Presse. Das ist Publicity, die wir nicht wollen. Ganz im Gegenteil. Sperr ihn. Solange er niemanden bedroht, unternehmen wir nichts.«

»Niemanden bedroht?«, sagte Weller fassungslos. Er deutete zu dem Screenshot. »›Fotzen wie du lernen eines Tages, worauf es wirklich ankommt‹«, zitierte er den Wortlaut des Trolls. »Wofür hältst du das? Für mich klingt das schon arg nach einer Drohung.«

»Wenn du so viel Zeit erübrigen kannst, um Texte zu analysieren, dürften die dreißig zusätzlichen Kommentare am Tag kein Problem darstellen. Du sperrst ihn, und damit ist das Thema abgehakt.« Speer schaute ihn entschlossen an.

Weller spürte, dass er rot anlief. Aus nicht nachvollziehbaren Gründen wollte sein Chef die Polizei nicht einschalten. Er erhob sich. »Du ermahnst mich, den richtigen Tonfall anzuschlagen, und redest dann so mit mir? Vielen Dank!«

Weller schritt zur Glasfront.

»Wohin willst du?«, fragte der Firmengründer.

»Braucht man seit Neuestem deine Genehmigung, wenn man zur Toilette will?« Er verließ den Raum und warf die Tür zu.

***

Speer schaute Weller nach. »Irgendwann sollten wir eine App namens *Dramaqueen* entwickeln.«

Seine Mitarbeiter lachten amüsiert. Hoffentlich hörte Weller das auf dem Weg zur Toilette.

»Kommen wir zum anstehenden Event«, schnitt Speer das nächste Thema der Agenda an. »Wie in den beiden letzten Jahren habe ich für das Wochenende das Hotel *Der kleine Prinz* gebucht.«

»Das wird wieder schön«, sagte Miriam.

Speer grinste. »Hoffen wir's. Ihr wisst, auf der Gästeliste stehen die einflussreichsten Userinnen unserer Apps. Was wollen wir ihnen dieses Jahr bieten?«

»Der Casinobesuch kam immer sehr gut an«, sagte Luisa. »Deswegen wollen wir den Programmpunkt beibehalten und jedem geladenen Gast Jetons im Wert von einhundert Euro zur Verfügung stellen. Aber damit decken wir bloß einen Abend ab. Idealerweise den Samstag. Was uns fehlt, ist ein abwechslungsreiches Unterhaltungsprogramm am Freitagabend. Die meisten treffen ja spätestens gegen achtzehn Uhr im Hotel ein. Dann bleibt am Abend Zeit genug für eine besondere Veranstaltung. In den letzten Jahren fand ich das Programm zu gewöhnlich.«

Die Firma hatte beim ersten Event vor zwei Jahren am Freitag lediglich ein gemeinsames Abendessen organisiert. Im Vorjahr hatte Speer die Gäste ins Festspielhaus geladen – was nicht bei allen auf Gegenliebe gestoßen war.

»Der Hoteldirektor hat mir folgenden Vorschlag unterbreitet«, fuhr Speer fort. »Er kennt einen Schauspieler, der wohl fantastisch vorliest. Der Direktor meinte, man könnte eine Lesung aus *Der kleine Prinz* organisieren und zusätzlich den Küchenchef ein Menü mit Bezug zum Buch kreieren lassen. Die Lesung fände dann nach dem Essen statt, wenn alle satt und zufrieden sind.«

In diesem Moment kehrte Weller in den Raum zurück und schloss die Tür diesmal deutlich leiser. Wortlos setzte er sich an seinen Platz.

»Was haltet ihr von der Idee?«

»Ich finde, das klingt toll. *Der kleine Prinz* ist mein absolutes Lieblingsbuch«, behauptete Luisa.

Niemand widersprach. Offenbar fand der Einfall großen Anklang.

11

Da es in Baden-Baden keine Kriminalpolizeidirektion gab, fuhr Sommer zur zuständigen Behörde nach Offenburg. Wie am Vortag telefonisch vereinbart, traf er am Montagvormittag in der Polizeidirektion ein. Er musste am Empfang seinen Namen nennen und dort auf seine Ansprechpartnerin warten – kritisch beäugt von der Polizistin, die ihn begrüßt hatte. Nach wenigen Minuten trat eine Frau aus einem Gang im Erdgeschoss.

Sie war etwa im selben Alter wie Sommer und trug Jeans und eine dunkle Bluse. »Hauptkommissar Sommer?«

»Dann sind Sie Hauptkommissarin Schmidt.«

Die Frau nickte und schüttelte ihm die Hand. »Ich habe einen Besprechungsraum vorbereitet. Mein Partner wartet schon dort.« Sie zeigte in die Richtung, aus der sie gekommen war. »Haben Sie gut hergefunden?«

»War kein Problem.«

»Sie kommen direkt aus Mettmann, wenn ich das richtig verstanden habe?«

»Da hat es einen Mord gegeben, der Parallelen zur Tat an Johanna Liszt aufweist.«

Die gröbsten Informationen hatte er bereits im Vorfeld an die Hauptkommissarin weitergeleitet. Auf der Fahrt jedoch hatte er beschlossen, ihr gleich sein ganzes Blatt zu präsentieren. Ohne Bluff, ohne Zögern. Schmidt und ihr Partner sollten Vertrauen fassen.

»Verdammt«, murmelte sie. »Andererseits vielleicht eine Chance, den Fall zu klären. Denn wir haben seit Wochen keine Fortschritte erzielt.«

Sie betrat einen kleinen Raum, in dem ein junger Mann saß.

»Das ist mein Partner Florian Teller.«

Der Beamte erhob sich und begrüßte Sommer mit festem Händedruck.

Schmidt schloss unterdessen die Tür.

»Haben Sie etwas dagegen, wenn wir zuerst über den Fall in Mettmann reden?«, fragte Sommer. »Vielleicht entdecken Sie Parallelen, die uns bislang verborgen sind.«

»Gerne«, antwortete Schmidt.

Sie setzte sich neben ihren Partner, während Sommer stehenblieb.

»Mittlerweile gibt es drei Morde an verschiedenen Orten, die beunruhigende Parallelen aufweisen«, begann er. »Das erste und dritte Opfer haben gewisse äußerliche Ähnlichkeiten. Aber vor allem ist es verdächtig, dass die elektronischen Geräte der Opfer verschwunden sind und die Leichen drapiert werden.«

In den nächsten zwanzig Minuten referierte Sommer über die Erkenntnisse, die sie in Mettmann zusammengetragen hatten. Er zeigte den beiden verschiedene Tatortfotos und gab Einzelheiten aus dem Leben des dritten Opfers bekannt, die nicht so detailliert in den offiziellen Protokollen standen.

»Haben Sie etwas zu trinken?«, fragte er schließlich, nachdem er fast ununterbrochen geredet hatte.

Teller erhob sich, verließ den Raum und kam kurz darauf mit einem Plastikbecher Wasser zurück.

»Vielen Dank für Ihre Offenheit«, sagte Schmidt.

Sommer nickte und trank einen Schluck des gekühlten Wassers. »Helfen Ihnen die Erkenntnisse weiter?«

Schmidt zögerte. »Neben den verschwunden Laptops und Handys finde ich es besonders interessant, dass alle Frauen Singles waren. Wie kann man da an einen Zufall glauben?«

»Wer war Johanna Liszt?«, erkundigte er sich.

Schmidt schaute nachdenklich aus dem Fenster. »Eine Frau, die vor allem für ihren Job gelebt hat«, sagte sie schließlich leise. »Sie hatte keine Familie, kaum Freunde. Liszt führte ein sehr zurückgezogenes Leben.«

»Gab es dafür Gründe?«

»Ja«, antwortete Teller. »Zumindest haben wir eine Vermutung. Johanna stammte aus einer Kleinstadt in Bayern. Sie ist vor einigen Jahren von einem

Unbekannten vergewaltigt worden, in der Nacht ihrer Abiturfeier.«

»Oh Gott«, stöhnte Sommer. »Der Täter wurde nie gefasst?«

»Nein«, sagte Schmidt bedauernd. »Liszt hat die Vergewaltigung angezeigt, und die zuständigen Polizisten konzentrierten sich auf den Kreis der Mitabiturienten. Bei der Feier, nach der es zu der Straftat kam, ist viel Alkohol geflossen. Doch es gab keinen hinreichenden Verdachtsmoment gegen einen der Schüler.«

»Wurde DNA gesichert?«

»Ja«, sagte Teller. »Vor der Vergewaltigung hatte Johanna Sex mit ihrem Freund. Auf der Schultoilette. Seine DNA fanden die Ermittler. Er galt als Hauptverdächtiger, aber da das Opfer einen Blackout hatte, konnte man ihm nichts nachweisen. Obwohl die Vermutung im Raum stand, dass er das absehbare Ende der Beziehung genutzt hat, um eine Gewaltfantasie auszuleben. Laut Johannes Aussagen hatte er sie zum Sex auf der Toilette gedrängt. Wäre sie nicht betrunken gewesen, hätte sie sich nicht darauf eingelassen. In den Verhören hat der junge Mann standhaft seine Unschuld beteuert. Sein Vater gehörte zur örtlichen Polizei, insofern hat man ihn wohl mit Samthandschuhen angefasst. Johanna brach ihre Zelte in Bayern ab, studierte in Hessen und bekam schließlich einen gut bezahlten Job in Baden-Baden. Wir vermuten, sie hat so zurückgezogen gelebt, weil sie nie wieder einem anderen Menschen zu sehr vertrauen wollte.«

»Haben Sie den damaligen Freund überprüft?«, fragte Sommer.

»Für den Mord hat er ein perfektes Alibi«, sagte Schmidt. »Er ist Bundeswehroffizier und seit sechs Monaten in Houston, Texas stationiert.«

»Heimaturlaub hatte er zur entsprechenden Zeit nicht«, fügte Teller hinzu.

»Wenn es einen Zusammenhang zur damaligen Vergewaltigung gibt, tappen wir genauso im Dunkeln wie die bayrischen Ermittler, die den Täter nie gefasst haben.«

Sommer überlegte. Er hielt es für unwahrscheinlich, dass die beiden Verbrechen zusammenhingen. Sein Instinkt sagte ihm, dass der Ex-Freund hinter der Vergewaltigung steckte. Ansonsten hätte man weitere DNA-Spuren sichergestellt – vor allem, wenn der Täter ebenfalls alkoholisiert gewesen war. Zwar war es durchaus möglich, keine relevanten Spuren zu hinterlassen, jedoch alles andere als leicht.

»Alexandra Nagel hatte einen – entschuldigen Sie die Wortwahl – nagelneuen Rechner, der verschwunden ist. Haben Sie ermittelt, was für ein Computermodell Johanna Liszt besaß?«

»Einen Dienstlaptop«, antwortete Schmidt. »Liszt arbeitete für eine Softwareentwicklungsfirma in Baden-Baden. Sie nutzte den Rechner privat und beruflich, wie es den Mitarbeitern erlaubt ist. Für ihre Chefin war das Verschwinden des Geräts durchaus problematisch, denn darauf befanden sich Betaversionen von Produkten, deren Veröffentlichung noch ausstand.«

»Wir haben in den letzten Wochen immer wieder in der Firma nachgehakt, ob es seit Liszts Ermordung Fälle von Industriespionage gab. Der zuständige Mitarbeiter verneint dies«, ergänzte Teller.

»Kam ein Arbeitskollege als Verdächtiger in Betracht?«

»Zumindest nicht aus klassischen Gründen wie einer nicht erwiderten Zuneigung«, sagte Schmidt. »Liszt hat nie in der Firma geflirtet, und es gab auch niemanden, der offensichtliches Interesse an ihr gezeigt hätte. Wir durften ihren beruflichen E-Mail-Account prüfen. Weitergebracht hat uns das nicht.«

»Können Sie einen Termin in der Firma vereinbaren? Ich will mit den IT-Mitarbeitern oder dem Geschäftsführer sprechen.«

Ohne nachzufragen, was Sommer sich davon versprach, griff Schmidt zu ihrem Handy.

***

Zwei Stunden später als geplant traf Robert Drosten in Sankt Peter-Ording ein. Den Zeitverlust hatte ihm ein Stau wegen einer gesperrten Autobahn beschert. Da es bereits siebzehn Uhr war, beschloss er, das zuständige Polizeikommissariat erst am nächsten Tag zu kontaktieren. Ähnlich wie Sommer in Offenburg hatte er zwar sein Kommen angekündigt, doch die Kollegen aus Schleswig-Holstein hatten reserviert darauf reagiert. Wahrscheinlich empfanden sie sein Auftauchen als

Einmischung. Oder war das bloß die norddeutsche Art, Gäste zu empfangen?

Er bezog das Hotelzimmer, das unweit der Dünen – und somit nah am Fundort der zweiten Leiche – lag. Karlsens Ermahnung, die Reisekosten im Auge zu behalten, hatte er nicht vergessen. Das Hotel war die günstigste freie Alternative gewesen. Daher musste er sich mit einem kleinen Einzelzimmer zufriedengeben, in dem ein schmales Bett unter einer Dachschräge stand. Er schob den Koffer mitten in den Raum und setzte sich auf die Bettkante.

Wen sollte er zuerst anrufen? Sommer oder Melanie?

Nach kurzem Zögern entschied er sich für seinen Kollegen. Sommer nahm das Gespräch prompt entgegen. »Bist du gut angekommen?«

»Gerade eben«, bestätigte Drosten. »Wegen eines Lkw-Unfalls ging fast anderthalb Stunden nichts auf der Autobahn.«

»Hast du die zuständigen Kommissare schon gesprochen?«

»Das verschiebe ich auf morgen. Die werden mich kaum mit offenen Armen empfangen.«

Sommer lachte. »Das liegt an ihrer norddeutschen Mentalität. Hier in Baden-Württemberg bin ich sehr freundlich aufgenommen worden.«

In den nächsten Minuten erzählte Sommer, was er in Erfahrung gebracht hatte.

»Die Vergewaltigung hätte irgendwo in den Akten erwähnt werden sollen«, meinte Drosten schließlich.

»Nicht unbedingt«, widersprach Sommer. »Vielleicht hätte es unsere Ermittlungen in eine falsche Richtung geführt. Aber der Vorfall erklärt Johanna Liszts zurückgezogenes Leben.«

Drosten dachte über Sommers Argumentation nach. Wäre die KEG weniger aufmerksam gewesen, wenn die Vergewaltigung erwähnt worden wäre? Er glaubte das nicht, wollte darüber jedoch nicht diskutieren.

»Morgen früh fahre ich zu Liszts altem Arbeitgeber in Baden-Baden. Der hatte ihr den vermissten Laptop zur Verfügung gestellt. Vielleicht stoßen wir so auf neue Spuren.«

Die beiden besprachen noch eine Weile ihr weiteres Vorgehen, ehe sie sich voneinander verabschiedeten. Anschließend wählte Drosten Melanies Nummer. Auch sie nahm das Telefonat schnell an und erzählte ihm, wie ihr Tag verlaufen war.

Als er das Handy beiseitelegte, freute er sich für seine Frau. Sie blühte regelrecht auf, seit Dana bei ihnen lebte. Früher hatte er bei längeren Abwesenheiten ihre Launen am Telefon ausbaden müssen. Heute schien es ihr nichts auszumachen, wenn er unterwegs war, um einen Mörder zu enttarnen. Eine Veränderung, die ihm das Arbeitsleben erleichterte.

Am frühen Abend verließ Drosten das Hotel und lief zum Strand. Er wollte sich die Stelle ansehen, an der Dörte Ahlstett gestorben und im Sand vergraben worden war.

Unterwegs begegnete er einigen Hundebesitzern, die am Deich mit ihren Schützlingen spazieren gingen. Wie es die Gemeindeordnung vorschrieb, waren alle Hunde angeleint. Drosten dachte an Rocky. Bestimmt würde ihm der Strand und das Meer gefallen, denn er liebte es, sich in die Fluten zu stürzen. Die ganze Zeit an der Leine geführt zu werden, würde ihm hingegen gar nicht zusagen.

Aus den Akten kannte Drosten die genaue Stelle, an der ein Spaziergänger Dörte gefunden hatte. Er erreichte den Tatort, an dem nichts mehr auf das tragische Ereignis hindeutete. Offenbar hatte der Bürgermeister oder ein anderer Verantwortlicher rasch veranlasst, alle Spuren zu beseitigen. Sankt Peter-Ording war auf die Einnahmen aus dem Tourismus angewiesen. Verängstigte Urlauber konnte niemand gebrauchen.

Drosten schaute sich um. Bis zum Meer waren es etwa dreihundert Meter – wobei er nicht einschätzen konnte, ob derzeit Ebbe oder Flut herrschte. Der Deich, auf dem er herspaziert war, lag vierzig Schritte entfernt. Der Mörder hatte sein Opfer an keinem der Wege abgelegt, die vom Deich durch die Dünen führten, sondern sich seine eigene Schneise geschlagen. Trotzdem war er ein großes Risiko eingegangen. Wie auch bei den anderen Morden. Auf dem Rastplatz hätte ihn ein zufällig vorbeikommender Autofahrer stören können, hier am Strand ein nächtlicher Spaziergänger. In Baden-Baden war das Wagnis vermutlich am geringsten gewesen, weil Täter und Opfer in einer Sackgasse aufeinandergetroffen waren.

Ging der Unbekannte mit jeder Tat größere Risiken ein? Das würde die Chance erhöhen, dass er demnächst einen entscheidenden Fehler beging. Gleichzeitig müsste man im Umkehrschluss schon bald mit den nächsten Morden rechnen.

Wer suchte die Treffpunkte aus? Und was veranlasste die Opfer, sich spätabends mit dem Mörder zu treffen? Hingen die verschwundenen Computer oder die ebenfalls nicht auffindbaren Handys damit zusammen? Trotz der Hinweise, die sie bislang gesammelt hatten, fiel ihm keine logische Antwort auf die offenen Fragen ein.

Unzufrieden wandte er sich von der Stelle ab und ging langsam zum Hotel zurück. Ob Dana schon mal das Meer gesehen hatte? Er würde Melanie danach fragen. Falls nicht, würde er ihnen vorschlagen, bald einen Kurzurlaub an der Nord- oder Ostsee zu verbringen. Oder zumindest für einen Wochenendausflug hinzufahren.

12

Als Josefine am Montagabend die Wohnungstür aufschloss, befürchtete sie, dass die Woche verdammt lang werden würde. Im Job hatte es Probleme mit der Telefonanlage gegeben, weswegen sich Arbeit aufgetürmt hatte. Als die Telefone wieder funktionierten, hatte man die Mitarbeiter um *freiwillige* Überstunden gebeten. Wie sollte man das ablehnen, wenn die meisten Kollegen zusagten? Zu allem Überfluss hatte Josefine beim Einkauf im Bio-Supermarkt nicht ihr Lieblingsbrot bekommen. Hoffentlich vertrug sie die Sorte, die sie stattdessen gekauft hatte.

Ohne die Jacke auszuziehen, ging Josefine ins Wohnzimmer. Sie klappte den Laptop auf und startete ihn. Ein Ritual, das sie sich wegen des langsamen Hochfahrprozesses angewöhnt hatte. Erst danach kehrte sie in die Diele zurück, um die Jacke über den Haken zu werfen und die Schuhe auszuziehen.

Im Schlafzimmer schlüpfte sie aus der Jeans und dem dünnen Pullover und zog eine bequeme Sporthose sowie ein dazu passendes Oberteil an. Nachdem sie sich dicke Wollsocken angezogen hatte, ging sie in die Küche. Sollte sie die Brotsorte probieren oder das Ganze auf morgen früh verschieben? Manchmal litt sie unter Nahrungsmittelunverträglichkeiten, doch die Verkäuferin hatte ihr versichert, dass sie sich deshalb keine Sorgen machen müsste. Josefine öffnete den Kühlschrank und entschied sich stattdessen für den Rest der Salatgurke, die das Wochenende überlebt hatte. Zusammen mit einem Avocadodip würde ihr das als kleiner Snack reichen.

Fünf Minuten später setzte Josefine sich an den mittlerweile hochgefahrenen Laptop. Zunächst startete sie Spotify und wählte eine ihrer fünf Playlists aus. Sofort ertönten die ersten Klänge eines Herbert-Grönemeyer-Songs. Sie und ihre Mutter hatten den Sänger dreimal live gesehen – jedes Mal war es ein großartiges Erlebnis gewesen.

Zuerst schaute sie nach neuen E-Mails. Seit dem frühen Morgen waren elf Nachrichten eingegangen. Zehn Werbemails und eine Zahlungserinnerung.

»Shit«, flüsterte Josefine. Die überfällige Überweisung hatte sie völlig aus den Augen verloren.

Rasch wechselte sie zu ihrem Onlinebanking-Account und holte die Transaktion nach. Zum Glück war ihr Lohn pünktlich eingetroffen und hatte ihren Saldo verkleinert.

Ob sie es irgendwann übers Herz brächte, einen Teil des geerbten Schmucks zu verkaufen? Vielleicht war es ja eine Alternative, die Schmuckstücke zu veräußern, die ihre Mutter eher selten getragen hatte. Aber was hätte ihre Mutter davon gehalten. Und welche sollte sie veräußern? Womöglich könnte sie anhand der gespeicherten Fotos eine Antwort auf die Frage finden.

Die letzten Takte des Grönemeyer-Songs verklangen und ein Lied von Cro ertönte. Sie klickte auf den Bilder-Dateiordner.

Plötzlich wurde der Bildschirm schwarz, und die Musik verstummte. War der Laptop abgestürzt? Manchmal passierte das, doch normalerweise sah sie dann einen Blue Screen. Josefine drückte die Escape-Taste. Unvermittelt füllte ein Totenkopf den Monitor größtenteils aus.

»Oh nein!«

Hektisch versuchte sie verschiedene Tasten. Ohne Erfolg. Josefine hielt den Ausschaltknopf zwanzig Sekunden gedrückt, ohne dass der Laptop sich ausschaltete.

»Scheiße!«

Ihr Blick fiel auf den USB-Stick, den sie nach der letzten Dateisicherung nicht gezogen hatte. Sie entfernte ihn aus dem USB-Schacht. Selbst wenn der Laptop hinüber wäre, blieb ihr ihre Sicherungskopie der Bilder. Doch aus finanzieller Sicht stand der Kauf eines neuen Computers außer Frage.

»Scheiße!«, murmelte sie erneut. »Warum immer ich? Was hast du gegen mich?«

»Rein gar nichts!«, antwortete eine männliche Stimme.

Josefine schrie auf. Instinktiv blickte sie über die Schulter, aber hinter ihr stand niemand.

»Hab ich dich erschreckt?«, fragte die Stimme amüsiert.

Josefine fand den Vorgang so unheimlich, dass sie vom Stuhl aufsprang und ein paar Schritte zurückwich.

»Ach, Josefine«, seufzte die Stimme. »Du kannst dich ruhig wieder setzen. Hier spricht nicht Gott, der auf dein Wehklagen reagiert.«

»Wer sind Sie?«

»Setz dich, und wir reden miteinander!«

Leistete sich ihr Vermieter einen Scherz auf ihre Kosten? Hatte er sich in ihrer Abwesenheit Zutritt zur Wohnung verschafft? Sie schaute sich im Zimmer um und suchte nach versteckten Kameras.

»Josefine! Du solltest mir gehorchen! Sonst lösche ich alle Bilder deiner Mutter.«

»Nein! Bitte nicht!«

»Setz dich!«

Verunsichert folgte sie der Anweisung. »Wer sind Sie?«

»Ein Verehrer, der dich besser kennenlernen möchte. Hallo, meine Süße.«

Die Worte lösten bei ihr eine Gänsehaut aus. Sie starrte auf den Totenkopf und rechnete fest damit, dass sich dessen Mund bewegen würde. Doch erneut erklang lediglich die Stimme.

»Ich habe die Kontrolle über den Laptop übernommen«, erklärte er. »Du wirst mich nur los, indem du eine Kleinigkeit für mich tust.«

»Was denn?«, fragte sie.

»Das erfährst du später. Zunächst muss ich dich warnen.«

»Wovor?«

»Jeder Versuch, den Virus zu entfernen, führt zur sofortigen Zerstörung deiner Festplatte.«

Josefine wimmerte entsetzt.

»Deine geliebten Bilder wären unwiderruflich gelöscht. Der Laptop ist alt, und der Akku hält kaum noch eine halbe Stunde durch. Solltest du das Ladekabel abziehen, zerstöre ich die Festplatte ebenfalls.«

»Was hab ich Ihnen getan?«

»Du hast mein Herz gebrochen.« Ein Kussgeräusch erklang.

Verzweifelt dachte sie nach. Hatte sie in letzter Zeit die ungeschickten Flirtversuche eines Mannes übersehen oder absichtlich ignoriert? Sie erinnerte sich nicht, dass ihr jemand Avancen gemacht hätte. Ihr Blick fiel auf den USB-Stick. Ganz langsam legte sie die Hand darauf und zog ihn zu sich. Verstohlen steckte sie ihn sich in die Hosentasche.

»Das bringt leider nichts«, sagte der Mann amüsiert.

»Was?«

»Der Stick.«

Sie spürte Übelkeit in sich aufsteigen.

»Ich hab ihn mit einem Virus infiziert und außerdem neu formatiert. Nachdem du den Laptop angeschaltet hattest. Die Dateien darauf sind unwiderruflich verloren. Der Virus befällt jeden PC, in den du den Stick steckst.«

Panisch sprang Josefine auf und rannte ins Badezimmer. Sie schaffte es im letzten Moment, den Klodeckel aufzureißen und sich in die Schüssel zu übergeben.

***

Zu seiner Überraschung nahm sie plötzlich die Hand vor den Mund und lief aus dem Wohnzimmer. Er lachte. So hatte bislang keines der Opfer reagiert. Irgendwie passte es zu ihr.

Eine übertriebene körperliche Reaktion auf eine kleine Unannehmlichkeit.

Von allen bisherigen Opfern erinnerte Josefine ihn am meisten an seine Mutter. Nicht unbedingt äußerlich, vielmehr hinsichtlich ihrer Lebenseinstellung.

Seine Mutter hatte stets geglaubt, sie sei dem Schicksal, das es nicht gut mit ihr meinte, wehrlos ausgeliefert. Nie war irgendetwas ihre eigene Schuld, sondern beruhte auf böswilligem Handeln anderer. Sogar Tieren unterstellte sie Hinterlist.

Er musste an seine Hündin denken – ein liebenswerter Dackel namens Maja. In seiner Jugend liebte er das Tier abgöttisch, das ihm stets Trost spendete, wenn seine Mutter ihre Laune an ihm ausließ. Nie hatte sie sich um Maja kümmern müssen, das bekam er trotz seines jungen Alters allein hin. Nur nicht die gelegentlichen Tierarztbesuche, die er von seinem kleinen Taschengeld bezahlen musste. Ansonsten meisterte er alles selbstständig.

Und dann brachte seine Mutter plötzlich eine Frau und später noch deren Tochter mit nach Hause. Die beiden kamen immer öfter, blieben sogar bald schon über Nacht. Von Anfang an war klar, dass sie Maja hassten, obwohl die Hündin ihnen nichts tat. Eines Tages, nach der Schule, begrüßte Maja ihn nicht an der Wohnungstür, und er ahnte Schlimmes. Er rief nach ihr, durchsuchte alle Räume der leeren Wohnung und stellte irgendwann fest, dass die Hundetransportbox nicht an ihrem Platz stand.

Panisch wartete er auf die Rückkehr seiner Mutter. War irgendetwas passiert? Hatte sie Maja nach einem Unfall zum Tierarzt bringen müssen?

Die nächsten anderthalb Stunden waren die schlimmsten seines Lebens – zumindest glaubte er das damals.

Dann hörte er irgendwann, wie die Wohnungstür aufgeschlossen wurde und drei lachende Frauen die Diele betraten. Wieso lachten sie? Er stürzte gleich zu ihnen und sah prompt, dass sie den Dackel nicht dabeihatten.

»Wo ist Maja?«, fragte er atemlos. »Ist ihr etwas passiert?«

»Was hältst du davon, uns vernünftig zu begrüßen«, fuhr seine Mutter ihn an.

»Hallo, Mama. Hallo, Claudia. Hallo, Sylvia. Wo ist Maja?«

Claudia grinste gehässig. In diesem Moment wusste er, dass sie die Schuld am Verschwinden Majas trug.

Wütend starrte er sie an. »Was hast du gemacht?«

»Sprich nicht so mit Claudia!«, schrie seine Mutter ihn an. »Dein blöder Hund hat bei ihr eine Allergie ausgelöst. Wir haben ihn ins Tierheim gebracht. Bestimmt findet er bald neue Besitzer.«

»Nein!«, kreischte er. »Nein!«

»Beruhig dich. Das ist für uns alle besser. Weißt du, was der Hund jeden Tag gekostet hat? Wir sind arm, weil dein Vater uns verlassen hat. Geh in dein Zimmer!«

»Ich hol sie zurück«, entgegnete er wütend.

»Das wird dir nicht gelingen, du Scheißer. Wir haben ihn extra in eine andere Stadt gebracht. Mir ist nämlich klar, was du sonst aushecken würdest«, sagte Claudia.

»Das habt ihr nicht!«

Er wollte sich an ihnen vorbeizwängen, doch seine Mutter hielt ihn fest und schlug ihn auf den Po.

»Du beruhigst dich und gehst in dein Zimmer!«

Verzweifelt versuchte er, sich aus ihrem Griff zu lösen. Sie war zu stark und quittierte seine Gegenwehr mit einer heftigen Ohrfeige.

»Tu, was ich dir sage!«, schrie sie.

Sie schob ihn in Richtung seiner Zimmertür. Schließlich gab er auf, riss sich los und rannte in das Zimmer. Die Tür warf er hinter sich zu und schloss sie ab.

Heulend legte er sich auf sein Bett. Aus dem Wohnzimmer nebenan drang lautes Lachen.

Obwohl er damals erst zehn Jahre alt gewesen war, hatte er gewusst, dass Claudia nicht unter einer Allergie litt. Sie hatte nie in Majas Nähe geniest, gehustet oder tränende Augen gehabt. Sylvia genauso wenig. Er hatte das genau beobachtet.

Sie konnte den Hund einfach nicht leiden und hatte ihm bloß zeigen wollen, wer die Macht und die Kontrolle besaß. So wie sie es ihm auch später in der Pubertät regelmäßig zeigte. Vor allem, nachdem er das erste Mal im Schlaf ejakuliert hatte.

Macht, Kontrolle, Dominanz.

Damals war er den Frauen hilflos ausgeliefert gewesen. Heute war es umgekehrt. Das Blatt hatte sich im Lauf der Zeit gewendet. Und mittlerweile hielt er die Zügel in der Hand.

Dank der Kamera sah er, dass Josefine das Bad verlassen hatte und zögerlich an der Türschwelle stand.

»Setz dich zu mir«, sagte er sanft. »Geht es dir besser?«

Mit kleinen Schritten näherte sie sich dem Tisch und nahm wieder Platz.»Tun Sie mir das nicht an«, flehte sie.

Erneut dachte er an Maja. Niemand hatte ihm oder dem Hund damals Gnade erwiesen. Er hatte nie aus Sylvia herausbekommen, in welchem Tierheim Maja gelandet war.

»Das wird alles gar nicht schlimm«, behauptete er. »Du musst mir bloß einen winzigen Gefallen tun, danach lasse ich dich in Ruhe und gebe dir die Bilder zurück.«

Tränen rannen ihr über die Wagen. Sie war so unglaublich schwach.

»Krieg dich ein!«, befahl er. »Ich hasse Heulsusen!«

Sie wischte sich die Tränen weg und räusperte sich. »Was soll ich tun?«

Fast wäre es ihm herausgerutscht. Doch plötzlich war ihm klar, dass er Josefine noch mehr leiden lassen konnte als die anderen Opfer. Er musste das Ganze hinauszögern. Zumal bei ihr finanziell nicht viel zu holen war. Er kannte ihren deprimierenden Kontostand. Deshalb stand es ihm zu, mehr Zeit mit ihr zu verbringen. Mehr Spaß zu haben.

»Das erfährst du früh genug. Zunächst einmal musst du dich an meine Warnung halten. Dann sehen wir weiter. Du hörst von mir.«

Er schaltete das Mikrofon stumm.

»Hallo?«, sagte sie nach einer Weile. »Hallo?«

»Du wirst so leiden wie keine vor dir«, flüsterte er gehässig. Dass sie seine Worte nicht mehr hören konnte, verlieh ihm ein noch größeres Gefühl von Macht.

13

Körperlich und mental ausgelaugt, legte sich Josefine gegen Mitternacht verheult ins Bett. Sie hatte sich noch zweimal übergeben müssen, während sie vergeblich auf die Rückkehr der Stimme gewartet hatte. Jeder Versuch, den Laptop in Betrieb zu nehmen, scheiterte. Der Totenkopf starrte sie höhnisch an. Doch aus den Lautsprechern drang kein weiterer Ton.

Josefine nahm den Teddybären, der normalerweise bloß neben dem Kopfkissen lag, und presste ihn verzweifelt an sich.

Der Verlust der Fotos wäre endgültig zu viel. Der Tropfen, der das Fass zum Überlaufen bringen würde.

»Mama, ich vermiss dich so«, schluchzte sie.

Wie sollte sie die Leere in ihrem Herzen aushalten, falls der Unbekannte seine Drohung wahrmachte? Ohne die Bilder würden ihre Erinnerungen irgendwann verblassen. Eine unerträgliche Vorstellung. So, als wenn sie bei vollem Bewusstsein dement würde.

Obwohl Josefine am Ende ihrer Kräfte war, fand sie keinen Schlaf. Sie wälzte sich von einer Seite zur anderen. Ständig hörte sie die Stimme des Fremden im Kopf. Mehrmals bildete sie sich ein, dass er sich tatsächlich gerade meldete. Doch das gaukelte ihr der übermüdete Geist bloß vor.

Als sie endlich in einen unruhigen Schlaf fiel, dauerte es nicht lang, bis ein Albtraum sie plagte. Eine schwarze Gestalt stand an ihrem Bett.

»Josefine!«, brüllte er ihren Namen und rüttelte an ihr.

Schreiend wachte sie auf und tastete panisch nach dem Lichtschalter. Die Erleichterung, dass es bloß ein Traum gewesen war, hielt nicht lange an. Denn nun würde es wieder ewig dauern, bis sie erneut einschliefe.

***

Um sechs Uhr quälte sich Josefine müde aus dem Bett. Die drei kurzen Schlafphasen in der Nacht – alle von Albträumen unterbrochen – hatten nicht dazu beigetragen, die Erschöpfung zu vertreiben. Wie sollte sie in ihrem Zustand den Arbeitstag überstehen? Eine Krankmeldung war keine Option. Seit einigen Monaten schienen die Arbeitsplätze in ihrer Firma zu wackeln. Das Unternehmen schrieb rote Zahlen und galt als Übernahmekandidat in der expandierenden Chemiebranche. Die drohende Entlassungswelle könnte jeden treffen. Vor allem die Mitarbeiter, die zu viele

Krankheitstage angesammelt hatten.

Lustlos schlurfte sie in die Küche, wo sie die Kaffeemaschine einschaltete und zwei Scheiben Brot mit Käse belegte. Kaum hatte sie den ersten Bissen heruntergeschluckt, hörte sie die verfluchte Stimme.

»Guten Morgen, meine Hübsche. Hast du schön geträumt?«

Im Gegensatz zur vergangenen Nacht spielte ihr diesmal ihr Verstand keinen Streich. Wie hatte er mitbekommen, dass sie auf den Beinen war? Sie hatte bewusst einen Bogen ums Wohnzimmer geschlagen. Erneut rumorte ihr Magen los. Sie legte das Käsebrot beiseite und lauschte. Vielleicht hatte er bloß ins Blaue geredet, um zu überprüfen, ob sie noch im Bett lag.

»Josefine!«, rief er jedoch drängelnd ihren Namen. »Komm her! Deine Verzögerungstaktik schadet dir!«

Sie schob den Stuhl zurück und stand auf. Dabei hielt sie sich an der Tischkante fest, um nicht das Gleichgewicht zu verlieren. Langsam setzte sie sich in Bewegung.

»Da bist du ja. Guten Morgen!«, rief er übertrieben fröhlich, als sie am Schreibtisch Platz nahm.

»Morgen«, brummte sie leise.

»Bist wohl kein früher Vogel«, lachte er. »Du siehst schrecklich aus. Kränklich.«

»Hab nicht lang geschlafen«, presste sie hervor.

Aus den Lautsprechern drang ein leichtes Seufzen. »Das tut mir leid. Aber ich verspreche dir, bald hast du es überstanden.«

»Wann?«

»Demnächst. Sobald wir ungestört sind.«

»Ungestört?«

»Ach, du weißt ja. Die Last der Arbeit, die einen erdrückt.«

Er hustete kurz, und insgeheim wünschte sie ihm, am eigenen Husten zu ersticken.

»Du meldest dich heute bestimmt krank, oder?«, fuhr er stattdessen fort.

»Nein, das ist ...«

»Du meldest dich krank!«, unterbrach er sie. »Das ist keine Empfehlung, sondern eine Anweisung.«

»Wieso?«

»Hast du mal in den Spiegel geschaut? Du siehst erbärmlich aus. Wie ausgekotzt!«

Der Spott in seiner Stimme war unüberhörbar.

»Mein Job ist nicht allzu sicher«, wandte sie ein. »Ich hab in den letzten Monaten ... nach dem Tod meiner Mutter ... einige Fehltage angesammelt. Meine Firma hat Schwierigkeiten. Wir, also meine Kollegen und ich, bangen gerade um unsere Arbeitsplätze.«

»Dein Vorgesetzter hat dafür Verständnis«, behauptete er. »Du hast deine Mutter verloren. Außerdem hast du dir dummerweise ein Magen-Darm-Virus eingefangen. Wer hätte dafür kein Verständnis?«

»Ich möchte zur Arbeit!«, begehrte Josefine auf.

»Pech!«, erwiderte er kalt. »Du schnappst dir dein Handy und meldest dich bei deinem Vorgesetzten krank. Und zwar so, dass ich das mithöre.«

»Er ist erst ab halb acht im Dienst.«

»Dann rufst du ihn pünktlich um halb acht an. Ich

kann warten.«

***

Josefine machte nicht den Eindruck, als würde sie dichthalten. Die wohl weitgehend schlaflose Nacht hatte ihr zugesetzt. Er musste sie von ihrem kleinen, sozialen Umfeld isolieren, damit sie niemandem ihr Herz ausschüttete.

Sein Plan, sie möglichst lange zu quälen, schien nicht aufzugehen. Umso wichtiger war es ihm, die voraussichtlich kurze Zeit mit ihr so intensiv wie möglich zu gestalten.

Doch womit könnte er sie erpressen, sobald sie seine erste Forderung erfüllt hatte? Ihr Konto war tief im Dispo. Offenbar hatte sie nach dem Tod der Mutter deren Schulden übernommen. Zumindest ging das aus der Überweisung hervor, die er in ihren Transaktionen entdeckt hatte. Kreditkarten nutzte sie nicht. Er musste ihr einen Anreiz für ein persönliches Treffen bieten. Worauf würde eine Frau wie Josefine anspringen?

Nachdenklich durchstöberte er die Dateien auf ihrem Computer, ohne etwas Hilfreiches zu finden. Anschließend gab er den Namen ihres Arbeitgebers ein. Tatsächlich rankten sich Übernahmegerüchte um die in der Chemieindustrie tätige Firma. Die weltweit agierenden Konzerne hatten ein Auge auf das unabhängige Unternehmen geworfen. Josefines Angst um den Arbeitsplatz würde ihm weiterhelfen. Natürlich würde er sie zunächst zum Kamerastrip zwingen. Sobald er ihr drohte, die Aufnahme an alle Abteilungen der Firma zu schicken, würde sie die Konsequenzen fürchten. Trotzdem reichte das nicht. Was konnte er verlangen, damit sie zu einem persönlichen Treffen bereit wäre?

***

»Ich rufe meinen Chef an«, murmelte Josefine um halb acht.

Sie wartete einen Moment, doch der Fremde antwortete nicht. Trotzdem sah sie keinen anderen Ausweg. Er hatte wohl kaum seine Meinung geändert.

Nach wenigen Sekunden Freizeichen meldete sich ihr Chef.

»Hörmann.«

»Hallo, Herr Hörmann. Josefine Weikert am Apparat.« Sie gab sich Mühe, möglichst geschwächt zu klingen.

»Hallo, Frau Weikert.«

»Es tut mir leid, aber ich muss mich für heute krankmelden.«

Hörmann seufzte. »Geht es Ihnen wieder wegen des Todes Ihrer Mutter schlecht? Hören Sie, Frau Weikert. Unsere Abteilung steht gerade firmenintern unter Beobachtung. Der Ausfall der Telefonanlage ...«

»Das ist es nicht«, widersprach sie. »Ich habe mich seit gestern Abend mehrere Male übergeben. Wahrscheinlich hab ich mir ein Virus eingefangen.«

»Ein Virus?«

»Tut mir leid.«

»Dann wünsche ich Ihnen gute Besserung. Wenn es Ihnen im Laufe des Tages nicht besser geht, empfehle ich Ihnen den Gang zum Arzt. Auf Wiederhören.«

»Das mach ich«, versprach sie und beendete das Gespräch.

Hilflos brach sie nach dem Telefonat in Tränen aus. Was hatte sie getan? Hörmann hatte ihr offenbar kein Wort geglaubt.

Aus den Lautsprechern drang unterdessen spöttischer Applaus. »Wundervoll!«, lobte der Mann sie. »Das hast du gut hinbekommen. Du bist eine raffinierte Lügnerin. Vor dir muss ich mich wohl in Acht nehmen.«

»Ich hab getan, was Sie verlangt haben.«

»Das stimmt!«

»Wie bekomme ich die Kontrolle über den Laptop zurück?«

»Bist du immer so schrecklich ungeduldig? Das ist keine löbliche Eigenschaft.«

»Quälen Sie mich nicht weiter«, flehte sie.

»Am Ende wirst du sehen, dass ich dich nicht gequält, sondern entwickelt habe.«

Was meinte er damit? Verständnislos wälzte sie seine Worte im Kopf. Das alles ergab keinen Sinn. »Was muss ich tun?«

»Du erfüllst eine einfache Forderung. Sobald du das geschafft hast, schalte ich den Laptop frei und verschwinde aus deinem Leben.«

»So etwas Ähnliches haben Sie schon gestern gesagt.

Geht es nicht genauer?«

»Später! Ich meld mich im Lauf des Tages bei dir. Du darfst in der Zwischenzeit deine Wohnung nicht verlassen. Außerdem mit niemandem sprechen. Sonst weißt du ja, was passiert. Falls sich Arbeitskollegen melden, ignorierst du sie. Verstanden?«

»Ja«, antwortete sie stumpf.

»Du bist meine Ballkönigin. Bis bald!«

Josefine wartete. Da er nichts mehr sagte, erlaubte sie es sich, erneut in Tränen auszubrechen. Damit er das nicht heimlich beobachtete, stand sie auf und ging ins Schlafzimmer. Dort legte sie sich aufs Bett und stierte mit tränenverschleierten Augen zur Decke.

Was würde er von ihr verlangen? Hielt er sein Versprechen und würde nur eine Kleinigkeit fordern? Oder schwebte ihm etwas Größeres vor? Je länger sie darüber nachdachte, desto mehr wuchs ihre Gewissheit.

»Mama, ich werde mich wehren«, flüsterte sie so leise, dass man es unmöglich bis ins Wohnzimmer hören konnte.

14

Die für die Ermittlungen im Fall Dörte Ahlstett zuständigen Beamten, die Kommissare Gramberg und Menke, hatten aus Zeitgründen abgelehnt, nach Sankt Peter-Ording zu kommen. Deshalb brach Drosten gleich nach dem Frühstück in das neunzig Kilometer entfernte Flensburg auf, um sich in der Kriminalpolizeidienststelle mit ihnen zu treffen.

Die Männer begrüßten ihn in ihrem geräumigen Zweierbüro. Auf Drosten wirkten die etwa fünfzigjährigen Kollegen wie ein altes Ehepaar, das sich im Lauf der Zeit äußerlich aneinander angepasst hatte. Beide hatten graues Haar und einen Bürstenschnitt, trugen dunkle Stoffhosen und ähnlich weit geschnittene Hemden – wenn auch in unterschiedlichen Farben.

Hauptkommissar Gramberg übernahm die Vorstellung seines Kollegen.

»Haben Sie gut hergefunden?«, fragte Menke anschließend. »Ist ja von Sankt Peter ein ganzes Stück zu fahren.« Er deutete auf die Akten, die er auf dem Schreibtisch verteilt hatte. »Unsere Dienststelle ist seit der Pensionierung zweier Beamter unterbesetzt. Deswegen war es unmöglich, zu Ihnen zu kommen.« Fast schon herablassend lächelte er Drosten zu.

»Kein Problem«, erwiderte der. »Ich hab nichts dagegen, wenn wir uns direkt auf Ihre Ermittlungen konzentrieren. Damit ich nicht zu viel Ihrer Zeit stehle.«

»Haben Sie bereits mit den Eltern gesprochen?«, erkundigte sich Gramberg.

»Noch nicht. Ich wollte erst mit Ihnen Rücksprache halten.«

Gramberg setzte sich an seinen Platz und schlug eine Akte auf. »Dörte Ahlstett«, nannte er den Namen des Opfers. Er seufzte betroffen. »Traurige Geschichte. So jung. Eine Schande! Und das im ruhigen Sankt Peter. Gar nicht gut für den Tourismus. Sie haben bestimmt öfter mit solchen Verbrechen zu tun, in unserer Gegend geschehen sie zum Glück sehr selten.« Erneut seufzte er.

»Sie müssen wissen, mein Kollege Theodor stammt aus Sankt Peter – so kürzen wir den Ortsnamen gern ab«, erklärte Menke.

Täuschte es Drosten, oder legten die Männer langsam ihre Reserviertheit ihm gegenüber ab? »Kennen Sie die Eltern persönlich?«

»Zum Glück nicht«, antwortete Gramberg. »Sonst hätte ich mich verpflichtet gefühlt, die Todesnachricht zu überbringen. Ich bin vor dreißig Jahren nach Flensburg gezogen. Die Ahlstetts sind zwar alteingesessene

Bürger, trotzdem sind wir uns früher nicht begegnet. Sie betreiben einen kleinen Gasthof, und man sagt, Gastwirte bleiben gern unter sich.«

»Was können Sie mir über Dörte berichten? Vor allem interessieren mich natürlich die Dinge, die nicht in den Akten stehen.«

Gramberg warf einen Blick auf die Aufzeichnungen, ehe er sie zuklappte. »Sie war im ganzen Ort beliebt. In mehreren Vereinen tätig. Zahlreiche Freunde.«

»Hauptsächlich weibliche oder männliche?«

»Freundinnen«, korrigierte der Hauptkommissar seine ungenaue Aussage. »Mit Jungs hatte sie nicht so viel am Hut. Ein fester Freund, als sie siebzehn war, für ungefähr ein Jahr.«

»Es gibt in Sankt Peter Gerüchte«, ergänzte Menke.

»Schwachsinn«, brummte sein Kollege. »Bloß weil sie seit knapp drei Jahren Single war, ist sie keine Lesbe. Ich hasse dieses Geschwätz.«

Menke zuckte die Achseln. »Sie wohnte seit einem halben Jahr allein in einem kleinen Appartement. Wie schon gesagt, ihre Eltern betreiben einen Gasthof, in dem Dörte mitgeholfen hat. Doch nachdem sie sich im Herbst letzten Jahres zu einem Modedesign-Fernstudium angemeldet hat, kam es zum Zerwürfnis zwischen ihr und den Eltern. Die hießen das nicht gut und verweigerten ihre finanzielle Unterstützung. Der Umzug ins eigene Reich gehörte zum Abnabelungsprozess.«

»Für ein Fernstudium braucht man einen Computer«, folgerte Drosten. »Sie haben in ihrer Wohnung keinen gefunden?«

»Nein«, bestätigte Gramberg. »Aber dafür eine Quittung über die Anschaffung eines Laptops. Sie hat sich zum Studienbeginn ein teures Gerät gekauft. Eines der Modelle, bei denen man den Bildschirm abnehmen und darauf zeichnen kann. Die von unterwegs sogar aufs Handynetz zugreifen können. Wir vermuten, der Mörder hat ihn gestohlen.«

»Der Wohnungsschlüssel lag bei der Leiche?«, vergewisserte sich Drosten.

Gramberg nickte. »Einer der Punkte, die uns vor Rätsel stellen.«

»Wie sah ein typischer Tag in Dörtes Leben aus?«, fragte Drosten.

»Sie hat sechsmal in der Woche im Gasthaus ihrer Eltern gearbeitet. War Mitglied im Reiterverein und Teil einer Kunstinitiative. Außerdem sang sie im Chor und spielte Volleyball. Ihren Eltern zufolge verbrachte sie die restliche Zeit vor dem Laptop, um sich mit Modekram zu beschäftigen. So drückte es zumindest ihre Mutter aus.«

Drosten dachte an die Vernehmung im Kreis Mettmann. Der Zeuge hatte sich an eine App erinnert, deren Symbol eine Schaufensterpuppe war. Zufall? Oder hatte die Anwendung etwas mit Mode zu tun gehabt?

Die Kommissare hatten noch mehr Informationen, die jedoch nicht zu den anderen Todesfällen passten. Drostens Gefühl riet ihm, sich an die Modespur zu heften. Er bat Gramberg, seinen Besuch bei den Ahlstetts anzukündigen – was der ihm ohne zu zögern versprach.

***

Die Softwarefirma *JJ Softhouse*, die Sommer am späten Vormittag aufsuchte, hatte ihren Sitz in repräsentativer Lage in der Baden-Badener Innenstadt, nicht weit vom weltberühmten Casino entfernt.

Ein Pförtner erkundigte sich telefonisch bei der Geschäftsführerin, ob sie den Hauptkommissar tatsächlich erwartete, dann stellte er ihm einen Besucherausweis aus und notierte darauf Sommers Namen.

»Sie müssen in die zweite Etage«, erklärte er. »Die Aufzüge lassen sich nur mit dem Besucherausweis bedienen. Einfach vor das Bedienfeld halten. Oben erwartet Frau Janßen Sie an der Tür.«

»Ihre Sicherheitsmaßnahmen sind spektakulär«, sagte Sommer amüsiert.

»Vorsicht ist die Mutter der Porzellankiste«, entgegnete der Mann altklug.

Sommer nahm den Ausweis entgegen und fuhr in die zweite Etage. An einer Milchglastür erwartete ihn bereits eine Frau in türkisfarbenem Kostüm.

»Hauptkommissar Sommer?«, fragte sie.

Zur Bestätigung zeigte er den Besucherausweis vor.

»Ich bin Jessica Janßen. Geschäftsführerin und Gründerin unseres Unternehmens. Willkommen.« Sie reichte ihm die Hand. »Gehen wir in mein Büro.«

Die Frau lief schnellen Schrittes voran. »Gibt es neue Spuren?«

Bevor er antworten konnte, hatte sie bereits das große Eckbüro erreicht, das von einem riesigen, gläsernen Schreibtisch dominiert wurde.

»Setzen Sie sich«, bat sie ihn und schloss die Tür.

»Ich arbeite für eine übergeordnete Behörde«, erklärte Sommer. »Es gibt Parallelen zu zwei weiteren Todesfällen.«

Erschrocken sah ihn die Geschäftsführerin an. »Oh Gott! Ein Serienmörder?«

»Das können wir noch nicht mit Gewissheit sagen. Auffällig ist jedoch, dass in allen Fällen die Laptops der Opfer verschwunden sind.«

»Als wir erfuhren, dass Johannas Laptop weg ist, hat das im Unternehmen für Bauchgrummeln gesorgt«, erklärte Janßen. »Also nicht, dass Sie das falsch verstehen. Ihr Tod war der größere Schock. Wir haben sie alle wahnsinnig gemocht. Sie war fleißig und beliebt. Trotzdem kämpfen wir in einem Umfeld, in dem Industriespionage fatale Folgen hätte. Klar, normalerweise versuchen Hacker, in unsere Computersysteme einzudringen. Aber wir spielen den Mitarbeitern Betaversionen neuer Softwareentwicklungen auf die Laptops auf. Deswegen haben wir befürchtet, der Dieb könnte sich an den Versionen zu schaffen machen, die Johanna getestet hat.« Sie griff zu einer gläsernen Schale und hob den Deckel. »Darf ich Ihnen diese Köstlichkeit anbieten? Das ist ein Salmiak-Lakritz, umhüllt von einem Vollmilchüberzug. Oder möchten Sie etwas trinken?«

Sommer lehnte dankend ab, während sich die

Geschäftsführerin eine Lakritzkugel in den Mund steckte.

»Frau Janßen, haben Sie nach der Ermordung Hinweise entdeckt, die auf einen Diebstahl Ihres geistigen Eigentums hindeuten?«

»Nein. In unseren Datenbanken lässt sich nachvollziehen, ob jemand auf unfertige Softwareversionen zugreift. Wir können jede Version eindeutig dem Nutzer zuordnen. Die letzten Zugriffe von Frau Liszt fanden eine Woche vor ihrem Tod statt.«

»Eine Woche? Das klingt in meinen Ohren lang. Werden Betaversionen nicht zeitnah getestet?«

»Das ist leicht zu erklären. Sie hatte zu dem Zeitpunkt Überstunden abgebaut. Und ich achte strikt darauf, dass meine Mitarbeiter ihre Freizeit nicht mit Arbeit verplempern.«

Sommer musste sich eingestehen, dass ihn die Spur offenbar nicht weiterbrachte. Nachdenklich schaute er aus der großen Fensterfront.

»Sie wirken unzufrieden«, merkte Janßen an.

»Ich hatte gehofft, der verschwundene Laptop würde uns weiterhelfen«, gestand er. »Offensichtlich ist das nicht der Fall.«

»Haben Sie schon mit Gregor Speer gesprochen?«, fragte sie.

Den Namen hörte Sommer zum ersten Mal. »Wer ist das?«

»Der von mir sehr geschätzte Geschäftsführer eines Baden-Badener Anwendungsentwicklers. Dessen Geschäftsräume sind drei Straßen von hier entfernt. Wir kooperieren gelegentlich. Ihre Mitarbeiter dürfen unsere Software testen, unsere Mitarbeiter dürfen im Gegenzug ihre Apps ausprobieren.«

»Hat Frau Liszt an diesem Programm teilgenommen?«

»Davon bin ich überzeugt. Johanna liebte Mode über alles. Speers Firma entwickelt sehr erfolgreich Apps für Modeliebhaber. Zum Beispiel eine Art Stilberatung. Sie machen ein Foto ihres Lieblingskleidungsstücks, und das Programm zeigt Ihnen an, was Sie dazu kombinieren können. Ich schätze, ein Viertel ihres Gehalts hat Johanna in Klamotten gesteckt. Zumindest trug sie bei der Arbeit fast nie dieselbe Kombination ein zweites Mal. Sie hatte zahlreiche zueinander passende Kleidungsstücke.« Janßen wandte sich dem Rechner zu und ruckelte an der Maus. »Ich kann das prüfen«, sagte sie. Es dauerte nicht lang, bis sie nickte. »Hab ich mir gedacht. Auf dem verschwundenen Laptop waren zwei Apps der Kooperationsfirma, die Johanna für sie getestet hat. Unsere Mitarbeiter bekommen die nämlich kostenfrei gestellt, inklusive aller damit verbundenen Vergünstigungen. Sie müssen sie lediglich mit einem Zugangscode anfordern.«

Sie drehte den Bildschirm und zeigte Sommer die Informationen, die ihr zur Verfügung standen. Es dauerte ein paar Sekunden, bis sein Verstand die Neuigkeiten verarbeitet hatte. Dann sprang er auf und trat näher an den Schreibtisch heran.

»Ich brauche sofort die Kontaktdaten von Herrn Speer. Oder noch besser: Rufen Sie ihn an und vereinbaren ein Treffen für mich. Aber sagen Sie ihm bitte noch nicht, worum es geht.«

»Was ist denn los?«, erkundigte sich Janßen neugierig.

Sommer deutete auf die Auflistung der Apps, die Johanna Liszt genutzt hatte. Unter ihnen befand sich eine Anwendung, die eine Schaufensterpuppe als Symbol nutzte.

»Vielleicht hat es nichts zu bedeuten«, sagte er. »Aber ein Zeuge konnte sich daran erinnern, dass das dritte Mordopfer ein Programm auf dem Laptop hatte, dessen Symbol eine Schaufensterpuppe darstellte.«

»Oh«, entfuhr es Janßen überrascht. Sie griff zum Telefon und drückte eine Taste. »Clara, verbinden Sie mich bitte mit Gregor Speer.«

15

Gregor Speer empfing Sommer bereits zwanzig Minuten später in einem großzügigen Besprechungsraum. Sie setzten sich an den für maximal sechzehn Personen gedachten Tisch.

»Ich bin aus Jessicas Andeutungen vorhin nicht ganz schlau geworden«, bekannte Speer. »Sie ermitteln wegen der ermordeten Mitarbeiterin? Also Jessicas Mitarbeiterin?«

»Genau«, bestätigte Speer.

»Womit kann *ich* Ihnen dann weiterhelfen?«

Da Janßen auf Sommers Wunsch hin beim Telefonat vage geblieben war, kam der Hauptkommissar nicht direkt auf das App-Symbol zu sprechen. Stattdessen sprach er den verschwundenen Laptop an. »Haben Sie in den letzten Wochen dadurch Nachteile erlitten?«

Speer runzelte die Stirn. »Nachteile?«

»Hat jemand versucht, in Ihr Netzwerk einzudringen? Solche Sachen.«

»Sie meinen Industriespionage?«

»Zum Beispiel.«

Speer schüttelte den Kopf. »Zumindest hat mir das niemand mitgeteilt. Allerdings bin ich dafür der falsche Ansprechpartner. Soll ich unseren IT-Spezialisten holen, der für die Sicherheit verantwortlich ist?«

»Gerne.«

Speer erhob sich und verließ den Raum. Dank der gläsernen Türen konnte Sommer ihm nachsehen. Speers Gelassenheit wies darauf hin, dass es keine schwerwiegenden IT-Angriffe gegeben hatte. Der Mann strahlte Kompetenz aus. Sommer konnte sich ausmalen, wie Speer bei einem Geschäftstermin skeptische Finanzgeber von seinen Vorstellungen überzeugte. Sein Auftreten war eine perfekte Mischung aus jugendlich anmutender Lässigkeit, Sachverstand und Seriosität. Fast wie früher bei einem Steve Jobs, sobald der die Bühne zu einer Präsentation betreten hatte.

Es dauerte länger als erwartet, bis Speer zurückkehrte. Er hatte einen Mann im Schlepptau, der zehn Zentimeter kleiner und ein paar Kilo schwerer war als der Geschäftsführer. Statt eines Designerjacketts und passender Jeans trug er einen blauen Pullover und braune Chinos. Die beiden Männer redeten miteinander. Ihre Körpersprache deutete auf eine Meinungsverschiedenheit hin.

Speer öffnete die Tür. »Herr Hauptkommissar, das ist Sascha Weller. Er ist in erster Linie für die Kommunikation mit den Anwendern zuständig, allerdings kümmert er sich als IT-Crack auch um unsere Computersysteme.«

»Hallo«, sagte Weller.

»Ich hatte den Eindruck, Sie hatten auf dem Weg hierher etwas zu diskutieren«, ging Sommer in die Offensive und deutete mit seiner Hand auf den Gang vor dem Konferenzraum.

»Erwischt«, bekannte Speer. Er lächelte ohne Anflug eines schlechten Gewissens.

»Weshalb?«, bohrte Sommer nach.

Er suchte den Blickkontakt zu Weller, doch der IT-Spezialist schaute seinen Chef an.

Speer seufzte. »Meinetwegen. Auch wenn das eine mit dem anderen nichts zu tun hat.«

»Setzen Sie mich bitte ins Bild«, forderte Sommer.

»Wir haben seit einigen Wochen mit einem hartnäckigen Internettroll zu kämpfen«, erklärte Weller. »Und ich glaube, das hat nichts mit dieser Sache zu tun. Wir waren uns uneinig, ob wir Ihnen das mitteilen sollen.«

»Mir wäre es recht, alles zu erfahren. Wann genau hat das angefangen?«

Weller zuckte die Achseln. »Vor ungefähr einem Monat. Der Unbekannte nutzt Fantasienamen für seine Facebook-Accounts. Die verknüpft er mit unseren Plattformen, wo er unsere Userinnen beleidigt. Mir ist das erst aufgefallen, nachdem sich eine Betroffene darüber beschwert hat. Ich hab das Ganze beobachtet, analysiert und den Troll für unsere Seiten gesperrt. Doch seit einigen Tagen ist wieder jemand mit neuem

Nutzernamen aktiv. Diesmal ist seine Wortwahl noch heftiger.«

»Können Sie mir das zeigen?«, bat Sommer.

»An meinem Arbeitsplatz«, antwortete Weller. »Ich habe Screenshots abgespeichert.«

Sommer rechnete das Datum zurück. »Das hat also ungefähr zum Zeitpunkt des Mordes an Johanna Liszt angefangen?«

Irritiert blickte Weller zu seinem Chef. Mit einem Schlag änderte sich seine Attitüde. Bislang hatte Sommer vermutet, dass er der Handlanger Speers war und diese Rolle nur widerwillig einnahm, da er sich dem Geschäftsführer überlegen fühlte. Nun jedoch wirkte er eindeutig nervös. Er strich sich übers Kinn, sein Blick wechselte hektisch zwischen Speer und Sommer hin und her.

»Warum hast du nicht gesagt, dass es um Johanna Liszt geht?«, fragte er vorwurfsvoll.

»Was hätte das für Sie geändert?«, wollte Sommer wissen.

»Ich kannte Frau Liszt«, antwortete er leise.

Sommer horchte auf. »Inwiefern?«

»Sascha betreut das Kooperationsprogramm mit Jessicas Firma«, erläuterte Speer. »Jeder, der dafür freigeschaltet werden möchte, braucht Saschas Zustimmung. Außerdem haben wir vorletztes Jahr ein gemeinsames Weihnachtsfest veranstaltet. Ich war aus gesundheitlichen Gründen kurzfristig verhindert, weswegen Sascha meinen Part übernommen und mit den Mitarbeitern von *JJ Softhouse* gesprochen hat.«

»Nur kurz«, schränkte Weller sofort ein.

»Aber Sie erinnern sich an Frau Liszt?«

Weller zuckte die Achseln. »Oberflächlich. Als sie sich wegen des Freischaltungsauftrags bei mir gemeldet hat, kam sie auf das Weihnachtsfest zu sprechen. Wahrscheinlich als eine Art Legitimation.«

Sommer fand, sein Verhalten passte nicht zu seinen Aussagen. Erst fuhr er den Vorgesetzten an, weil der ihn nicht vorgewarnt hatte, dann behauptete er, das Mordopfer bloß oberflächlich gekannt zu haben. Doch der Hauptkommissar beschloss, den Gedanken für sich zu behalten. Weller ließ seine Alarmglocken schrillen. Zwar nicht sehr laut, aber vernehmlich. Wie bei einer Autoalarmanlage, die in der Nebenstraße ansprang. Er würde Hintergrundinformationen sammeln, bevor er die nächsten Schritte anging. Vielleicht war Weller irgendwann aktenkundig geworden.

Sommer wechselte das Thema. »Hackerangriffe hat es in den vergangenen Wochen nicht gegeben?«

»Nein«, antwortete der IT-Spezialist. »Wir haben ziemlich hohe Sicherheitsstandards. Wer uns hacken will, müsste russischer Vollprofi sein.«

Wieder änderte sich Wellers Verhalten. Nun wirkte er überheblich.

»Könnte jemand den verschwundenen Laptop nutzen, sich als Johanna Liszt ausgeben und einen Ihrer Mitarbeiter anschreiben? Um auf diese Weise Malware einzuschleusen?«

Weller runzelte die Stirn. »Halte ich für unwahrscheinlich. Wenn Sie möchten, kann ich die Mitarbeiter fragen. Wobei alle Computer täglich auf Schadsoftware gescannt werden. Insofern bleibe ich bei meiner Einschätzung.«

»Gibt es andere Firmen, mit denen Sie so kooperieren wie mit *JJ Softhouse*?«

»Nein«, antwortete Speer. »Das ist ja auch eine Frage des Vertrauens.«

Sommer holte sein Handy hervor. Er hatte das Schaufensterpuppensymbol auf Janßens PC abfotografiert und öffnete das Bild. »Ist das eine Ihrer Apps?« Er reichte Speer das Smartphone.

Der Geschäftsführer nickte. »Wieso?«

»Frau Liszt hat die kostenfreie Version der App genutzt. Außerdem hat eines der anderen Opfer laut einer Zeugenaussage auf dem Laptop ebenfalls ein Programm genutzt, dessen Symbol eine solche Puppe war.«

»Unsere App?«

»Das kann ich nicht hundertprozentig bestätigen«, bekannte Sommer.

»Dürften Sie mir die Namen der Opfer verraten?«, erkundigte sich Speer.

Weller schaute ihn empört an. »Denk an die Datenschutzbestimmungen!«

Speer verzog angewidert das Gesicht. »Hier geht's um Mord. Da sind mir Datenschutzbedenken völlig egal.«

»Müssen sich Ihre User mit Namen registrieren?«, schlussfolgerte Sommer.

»Das ist eine unsere Profianwendungen. Kostet einmalig neunzehn fünfundneunzig. Außerdem jährlich fünf Euro«, sagte Speer. »Da wir eine Rechnung erstellen, benötigen wir eine Rechnungsadresse. Ich schätze, wir können im System nach Namen suchen, oder, Sascha?«

Weller nickte widerwillig.

Zehn Minuten später ballte Sommer verstohlen die Faust. Endlich ein Fortschritt.

Er stand in Wellers Büro hinter dessen Arbeitsplatz und schaute ihm über die Schulter. Auf dem Schreibtisch stapelten sich verschiedene Notizzettel. Auch das zweite und dritte Mordopfer hatten für die App bezahlt.

»Waren die Frauen regelmäßige Nutzerinnen?«, fragte er.

Weller stöhnte entnervt auf. Doch ehe Sommer ihn daran erinnern musste, dass Speer ihn zur Kooperation verpflichtet hatte, öffnete Weller bereits ein neues Programm.

»Das dauert einen Moment«, brummte er.

Aus dem Moment wurden am Ende fünf Minuten, bis Sommer die Daten sah. Alle Opfer hatten die App regelmäßig benutzt.

»Wie viele User gibt es?«

Erneut klickte Weller zu einem anderen Programm. »Rund zwölftausend.«

»Verdammt!«, fluchte Sommer. Er hatte insgeheim gehofft, dass nur ein paar Hundert Kunden gewarnt werden müssten. Gleichwohl konnte er sich lebhaft vorstellen, wie Weller – oder auch Speer – reagierte, wenn er eine solche Warnung anordnete. Geschäftliche Interessen würden die Moral ausstechen.

»Kann man feststellen, ob die drei Opfer die App auf ähnliche Weise genutzt haben?«, murmelte er.

»Vielleicht sind die drei nur zufällig ausgewählt worden«, sagte Weller.

»Meine Berufserfahrung lehrt mich, nicht an Zufälle zu glauben. Sehen Sie im System, wie die Nutzerinnen die App angewandt haben?«

»Nein. Aus Datenschutzgründen können wir nur nachvollziehen, wie oft sie geöffnet wird. Was die Userinnen dann anstellen, bleibt uns verborgen.«

»Zeigen Sie mir bitte, wie man das Programm nutzt.«

In den nächsten Minuten lauschte er Wellers Erklärungen, ohne einen Hinweis darauf zu finden, warum die App für den Mörder möglicherweise interessant war.

Sommer schwirrten weitere Fragen im Kopf herum. Doch er hatte nicht vergessen, dass vor ihm ein Mann saß, der Johanna Liszt persönlich gekannt hatte. Manchmal markierte der Mord an einem Bekannten den Beginn einer Serie, die der Täter auf Menschen ausweitete, die nicht aus seinem privaten Umfeld stammten. Daher beschloss Sommer, vorläufig keine weiteren Fragen zu stellen, sondern erst Hintergrundmaterial zu sammeln.

»Sie haben gesagt, Sie hätten von den Beleidigungen Screenshots gemacht. Von dem Troll. Können Sie mir die ausdrucken?«

Täuschte es Sommer, oder atmete Weller erleichtert durch? Der Mann verhielt sich seltsam.

»Die habe ich in einem Extraordner gespeichert. Benötigen Sie das wirklich als Ausdruck, oder soll ich Ihnen den Ordner kopieren und per Mail schicken? Dann sparen wir das Papier.«

»Eine digitale Kopie reicht aus«, befand Sommer.

16

Die Ruhe zerrte an ihren Nerven. Josefine wollte unter keinen Umständen den Zeitpunkt verpassen, zu dem er sich endlich meldete. Es machte sie schier verrückt, dass sie nicht die Fotos betrachten konnte. Es fühlte sich an, als würde sie ihre Mutter ein zweites Mal verlieren. Ein unerträglicher Zustand.

Josefine blieb den ganzen Tag im Haus und verzichtete sogar darauf, tröstliche Musik zu hören. Manchmal saß sie minutenlang regungslos auf der Couch, dann wiederum tigerte sie wie ein gefangenes Raubtier im Wohnzimmer hin und her. Unzählige Gedanken schwirrten ihr durch den Kopf. Was würde er verlangen? Wie würde sie darauf reagieren? Gab es andere Lösungen als Gehorsam?

Zum tausendsten Mal überprüfte sie die Uhrzeit. Sechzehn Uhr. Warum meldete er sich nicht?

***

Es bereitete ihm großen Spaß, ihr zuzusehen. Sie hielt sich fast die ganze Zeit im Wohnzimmer auf, oft genug im Sichtfeld der Kamera. Wenn er sie nicht sah, hörte er sie zumindest gelegentlich. Ob sie mitbekam, dass sie stöhnte, seufzte und wehklagte? Oder machte sie das unterbewusst?

Von den Frauen, die er bislang ins Visier genommen hatte, war Josefine der gebrochenste Mensch. Sie faszinierte ihn zwar, dennoch hatte er sich vorgenommen, sie in wenigen Tagen von ihrem Leid zu erlösen. Ob sie ihm während der letzten Atemzüge dankbar wäre? Immerhin ersparte er ihr weitere Schmerzen und die Erinnerungen an die verstorbene Mutter. Falls es ein Jenseits gab – woran er nicht glaubte –, wären sie wiedervereint.

Doch bis dahin wollte er noch ein bisschen Spaß mit ihr haben.

Er schaute auf seine Armbanduhr. Zwanzig Minuten vor sechs. Sie hatte lang genug gewartet.

***

»Hallo, meine Schöne!«

Obwohl Josefine beim Klang der Stimme erschrocken aufkreischte, empfand sie zugleich Erleichterung. Endlich war die Wartezeit vorüber.

»Setz dich zu mir an den Laptop«, befahl er.

Sie erhob sich von der Couch und ging an den Schreibtisch. Um ihm ihre Entschlossenheit zu demonstrieren, überbrückte sie die wenigen Meter zum Tisch schnellen Schrittes.

»So ist brav«, lobte er sie. »Wie war dein Tag?«

»Was soll das?«, fragte sie leise. Zu leise, wie sie fand. Sie räusperte sich. »Ich will die Fotos wiederhaben.«

»Oh-ho«, drang es aus dem Lautsprecher. »Stellst du Forderungen? Das ist keine gute Idee. Ich mag Frauen, die sich benehmen können. Gefügig sind. Du bist doch keine Emanze, oder?«

»Nein«, versicherte sie ihm.

»Besser für dich.«

»Geben Sie mir den Zugriff auf meinen Rechner wieder.«

Plötzlich wechselte das Bild auf dem Laptop. Der Totenkopf verschwand. Für einen Moment hoffte sie, die richtigen Worte gewählt zu haben, um sein Mitleid zu wecken. Dann bemerkte sie das Kinn und den Mund. Hatte er eine Kamera auf sich eingezoomt?

Seine Zunge fuhr provozierend langsam über seine Lippen. Der Anblick widerte Josefine an.

»Was bist du bereit, dafür zu tun?«, fragte er.

War das sein Ernst? Musste sie ihm ihren Preis nennen? An diese Möglichkeit hatte sie den ganzen Tag keinen Gedanken verschwendet.

»Ich weiß, äh, keine Ahnung«, stammelte sie.

»Du weißt es nicht«, seufzte er. Plötzlich verzogen sich seine Lippen zu einem grausamen Lächeln. »Umso besser. Du hättest ohnehin kein Mitspracherecht. Außerdem ist das, was ich von dir verlange, ziemlich leicht. So leicht, dass du nie darauf gekommen wärst.«

»Was wollen Sie?«

»Stripp für mich!«

Zunächst glaubte Josefine, sich verhört zu haben. »Wie bitte?«, flüsterte sie.

»Du hast mich verstanden! Ich erwarte von dir eine sexy Camgirleinlage. Du ziehst dich langsam vor der Kamera aus, spielst an deinen Titten herum, und wenn du nackt bist, befingerst du dich. Du täuschst mir einen intensiven Orgasmus vor.«

»Das kann ich nicht«, wimmerte Josefine.

»Schwachsinn! Das kann jede Frau!«

Sie hatte mit Vielem gerechnet – damit jedoch in ihren schlimmsten Vorstellungen nicht. Obwohl sie sich geschworen hatte, nicht zu weinen, sammelten sich Tränen in ihren Augen.

»Reiß dich zusammen!«, brüllte er.

Josefine fuhr erschrocken zusammen. Bevor sie etwas erwidern konnte, redete er weiter.

»Wir verhandeln nicht miteinander. Wenn du dich weigerst, zerstöre ich deine Festplatte. Wenn du beim Strippen heulst, zerstöre ich die Festplatte. Willst du mir diesen kleinen Wunsch erfüllen oder auf die Bilder verzichten?«

Josefine schluckte schwer. Am liebsten hätte sie den Laptop zugeklappt und den Router vom Strom getrennt. Doch sie zweifelte keine Sekunde daran, dass der Kerl seine Drohungen in die Tat umsetzen würde. Dann hätte sie ihre Mutter zum zweiten Mal verloren. Was wäre schlimmer? Sich zehn Minuten demütigen zu lassen oder zu verlieren, was ihr so viel bedeutete?

»Ich warte«, drängelte er. »Soll ich die letzte Stufe des Virus zünden? Deine Entscheidung!«

»Bitte nicht«, wimmerte sie.

»Du weißt, wie du es verhindern kannst. Mach es!«

Es gab immer Alternativen. Nur welche? Wenn sie ihm gehorchte, wäre sie dann frei?

»Mach es!«, wiederholte er ungeduldig.

»Ja«, wisperte sie.

Im nächsten Moment drang aus dem Lautsprecher Musik. Es dauerte einige Sekunden, bis Josefine den Song erkannte. Das fiese Grinsen des Erpressers unterstrich jeden einzelnen Takt von Joe Cockers *You can leave your hat on*. Um sie zu verhöhnen, wippte der Fremde rhythmisch den Kopf.

»Das wird geil!«

Eine knappe Viertelstunde später applaudierte er.

»Ich sehe gute Karrierechancen. Solltest dich als Camgirl versuchen. Ein bisschen Übung, und du wärst Vollprofi.«

Josefine saß nackt auf dem Stuhl. Sie presste die Beine aneinander und bedeckte sich mit den Händen die Brust. So fühlte sie sich weniger ausgeliefert.

»Geben Sie den Computer jetzt frei?«, fragte sie mit zitternder Stimme.

»Ich bin ein Mann, der sein Wort hält. Der Befehl, den Virus zu löschen, wird bereits von deinem Prozessor verarbeitet. Dauert bloß ein bisschen. Du solltest dir ein besseres ...«

Plötzlich verschwand seine Mundpartie, und die

Stimme verstummte mitten im Satz. Dann sah sie wieder ihren normalen Desktop.

»Oh Gott!«, entfuhr es ihr dankbar.

Noch immer nackt rief sie die Bilddateien auf. Nichts schien gelöscht worden zu sein. Tränen der Erleichterung verschleierten ihren Blick. Sie wischte sie weg, dann sprang sie auf, griff zu den am Boden verstreuten Kleidungsstücken und zog sie hektisch an.

Ein solches Drama durfte ihr nie wieder passieren. Sie hatte die Bilder zwar auf einem Stick gespeichert, doch der war angeblich mit einem Virus infiziert. Sie traute sich nicht, zu überprüfen, ob das stimmte. Der Datenträger war nicht am Laptop angeschlossen, daher hatte der Erpresser ihn ganz sicher nicht löschen können. Auf dem USB-Stick wäre die Schadsoftware also sicher weiterhin aktiv. Josefine schloss die Bluse bis zum vorletzten Knopf. Dann öffnete sie die mittlere Schublade des Rollcontainers, der neben dem Schreibtisch stand. Ihr Erinnerungsvermögen hatte sie nicht getäuscht. Darin lag ein originalverpackter 32-GB-Stick, den vor einigen Monaten jeder Mitarbeiter ihrer Firma geschenkt bekommen hatte. Hektisch riss sie die Verpackung auf und nahm den Stick aus der Schutzhülle. Sie steckte ihn in den freien USB-Schacht des Laptops.

Das höhnische Lachen, das daraufhin aus dem Lautsprecher drang, ließ sie aufschreien.

17

Sascha Weller verspürte die Aufregung eines Jägers, der einen kapitalen Hirsch ins Visier nahm. Er war cleverer als die anderen. Ein zutiefst befriedigendes Gefühl. Er schaute auf die Uhranzeige in der rechten unteren Ecke des PCs. Mittlerweile war es neun Uhr abends. Er hatte nicht einmal eine Stunde intensiver Recherche benötigt, um die Identität des Internettrolls herauszufinden.

Frank Luckhart.

Wohnhaft in Baden-Baden.

Doch das war eindeutig nicht das einzig Interessante an diesem Namen.

Weller überprüfte die Suchergebnisse. Luckhart hatte eine ansehnliche Karriere hingelegt. Bis er vor drei Jahren spurlos von der Bildfläche verschwunden war. Davor hatte er mit Gregor Speer Software und Handy-Apps entwickelt.

Weller arbeitete nun schon im dritten Jahr für Speer. Verdankte er seine damalige Einstellung dem abrupten Ende der Geschäftsbeziehung zwischen Speer und Luckhart? Weller wusste, dass sein Chef damals eine neue Firma gegründet hatte. Die Beweggründe hatte er nie hinterfragt. Hätte er das tun sollen? Er war bloß froh gewesen, eine verantwortungsvolle Position in einem chancenreichen Unternehmen ergattert zu haben. Vielleicht hatte das Internet noch nicht vergessen, was damals vorgefallen war.

Er gab verschiedene Suchanfragen ein und öffnete in separaten Tabs sieben Berichte, die ihm interessant erschienen. Anschließend las er sie in aller Ruhe durch. Ein Artikel stammte aus dem Handelsblatt, zwei weitere aus überregionalen Zeitungen. Am Ende zeichnete sich ein klares Bild ab. Luckhart und Speer hatten ihre gemeinsame Softwareschmiede gewinnbringend verkauft und sich als Geschäftspartner getrennt. Offiziell, weil sie unterschiedliche Richtungen anzustreben gedachten, die nicht mehr unter ein Firmendach passten. Inoffiziell gab es Gerüchte über ein Zerwürfnis der beiden Männer. Wie auch heute stand Speer als Aushängeschild im Rampenlicht, das er sehr genoss. Er war zweifelsohne ein attraktiver Mann, der auf jedem Foto fantastisch aussah. Luckhart hingegen gehörte eher in die Kategorie Nerd. Übergewichtig, schlecht frisiert, kein Modegeschmack. Oder zumindest kein Interesse daran. Ein Zeitungsartikel sah in der Unterschiedlichkeit der Geschäftspartner den Hemmschuh für die weitere Geschäftsentwicklung.

Weller forschte im Internet, ob es in den letzten drei Jahren Statusmeldungen über Luckhart gegeben hatte. Außer einer Adresse in einem Randbezirk Baden-Badens fand er nichts. Der Mann schien von der Bildfläche verschwunden zu sein. Hatte der Verkauf der Softwarefirma so viel Geld eingespielt, dass er seitdem das Leben eines Privatiers führte? Doch wieso wohnte er dann in einem eher verrufenen Viertel der Stadt?

Weller überlegte fieberhaft. Es musste einen Grund geben, warum Luckhart vor nicht allzu langer Zeit angefangen hatte, die Userinnen zu belästigen. War er pleite und rächte sich auf diesem Weg an seinem ehemaligen Partner? Oder steckte mehr dahinter?

Er dachte an den Besuch des Hauptkommissars. Wieso hatte Speer den Troll nicht erwähnen wollen? Gab es zwischen den beiden Geheimnisse, die sein Chef für sich behielt?

Wellers Blick fiel auf Luckharts Adresse. Er würde maximal eine Viertelstunde dorthin benötigen. Oder sollte er lieber erst seinem Chef mitteilen, was er herausgefunden hatte? Was brächte ihm mehr Vorteile?

Der Troll durfte nicht ungehindert seine Beleidigungen verbreiten. Das schadete allen. Die Polizei fände über kurz oder lang seine Identität ebenfalls heraus. Vermutlich war Weller schneller als sie gewesen, weil er eher nachgeforscht hatte. Also konnte er zuerst reagieren. Was sollte er mit diesem Hintergrundwissen anstellen?

Er schloss die Augen und spielte im Kopf die verschiedenen Möglichkeiten durch.

***

Speers ehemaliger Partner lebte in einem Mehrfamilienhaus. Weller parkte seinen Wagen gut hundert Meter entfernt, gleich neben einer Garagenausfahrt. Das minimierte das Risiko, zugeparkt zu werden, und er könnte jederzeit verschwinden. Zu Hause hatte er eine Entscheidung getroffen. Wenn der Troll ungehindert wütete, gefährdete das schlimmstenfalls den Erfolg der Firma, wodurch sich die Bonuszahlungen am Ende des Jahres reduzierten. Speer hatte die Polizei nicht auf den Troll ansetzen wollen, ohne dafür Gründe zu nennen. Nun wussten die Bullen trotzdem Bescheid, weil Weller das Auftauchen des Hauptkommissars geschickt dazu genutzt hatte, das Thema anzusprechen. Doch das allein reichte ihm nicht.

Er stieg aus und näherte sich mit gesenktem Kopf dem Hauseingang. Anhand der Klingelschilder stellte er fest, dass Luckhart im dritten Stock wohnte. Weller trat zurück und schaute zur entsprechenden Etage hoch. Das Licht in den Fenstern deutete darauf hin, dass Luckhart nicht ausgegangen war.

***

Frank Luckhart rührte den Latte macchiato um und trank einen Schluck. Seine fünfte Kaffeespezialität an diesem Tag. Da er frühestens in vier Stunden zu Bett gehen würde, wäre das Koffein bis dahin restlos abgebaut.

Er schloss die Augen und genoss den zweiten Schluck. Die Anschaffung des sündhaft teuren Kaffeevollautomaten hatte sich gelohnt. Früher hatte er die Pampe aus Kaffeepadmaschinen getrunken. Das hier war ein ganz anderes Kaliber.

Er stellte das hitzebeständige Glas ab und wandte sich wieder dem Bildschirm zu.

Speer oder einer seiner Vasallen hatte ihn erneut blockiert. Eine Maßnahme, die ihn jedoch nur kurzfristig aufhielt. Nach der letzten Sperre hatte er direkt ein Dutzend Scheinprofile erstellt. Er könnte jederzeit die nächste Anwenderin verschrecken.

Während er sich in ein noch ungenutztes Profil einloggte, klingelte es an der Wohnungstür. Überrascht hielt er inne. Wer besuchte ihn um diese späte Uhrzeit? Luckhart rollte mit dem Stuhl nach hinten und stand auf. Das Arbeitszimmer lag in der Dreizimmerwohnung direkt neben der Eingangstür, sodass er nur wenige Sekunden benötigte. In der Diele griff er zum Hörer der Gegensprechanlage.

»Wer ist da?«, fragte er.

Ihm drang lediglich ein leises Rauschen entgegen, das von der Gegensprechanlage erzeugt wurde. Die gesamte technische Ausstattung des Hauses war unmodern.

»Hallo?«, rief er in den Hörer.

»Lass es sein!«, erklang eine leise Stimme.

Luckhart zuckte unwillkürlich zusammen. Was hatte das zu bedeuten? »Wer sind Sie?«

»Lass es sein! Sonst wirst du es bereuen!«

Fassungslos griff Luckhart zu seinem Schlüsselanhänger und riss die Tür auf. Niemand drohte ihm ungestraft! Er rannte in den Hausflur und schaltete das Licht ein.

***

Das Hausflurlicht alarmierte ihn. Weller hatte kein Interesse an einer Konfrontation. Sofort drehte er sich um und rannte zu seinem Auto. Atemlos erreichte er es. Ohne die Fernbedienung zu benutzen, durch die alle Blinklichter aktiviert worden wären, schloss er die Tür auf und schlüpfte hinein.

***

In der ersten Etage kam Luckhart ins Stolpern. Er schaffte es im letzten Moment, einen Sturz zu vermeiden, indem er sich am Geländer festhielt. Dank seines Sporttrainings der vergangenen zwei Jahre, durch das er nicht zuletzt dreißig Kilo abgenommen hatte, konnte er fast nahtlos weiterrennen. Der kurze Sprint setzte ihm körperlich nicht zu.

Unten angekommen, riss er die Haustür auf und trat ins Freie. Hektisch schaute er sich um.

Von der Person, die bei ihm geklingelt hatte, fehlte jede Spur.

Wie sollte er reagieren? Alle Richtungen abgehen, oder es auf sich beruhen lassen? Luckhart rang mit sich selbst. Doch er trug nur eine Sporthose, ein dünnes T-Shirt und Socken. Nichts, womit man spätabends draußen herumlief.

Frustriert kehrte er in den Flur zurück. Was hatte diese Drohung zu bedeuten?

***

Im Sitz zusammengekauert beobachtete Weller das Haus. Ein sportlich wirkender Mann trat hinaus. Dessen Körper hatte nichts mehr mit dem Nerd zu tun, der Luckhart noch vor wenigen Jahren gewesen war.

»Oh nein«, flüsterte Weller.

Hätte er das geahnt, wäre er das Risiko nicht eingegangen.

Sollte er abhauen, oder machte er den Kerl dadurch erst auf sich aufmerksam? Weller harrte regungslos aus. Nach ein paar Sekunden drehte sich Luckhart um und ging ins Haus zurück.

Erleichtert stieß Weller die instinktiv angehaltene Luft aus. Trotzdem wartete er noch eine Weile, bis er den Motor anließ und davonfuhr. Das Licht schaltete er erst an der nächsten Kreuzung ein.

***

Wütend schlug Luckhart mit der Faust auf den Schreibtisch. Hatte Speer ihn besucht? Oder jemand aus Speers Dunstkreis?

Lass es sein! Sonst wirst du es bereuen!

Die Worte dröhnten in seinem Kopf. Der Bildschirmschoner des PCs hatte sich eingeschaltet. Luckhart deaktivierte ihn.

Kam wirklich nur Speer infrage, der ihm bei seinen Trollaktivitäten auf die Schliche gekommen war? Oder war das Ganze noch viel schlimmer?

18

Nachdenklich sann er über den Treffpunkt nach, den Josefine vorgeschlagen hatte: den Parkplatz eines Kleingartenvereins. Angeblich auch für Besucher ohne Mitgliedsausweis zugänglich.

War es bloß sein angeborenes Misstrauen, das ihm Unbehagen bereitete? Oder gab es gute Gründe, den Vorschlag abzulehnen?

Er rief Google Earth auf und schaute sich den Ort zum wiederholten Male an. Wenn die Perspektive nicht trügte, passten geschätzt zwanzig Autos auf den asphaltierten Parkplatz. Wie viel würden an einem Donnerstagabend tatsächlich dort parken? Manche Kleingartenvereine vermieteten ihre Vereinsheime für Partys, doch so etwas fand im Regelfall eher an Wochenenden statt. Daher hoffte er, dass er in dieser Hinsicht Glück haben würde.

Allerdings war die Größe des Parkplatzes nicht das einzige potenzielle Hindernis. Er lag direkt an einer

Durchgangsstraße. An der Grünfläche führte eine Bahnlinie vorbei, und nicht weit entfernt befand sich ein beschrankter Bahnübergang.

Ziemlich viele Fallstricke.

Aber genau das reizte ihn – wie schon beim letzten Mal. Unwägbarkeiten erhöhten den Kick, den er aus der Ermordung der Frauen zog. Zu wissen, es könnte ihn jederzeit jemand beobachten und die Bullen alarmieren.

So, wie sich die Lage in den vergangenen Tagen entwickelt hatte, war es ihm umso wichtiger, den größtmöglichen Kitzel aus seinen Taten zu ziehen. Irgendwann wäre es vorbei, daran zweifelte er nicht mehr. Bis dahin wollte er ausschweifend leben. Oder es geschähe ein Wunder, und sie würden ihn niemals fassen.

Er gab die Adresse des Vereins in den Routenplaner ein und ließ sich die kürzeste Strecke berechnen. Danach analysierte er ein letztes Mal die Umgebung des Treffpunkts, ehe er sich entschied.

Er aktivierte das Mikrofon.

»Josefine! Wir müssen reden. Komm zum Laptop.«

Sie hatte zwar erneut den kompletten Tag wie befohlen in der Wohnung verbracht, sich jedoch meist instinktiv oder bewusst außerhalb des Kamerasichtfelds aufgehalten. Als er sie nun sah, grinste er boshaft.

Dass er sie inzwischen bereits zum zweiten Mal dazu gezwungen hatte, sich bei ihrem Chef krankzumelden, schien ihr zuzusetzen. Ob es an der minderwertigen Laptopkamera lag, dass Josefine so fahl wirkte? Jede Farbe war aus ihrem Gesicht gewichen. In ihrem Fall wäre der Tod definitiv eine Erlösung.

»Hallo, Schönheit«, verhöhnte er sie.

Sie verzog missmutig die Lippen. »Was wollen Sie?«

»Dir mitteilen, dass ich einverstanden bin. Wir treffen uns an dem Ort, den du vorgeschlagen hast.«

»Gut«, erwiderte sie leise.

»Du weißt, was du mitzubringen hast?«

Angewidert verzog sie den Mund. »Ja.«

»Am besten trägst du einen Rock. Den kannst du leichter ausziehen.«

»Sie sind ekelhaft.«

Er lachte. »Deinen getragenen Slip plus vier weitere Slips, die du regelmäßig anziehst. Aber ja, ich gebe dir recht. Ich bin ein bisschen pervers.« Wieder lachte er. »Außerdem musst du den Laptop mitbringen, ich kann ihn nämlich nur vor Ort vom Virus befreien. Dafür benötige ich Akkuenergie. Du solltest darauf achten, dass der Akku voll ist. Anschließend nehm ich den Laptop mit, ziehe dir aber vorher die Bilder auf einen Stick.«

»Mache ich.«

»Wir sehen uns morgen pünktlich um dreiundzwanzig Uhr. Verspäte dich nicht! Sonst stell ich dein geiles Video online.« Mit einem Kuss verabschiedete er sich von ihr und deaktivierte das Mikrofon.

Da sie ziemlich pleite war, hatte es keinen Zweck, Geld von ihr zu fordern. Daher war ihm die Idee gekommen, Unterwäsche zu verlangen. Den Slip, den sie beim Treffen trüge, sollte sie vor seinen Augen ausziehen. Sie hatte kaum widersprochen und sich schnell einverstanden erklärt. Offenbar hatte sie ihm die Rolle des sexuell Perversen abgekauft. Doch in Wahrheit würde er den Moment, in dem sie sich auszog, nutzen, um sie zu erstechen.

Halleluja! Endlich wäre sie danach wieder mit ihrer Mutter vereint.

***

Josefine brauchte bis zu dem Parkplatz maximal zehn Minuten. Am Vormittag hatte sie darauf verzichtet, sich bei der Arbeit zu melden oder einen Arzt aufzusuchen, um sich eine Krankschreibung zu besorgen. Das würde ohnehin nichts mehr ändern. Es sprach Bände, dass weder ihr Chef noch ein Arbeitskollege angerufen hatte, um sich nach ihrem Befinden zu erkundigen. Den Kollegen war sie offensichtlich egal, und ihr Chef würde die Gelegenheit nutzen, ihr mindestens eine Abmahnung zu verpassen.

»Ich scheiß auf euch«, flüsterte sie bei dem Gedanken.

Der Job war an ihrem Zustand schuld. Hätte sie ihn nie angetreten, hätte sie Abschied von ihrer sterbenden Mutter nehmen können.

Um Viertel nach neun trennte sie den ausgeschalteten und zusammengeklappten Laptop vom Stromkabel. Sorgfältig packte die den Computer und das Ladekabel in eine Plastiktüte. Danach verließ sie entschlossen die Wohnung. Sie würde die Sache hinter sich bringen und nicht zurückschrecken. Obwohl der Gedanke sie ängstigte.

***

Während der Fahrt warf er regelmäßig einen Blick aufs Tablet auf dem Beifahrersitz. Er hatte es so eingestellt, dass es permanent eingeschaltet blieb. Um zwanzig nach neun meldete ihm das Überwachungsprogramm, dass der Rechner seine Position veränderte.

»Was soll das?« Bei nächster Gelegenheit steuerte er einen Parkplatz an und prüfte die Daten genauer. Es bestand kein Zweifel. Anderthalb Stunden vor der vereinbarten Zeit hatte Josefine den Treffpunkt erreicht.

Wieso war sie so früh vor Ort? Hatte sie das Gefühl, es dadurch schneller hinter sich zu bringen? Konnte sie es kaum erwarten, ihn loszuwerden? Oder gab es andere Gründe?

Er hatte oft daran gedacht, ob ihm eines der Opfer jemals eine Falle stellen könnte, indem es die Polizei benachrichtigte, sodass er am Treffpunkt festgenommen würde. Aus Sicherheitsgründen ließ er nur Treffpunkte zu, an denen er auch gefahrlos vorbeifahren oder -laufen konnte, ohne aufzufallen. Doch im Hintergrund versteckt lauernde Bullen waren eine reale Gefahr.

Bislang war keines der Opfer so früh aufgetaucht. Seine Instinkte schlugen Alarm. Sollte er umdrehen und nach Hause fahren? Sich nie wieder bei ihr melden und stattdessen den Virus beim nächsten Einschalten des Computers sein Werk vollrichten lassen?

Früher hatte er Hemingways *Der alte Mann und das Meer* geliebt. Jetzt fühlte er sich ähnlich. Er hatte einen fetten Fisch an der Angel, fürchtete jedoch, ihn nicht an Land bringen zu können.

Oder machte er sich zu viele Gedanken?

Eine Durchgangsstraße führte an dem Parkplatz vorbei. Es war nicht verboten, dort entlangzufahren. Bestimmt reichte es, die Augen offenzuhalten. Sollte ihm vor Ort etwas nicht koscher vorkommen, könnte er einfach geradeaus weiterfahren. Die Vorstellung, Josefine am Leben zu lassen, weckte Wut in ihm. Er wollte es ihr nicht so leicht machen. Zumal ihr viel zu frühes Erscheinen genauso gut nichts bedeuten musste.

***

Die durchsichtige Plastiktüte mit dem Laptop lag im Beifahrerfußraum. Josefine hatte aus der Abstellkammer extra eine durchsichtige Tüte gewählt. So würden die Polizisten sofort auf das Gerät stoßen, das ihr das ganze Unheil beschert hatte.

Oder war die Erpressung bloß ein Beschleuniger gewesen für das, was sie ohnehin irgendwann getan hätte? Seit dem Tod ihrer Mutter hatte Josefine sich oft vorgestellt, dem eigenen Leben ein Ende zu setzen. Sie fürchtete, nie wieder glücklich zu werden. Selbst wenn sie sich eines Tages neu verlieben und eine Familie gründen würde, wäre die Trauer so tief in ihr verwurzelt wie ein Baum, der sein Wurzelwerk mit jeder Woche tiefer in ihre Seele grub.

Hatte ihr der Erpresser vielleicht sogar einen Gefallen getan?

Josefine betrachtete den Brief, den sie heimlich im Schlafzimmer verfasst hatte. Ob er ihre Beweggründe deutlich vermittelte? Würde er die Polizei auf die richtige Spur bringen? In Ruhe las sie die eng geschriebenen Zeilen durch, für die sie beide Seiten des Papiers benötigt hatte, und stellte sich vor, sie mit den Augen eines Fremden zu betrachten.

Es fällt mir unendlich schwer, diese Worte zu schreiben. Doch seit dem Tod meiner geliebten Mutter Ramona hängt eine schwarze Wolke über meinem Leben. Vielleicht wäre ich irgendwann wieder glücklich geworden, vielleicht auch nicht. Vor einigen Tagen ist etwas passiert, was mir das Weiterleben unmöglich macht.

Jemand hat meinen Laptop mit einem Virus infiziert und ihn gekapert. Keine Ahnung, wie ihm das gelungen ist. Ich bin vorsichtig und würde niemals auf einen Link in einer Mail von einem unbekannten Absender klicken. Da auf dem Laptop alle Bilder von meiner Mutter und mir gespeichert waren, ist mir der Inhalt sehr wichtig gewesen. Der Erpresser hat gedroht, die Festplatte zu löschen, falls ich nicht seine Bedingungen erfülle. Um wieder Zugriff zu erhalten, musste ich vor der Kamera strippen. Ich war naiv genug, der Forderung nachzukommen. Sie müssen verstehen, wie wichtig mir die Bilder waren, damit Sie mich deswegen nicht verurteilen. Ich hatte sie zwar auf einem USB-Stick abgespeichert, aber den hat er ebenfalls mit dem Virus infiziert. Kaum hatte ich für den Erpresser gestrippt, gab er den Laptop wieder frei. Als ich einen unbenutzten Stick einsteckte, übernahm er erneut die Kontrolle und drohte damit, den aufgenommenen Strip an all meine Kontakte zu verschicken. Inklusive der Arbeitskontakte. Es sei denn, ich würde mich mit ihm um 23 Uhr hier treffen und ihm fünf Slips aushändigen, wovon mindestens einer getragen sein sollte. Außerdem wollte er den Laptop haben, versprach mir jedoch, die Bilder vor Ort auf einen Stick zu ziehen und mir auszuhändigen. Ich glaube nicht, dass er Wort halten würde. Im Gegenteil. Ich bin überzeugt, er plant Schlimmeres. Vielleicht will er mich vergewaltigen, weil er darauf bestand, dass ich einen Rock trage. Ich bin sicher, er hat diese Masche schon bei anderen Frauen abgezogen. Ich hoffe, Sie kommen ihm auf die Spur. Schnappen Sie sich das Schwein!

Vor dem Tod habe ich keine Angst. Falls Gott meine Beweggründe versteht, bin ich bald mit meiner Mutter vereint.

Allen Menschen, denen ich durch meine Entscheidung Unheil bringe, bitte ich um Entschuldigung.

Es tut mir unendlich leid.

Josefine

Ans Ende der zweiten Seite hatte sie noch ihre Anschrift gekritzelt. Sie legte den Brief auf den Laptop im Fußraum. Nun musste sie nur dafür sorgen, dass die Polizisten ihren Wagen rechtzeitig entdeckten.

Josefine stieg aus. Das Fahrzeug ließ sie unverschlossen, den Autoschlüssel nahm sie trotzdem an sich. Aus ihrer Hosentasche zog sie ein in Küchenpapier eingewickeltes, scharfes Messer. Sie hatte als Zeichen des Widerstands für ihren letzten Weg keinen Rock angezogen. Zumindest diesen kleinen Triumph konnte der Kerl ihr nicht verwehren. Eine Straßenlaterne, gut zwanzig Schritte entfernt, spendete ihr genügend Licht, um die Klinge zu betrachten. Jetzt hieß es, mutig zu sein. Mit zittrigen Fingern legte sie die Schneide auf die Pulsader des linken Arms.

»Mama, hilf mir«, wisperte sie.

Das Messer ritzte ihr die Haut auf. Der brennende Schmerz schien sie von ihrem Vorhaben abhalten zu wollen, doch nun gab es kein Zurück mehr. Sie bohrte die Spitze tiefer ins Fleisch hinein, bis das Blut herausspritzte. Josefine ließ das Küchenmesser fallen und hielt den verletzten Arm so, dass das Blut auf den Asphalt spritzte.

Sie wankte los. Ihr Ziel war der Bahnübergang. Nur bei einem öffentlichen Selbstmord war gewährleistet, dass schnell Polizisten vor Ort auftauchten.

Wie von ihr anhand des Fahrplans berechnet, senkten sich genau in diesem Moment die Schranken. Josefine lief an der Anlage vorbei auf die Gleise. Dank ihrer schwarzen Kleidung wäre sie von Weitem hoffentlich lange Zeit nicht zu sehen.

Als sie wegen des Blutverlusts immer schwächer wurde, sah sie endlich die S-Bahn. Sie sank auf die Knie.

»Es tut mir so leid«, flüsterte sie dem unbekannten Zugführer zu.

Hoffentlich verdaute er eines Tages den Schock. Vielleicht half es ihm zu erfahren, weswegen sie das getan hatte.

Die kreischenden Bremsen der Bahn drangen an ihr Ohr, doch trotz der abrupten Bremsung kam das Metallungetüm rasend schnell näher.

Sekunden vor dem Aufprall kippte sie zur Seite. Dann erfasste die S-Bahn sie und schleifte sie mit sich.

19

Polizeioberkommissarin Verena Kraft schaute auf die Armbanduhr, die sie erst vor drei Wochen von ihrem Verlobten zum Geburtstag geschenkt bekommen hatte. Sie brachte es einfach nicht übers Herz, ihm zu sagen, dass die Uhr denkbar ungeeignet für ihren Job war. Ebenso wenig brachte sie es übers Herz, endlich Klartext mit ihm zu reden. Ihre Verlobung war eine Schnapsidee gewesen. So wie die Uhr zu wenig Funktionen und zu viel Geglitzer aufwies, bewegten sie sich in zu unterschiedlichen Welten.

Zweiundzwanzig Uhr fünfzehn. Den Abend hatte sie sich ganz anders vorgestellt. Immerhin hatte sie es geschafft, innerhalb von dreizehn Minuten am Unglücksort einzutreffen, der nicht weit von ihrer Wohnung entfernt lag.

Bahnselbstmorde waren stets eine unansehnliche Sache. Nach solchen Taten mussten Gleise und eventuell sogar anliegende Straßen gesperrt, die Betroffenen psychologisch betreut und die Überreste abtransportiert werden. Allein das dauerte im Regelfall mehrere Stunden. Trotzdem empfand Kraft Mitgefühl für die Toten. Wie verzweifelt mussten sie gewesen sein, um einen solchen vermeintlichen Ausweg zu wählen?

Doch diesmal hatten die ersten Kollegen vor Ort ungewöhnliche Umstände vorgefunden, woraufhin man sie als Bereitschaftsdiensthabende informiert hatte.

Im Schein der starken Taschenlampe betrachtete Kraft die Blutflecken auf dem Asphalt. Stammten sie vom Opfer? Die Wucht des Aufpralls hatte den Körper auseinandergerissen und zerquetscht. Wahrscheinlich würde die Rechtsmedizin nähere Untersuchungen anstellen müssen, um das verbindlich zu klären. Fürs Erste ging sie davon aus, dass das Selbstmordopfer auf dem Weg zum Bahngleis Blut verloren hatte.

Stellte sich die Frage nach dem Grund. War es vielleicht kein Selbstmord gewesen? Oder wollte die Frau sichergehen? Andererseits sollte es allgemein bekannt sein, dass man den Zusammenprall mit einer Bahn nicht überlebte.

Die Blutspur führte von dem beschrankten Bahnübergang fort – oder daraufhin zu, je nachdem, welche Perspektive man wählte.

Kraft folgte der Spur, die zwanzig Schritt vor einem Kleinwagen auf einem Parkplatz endete. Sie griff zu ihrem Funkgerät und gab der Zentrale das Kennzeichen durch. Mit ein wenig Glück gehörte der Wagen der Toten, deren Identität dann rasch geklärt wäre. Danach leuchtete sie in den Wagen hinein. Im Fußraum der

Beifahrerseite fielen ihr ein beschriebener Zettel und ein Objekt in einer Plastiktüte auf. Was war das? Ein Laptop?

Kraft öffnete die unverschlossene Beifahrertür. Bevor sie sich auf die Sachen am Boden konzentrierte, leuchtete sie jede Stelle des Wagens aus. In diesem Moment meldete sich die Zentrale zurück.

»Das Fahrzeug ist auf eine Frau Josefine Weikert zugelassen«, sagte die Beamtin und nannte weitere Details.

Kraft bedankte sich. Sie nahm den eng beschriebenen Zettel in die Hand und las die Zeilen im Licht der Innenleuchte durch.

»Verdammt«, flüsterte sie nach dem Lesen und schaute hektisch auf ihre Uhr.

Mittlerweile war es zwanzig nach zehn. Falls die Informationen stimmten, würde in vierzig Minuten jemand aufkreuzen, der die Frau in den Selbstmord getrieben hatte. Doch momentan hätte er keine Chance, auf den Parkplatz zu gelangen, da die Durchgangsstraße weiträumig abgesperrt war.

Was sollte sie tun?

Kraft nahm die Plastiktüte heraus. Das Gerät war ein Beweismittel, weshalb sie es zuallererst zu ihrem gut zweihundert Meter entfernten Wagen trug.

***

Aus dem Augenwinkel nahm er wahr, dass sich etwas auf dem Bildschirm des Tablets tat. Fast eine Stunde lang hatte es ihm ein eingefrorenes Bild präsentiert, doch jetzt bewegte sich der Cursor wieder.

Fuhr Josefine davon?

Er musste seine Ungeduld zügeln, ehe er endlich fünf Kilometer weiter einen Parkplatz ansteuern konnte. Bei laufendem Motor nahm er das Tablet zur Hand und vergrößerte die Darstellung. Josefine hatte den Laptop eindeutig bewegt. Das GPS-Signal, das er dank der SIM-Karte in ihrem Rechner erhielt, war auf etwa fünfzig Meter genau. Zuvor hatte ihm die Karte den Parkplatz als Standort angezeigt. Mittlerweile schien sich das Gerät jedoch eher auf der Durchgangsstraße zu befinden.

Nachdenklich schaute er durch die Windschutzscheibe. Hatte Josefine die Position geändert, weil potenzielle Zeugen zum Parkplatz gekommen waren? Oder gab es einen anderen Grund?

***

»Das ist ausgeschlossen«, entgegnete der Streifenpolizist. »Nicht in der kurzen Zeit.«

»Xaver, das ist keine Antwort, die ich akzeptiere.«

Ihr Kollege, der wenige Monate vor der Pensionierung stand, zuckte gelangweilt mit den Achseln. »Dir bleibt wohl nichts anderes übrig, Verena.«

»Schwachsinn!«, fluchte sie. »Es gibt immer eine Lösung.« Sie schaute sich frustriert um. Die Autos wurden weiträumig umgeleitet. Der Erpresser würde momentan nicht in Verenas Nähe kommen.

Xaver seufzte. »Der Lokführer wird psychologisch betreut. Ebenso zwei Fahrgäste. Zum Glück war die S-Bahn kaum besetzt, und wir haben die wenigen Passagiere, die keine Hilfe benötigen, mit Taxen vom Unfallort schaffen können. Aber dieses Ungetüm steht dort so lange, bis die Bahn einen Ersatzlokführer herangeschafft hat.« Er deutete mit dem Daumen über die Schulter zu den Gleisen. »Das dauert noch mindestens zwei Stunden. Solange der Bahnübergang gesperrt ist, können wir die Strecke nicht freigeben. Ausgeschlossen! Sagte ich ja bereits.«

Kraft verzog den Mund. Sie hasste die langsame Denkweise mancher Kollegen.

»Da wird eine junge Frau durch einen Erpressungsversuch in den Selbstmord getrieben. Aber weil wir ihren Abschiedsbrief rechtzeitig finden, haben wir die Chance, den Täter zu identifizieren. Das sind wir dem Opfer schuldig!«

»Ich versteh deinen Frust, Verena. Hast du zufälligerweise einen Lokführerschein?«

»Sehr witzig! Das Teil muss bloß ein paar hundert Meter vorwärts bewegt werden, damit wir den Übergang freigeben können.«

»Willst du schieben? Damit hättest du dich früher bei *Wetten, dass* bewerben können.«

***

»Auf ihrer Route liegt eine gesperrte Strecke«, informierte ihn die weibliche Stimme des Navigationsgeräts.

Fassungslos blickte er zum Display. Er war nur noch zwanzig Minuten von seinem Ziel entfernt, und schon gab es das nächste Problem.

Normalerweise schlug ihm das System in solchen Fällen eine Alternative vor. Da das Gerät stumm blieb, schien es keine Ausweichmöglichkeit zu geben. Er reduzierte die Geschwindigkeit und klickte die Statusmeldung an. Offenbar war der Bahnübergang neben dem Parkplatz blockiert, weshalb man die ganze Straße gesperrt hatte. Eine weitere Variable in einem Spiel, das ihm immer weniger gefiel. Das Treffen schien unter keinem guten Stern zu stehen. Sollte er darauf verzichten? Doch dann würde er den Laptop nicht bekommen und Josefine weiterleben.

In sieben Kilometern müsste er von der Autobahn abfahren. Die gesperrte Straße schien der einzige Weg zu dem Parkplatz zu sein. Hatte Josefine den Laptop wegen der Sperrung vom ursprünglichen Standort fortbewegt?

Er beschloss, zunächst weiterzufahren. Doch war er darauf gefasst, den ausgeklügelten Plan notfalls über Bord zu werfen.

***

Nachdem sie bei ihrem Kollegen Xaver nicht weitergekommen war, hatte Verena Kraft sich zu zwei anderen

Streifenpolizisten gesellt und ihnen die Situation erklärt. Einer von ihnen stieß geräuschvoll den Atem aus.

»Du verstehst, warum das wichtig ist?«, fragte Kraft.

»Natürlich. Wir müssen den Mistkerl identifizieren. Aber hier wird wohl niemand sein, der den Zug ein paar hundert Meter vorwärts bewegen kann, bis er hinter der nächsten Ecke verschwunden ist.«

»Ob das irgendwie über Fernsteuerung funktionieren könnte?«, fragte Kraft.

»Vielleicht in zehn Jahren«, spekulierte der Kollege.

»Und wir müssten innerhalb von fünfzehn Minuten Beamte in den Gebüschen verstecken, die heimlich Kennzeichen notieren«, fügte sein Partner an.

»Das würden wir schaffen«, behauptete Kraft. »Wir haben genug Leute vor Ort. Ich würde das selbst übernehmen.«

»Die einzige Person, die den Zug wegsetzen kann, ist der Lokführer«, bedauerte der Kollege.

War das die Lösung? »Und wenn ich ihn darum bitte?«

»Nicht dein Ernst, Verena. Er hat gerade einen Menschen überfahren. Wahrscheinlich steht er unter Schock und wird jeden Augenblick ins Krankenhaus abtransportiert.«

»Dann muss ich mich wohl beeilen.« Sie wandte sich von den Kollegen ab und rannte zu einem der drei vor Ort parkenden Notarztfahrzeuge.

»Ist der Lokführer noch hier?«, rief sie dem ersten Sanitäter in Hörweite zu.

»Der wird gleich ins Krankenhaus gebracht. Wagen zwei.« Er zeigte in die entsprechende Richtung.

Sie rannte weiter und erreichte das Fahrzeug, in dem ein Mann auf einer Bahre lag. Das Kopfteil war hochgeklappt. Der Zugführer lauschte einem Notfallpsychologen, der ihm anscheinend Trost zusprach. Zögerlich klopfte Kraft an die Innenseite der Wagentür. Der Psychologe wandte sich ihr zu.

»Können wir kurz miteinander sprechen?«, bat sie ihn.

»Jetzt?«, erwiderte er überrascht. »Mein Patient benötigt ...«

»Es ist wichtig«, unterbrach sie ihn.

Der Psychologe legte dem Zugführer die Hand auf die Schulter und versprach ihm, schnell zurückzukehren. Dann verließ er den Krankenwagen und entfernte sich mit Kraft einige Schritte vom Fahrzeug.

»Was ist denn so wichtig, dass es nicht warten kann?«

Die Polizeioberkommissarin erklärte ihm die Lage.

»Unmöglich!«, sagte der Psychologe. »Herr Wegener hat einen Schock erlitten. Die Ärzte haben ihm ein Beruhigungsmittel verabreicht. Sein Arbeitgeber kann dankbar sein, wenn er in ein paar Monaten in der Lage ist, sich erneut in den Führerstand zu begeben. Monaten«, wiederholte er eindringlich.

»Die junge Frau wurde von einem Erpresser in den Selbstmord getrieben.« Kraft hob die Stimme. »Ohne die Erpressung wäre es nie zu diesem tragischen Zwischenfall gekommen.«

»Das hilft Herrn Wegener leider nicht weiter.«

»Wollen Sie den Mistkerl davonkommen lassen? Wir haben keine Ahnung, um wen es sich handeln könnte.«

Der Psychologe seufzte. »Wahnsinnig nett von Ihnen, mir die Schuld zuzuschieben!«

»Ist doch wahr!«

Plötzlich erklang eine schwache Stimme. »Worüber streiten Sie sich?«

Kraft schaute zum Krankenwagen. Der Lokführer war von der Liege aufgestanden und sah sie an. Dabei hielt er sich am Wagen fest. Er schien jegliche Gesichtsfarbe verloren zu haben. Für eine Sekunde kämpfte Kraft mit ihrem schlechten Gewissen. Doch es war ihre einzige Chance, Josefine zu rächen. Sie umkurvte den Psychologen und trat zu dem Zugführer.

»Die Frau, die sich in akuter Verzweiflung vor Ihren Zug geworfen hat, wurde erpresst. Sie hat das aus Angst vor einer Vergewaltigung getan.«

»Ich ... was ... wieso?« Er brachte bloß unzusammenhängende Wörter hervor.

»Die Details möchte ich Ihnen ersparen. Aber der Erpresser wollte sich mit ihr um dreiundzwanzig Uhr auf einem Parkplatz neben dem Übergang treffen. In dreizehn Minuten. Momentan ist die Straße wegen des blockierten Gleisübergangs gesperrt. Der Ersatzlokführer, den Ihr Dienstherr organisiert, trifft frühestens in einer halben Stunde hier ein.«

»Und Sie brauchen, also ich meine ...«

»Genau. Jemand muss den Zug bloß ein paar hundert Meter vorwärtsbewegen.«

»Ich schaff das nicht«, sagte er bedauernd.

Kraft blickte enttäuscht zu Boden. Sie konnte und wollte den Mann nicht weiter unter Druck setzen. Er hatte genug durchgemacht. Vielleicht würden sie auf dem Laptop Hinweise finden, die den Erpresser identifizierten.

»Aber ich kann Ihnen erklären, wie Sie das anstellen. Eigentlich ist es nicht so wahnsinnig kompliziert. Zumindest nicht für ein paar hundert Meter. Vorausgesetzt, die Verkehrsleitzentrale gibt ihr Okay und unterstützt Sie.«

***

Er parkte zwei Kilometer vom Zielort entfernt am Straßenrand. Laut Navi war die Strecke noch immer gesperrt. Wie Josefine wohl mit der Situation umging? In weniger als fünf Minuten war sie mit ihm verabredet, und er hatte keine Möglichkeit, zu ihr zu kommen. Wenn sie den Laptop anschaltete, könnte er ihr neue Anweisungen geben, da sie dann übers Mobilfunknetz eingebucht wäre. Doch er fürchtete, sie hatte zu viel Angst, die Akkukapazität zu verbrauchen.

Der Uhrzeiger sprang auf elf um. Wer machte ihm einen Strich durch die Rechnung?

»In einem Kilometer biegen Sie links ab«, erklang plötzlich das Navigationsgerät.

Ungläubig schaute er auf die Anzeige. Offenbar war die Strecke wieder frei. Er wäre in weniger als fünf

Minuten vor Ort, was durchaus seiner Angewohnheit entsprach, ein bisschen verspätet zu erscheinen.

Er startete den Motor. Obwohl ihn seine Instinkte warnten, konnte er die Neugier nicht unterdrücken. Es dauerte nicht lang, bis er die zuvor gesperrte Straße erreichte. Genau in diesem Moment zeigte ihm das Tablet an, dass der Laptop erneut bewegt wurde. Allerdings vom Parkplatz weg. In einiger Entfernung entdeckte er schließlich einen einzelnen Wagen auf dem Parkplatz, in dem sich jedoch niemand aufzuhalten schien.

Wieso stand Josefines Auto an der vereinbarten Stelle, während der Laptop sich inzwischen entfernte?

»Fuck!«

Es war zu spät, um umzudrehen. Fuhr er geradewegs in eine Falle? Wie hatte Josefine es geschafft, ihn auszutricksen?

Mit pochendem Herzen setzte er seinen Weg fort.

***

Um Mitternacht beendete Kraft den Einsatz. Sie hatte sich mit zwei anderen Kollegen in den Gebüschen am Straßenrand versteckt. Siebenundzwanzig Fahrzeuge waren an ihnen vorbeigefahren. Siebenundzwanzig Kennzeichen hatten sie notiert. Steckte unter den Fahrzeughaltern der Erpresser?

20

Verena Kraft blickte auf den Laptop. Sie war nicht oft freitags um drei Uhr morgens auf der Arbeit. Josefine war vor über fünf Stunden gestorben, und Kraft hatte das Gefühl, nicht genug zu leisten, um ihren Tod zu vergelten. Sie hatte den Computer in einen kleinen Besprechungsraum des Würzburger Präsidiums gebracht, sich bislang aber nicht getraut, ihn einzuschalten. Laut des Briefes war der Laptop mit einem Virus infiziert. Würde das Einschalten Beweise vernichten? Sie vermutete aufgrund ihrer eigenen Computerkenntnisse, dass sie nichts verschlimmern konnte – eine Garantie hatte sie jedoch nicht.

Obwohl es ihr schwerfiel, entschied sie, abzuwarten, bis sie mit den Kollegen Rücksprache halten konnte. Sie brachte das Beweismittel zusammen mit dem Brief in die Asservatenkammer, bevor sie sich auf den Heimweg machte, um wenigstens drei Stunden zu schlafen.

***

Am heimischen PC hatte er sich mit Kaffee aufgeputscht und die Müdigkeit vertrieben. Er musste herausfinden, was passiert war. Wo der Laptop abgeblieben war.

Um sechs Uhr morgens fand er endlich eine Nachricht in der Onlineausgabe der *Mainpost*, der regionalen Würzburger Tageszeitung. Der Artikel beschrieb, dass eine junge Frau an einem Bahnübergang Selbstmord begangen hatte. Die zusätzlichen Informationen deuteten auf die Durchgangsstraße hin: Der Journalist erwähnte eine Sperrung, die seiner Ansicht nach zu lange gedauert habe.

Es bestand kein Zweifel, dass Josefine das Selbstmordopfer war.

Sie hatte ihn ausgetrickst. Eine Entwicklung, mit der er niemals gerechnet hätte. Er empfand gemischte Gefühle. Etwa Respekt für den Akt des Widerstands, den sie geleistet hatte. Er war früher selbst ein Gefangener gewesen, hatte aber erst viele Jahre nach der Befreiung begonnen, sich zu rächen. Josefine – so schwach sie gewirkt hatte – war in dieser Hinsicht deutlich stärker gewesen. Gleichzeitig hasste er sie und wünschte, er könne sie zur Verantwortung ziehen.

Am Tablet überprüfte er, ob das GPS-Signal des Laptops zurückkehrte. Er hatte es mitten in der Nacht verloren. Es gab keinen Anhaltspunkt, ob der Sender ausgefallen, zerstört worden war oder sich in einer Umgebung befand, in der das Signal abgeschirmt wurde.

Zuletzt hatte er es aus Würzburg empfangen. Der Karte zufolge entweder aus einem Polizeipräsidium oder zumindest in dessen unmittelbarer Nähe.

Was ein deutlich größeres Problem als der Selbstmord darstellte.

Das Programm, mit dem er Josefines Computer fernsteuerte, zeigte ihm an, dass das Gerät ausgeschaltet war. Was sollte er tun, falls er wieder Zugriff bekäme? Das Zerstörungsprogramm in Gang setzen oder über eine Lauschaktion Informationen sammeln?

Nachdenklich nippte er an dem Kaffeebecher.

***

Zu der morgendlichen Besprechung hatte Verena Kraft zwei Kriminalhauptkommissare hinzugezogen. Außerdem noch ihren Vorgesetzten Egon Schwärter.

»Du hast wirklich die Lok gesteuert?«, vergewisserte sich ihr Chef.

Kraft winkte bescheiden ab. »Nur ein paar hundert Meter. Die Bahnzentrale hat mir genau beschrieben, was ich tun musste.«

Schwärter nickte anerkennend. »Das erinnert mich an Geschichten von Stewardessen, die ein Flugzeug landen, weil die Piloten ausfallen.«

Kraft lachte. »Quatsch! Das kann man überhaupt nicht miteinander vergleichen.«

»Wie weit ist die Überprüfung der Kennzeichen?«, fragte Kriminalhauptkommissar Morsbach.

»Die Datenbanken haben alle Halter ausgespuckt. Zweiundzwanzig kommen hier aus der Gegend, das wird sich hoffentlich leicht ermitteln lassen. Bei den anderen fünf brauchen wir möglicherweise Amtshilfe. Vier stammen aus unterschiedlichen Regionen Deutschlands. Zu allem Überfluss ist ein Fahrzeug auf eine Autovermietung angemeldet.« Sie reichte allen Anwesenden einen Ausdruck der Halterliste.

Oberkommissar Pichler musterte die Liste nachdenklich.

»Fällt dir etwas auf?«, fragte Kraft hoffnungsvoll.

»Zeigst du mir noch einmal den Abschiedsbrief, den die Frau im Wagen hinterlassen hat?«, bat er.

Da Kraft den Brief ebenfalls vor Besprechungsbeginn kopiert hatte, konnte sie ihm sofort zwei Blätter zuschieben. Der Mann überflog sie und brummte beim Lesen.

»Was geht dir durch den Kopf?«, erkundigte sich Schwärter.

»Vielleicht hat das nichts zu bedeuten«, antwortete Pichler vorsichtig. »Aber nehmen wir an, das Opfer hat die Situation noch zu harmlos eingeschätzt. Sie fürchtete, er könnte sie vergewaltigen. Was, wenn der Erpresser sie bei dem Treffen töten wollte, um anschließend den Laptop verschwinden zu lassen? Das Treffen hätte auch nur dazu dienen können, sie umzubringen und Spuren zu beseitigen.«

»Ich kapier nicht, worauf du hinauswillst«, bekannte Kraft.

»Beziehst du dich auf die Mordserie, auf die uns die KEG aufmerksam gemacht hat?«, fragte Morsbach.

Pichler nickte.

»Könnt ihr Kripohelden mich einweihen?«, bat Kraft.

»Eine Bundesbehörde hat wegen einer Mordserie eine Verlautbarung herumgeschickt. Drei Todesopfer bislang. Im Südwesten, im Norden, im Westen. Die Opfer waren junge Frauen. Altersmäßig würde Weikert ins Schema passen. Bei allen Opfern fehlten die Laptops, die sie zweifelsfrei besessen hatten.«

»Wow«, flüsterte Kraft. »Daran erinnerst du dich, wenn du nur eine Liste mit Fahrzeughaltern betrachtest?«

»Ich hab schon zu Beginn unserer Besprechung dran gedacht. Mich macht es stutzig, fünf Kennzeichen zu sehen, die von ziemlich weit herkommen. Vielleicht ist das bloß ein Zufall ...«

»... oder auch nicht«, beendete Kraft den Satz. »Kannst du die Behörde kontaktieren?«

»Klar«, sagte Pichler. »Was ist mit dem Laptop? Haben wir ihn sichergestellt?«

»Ist beides in der Asservatenkammer. So wie ich ihn im Auto gefunden habe. Er steckt in einer Plastiktüte.«

»Auf meinem PC müsste ich das Schreiben der KEG finden«, sagte Pichler. »Ich kontaktiere den Leiter der Ermittlung.«

»Was machen wir in der Zwischenzeit mit dem Laptop?«, fragte Schwärter.

»Am besten warten wir ab, was uns die KEG rät«, meinte Morsbach.

Die Kollegen schlossen sich der Meinung an.

»Soll ich den Rechner holen?«, fragte Kraft.

»Das entscheiden wir, nachdem ich mit der KEG gesprochen habe.«

***

Das Handy übertrug eine unbekannte Rufnummer aus dem süddeutschen Raum. Drosten, der am Vortag aus Schleswig-Holstein zurückgekehrt war, nahm das Gespräch stirnrunzelnd entgegen.

»Hauptkommissar Robert Drosten, Kriminalermittlungstaktische Einsatzgruppe«, meldete er sich förmlich.

»Guten Morgen, hier spricht Kriminaloberkommissar Pichler aus Würzburg.«

»Guten Morgen!«

»Es geht um Ihr Bulletin 18/43.«

Drosten horchte interessiert auf. Die Verlautbarung hatte die aktuelle Mordserie zum Thema. »Womit kann ich Ihnen helfen? Haben Sie ein Opfer zu beklagen?«

»Möglicherweise«, sagte Pichler. »Allerdings hat die Frau Selbstmord begangen.«

»Wieso glauben Sie, dass ein Selbstmord zu unseren Ermittlungen passt?«

In den Folgeminuten erfuhr Drosten von den Umständen, die eine junge Frau in den Tod getrieben hatten. Besonders das vereinbarte Treffen auf einem Parkplatz interessierte ihn.

»Beschreiben Sie mir den Ort, wo Sie den Laptop gefunden haben. Ist das ein abgelegener Parkplatz?«

»Nachts ist da nicht viel los, wobei ich ihn nicht als abgelegen bezeichnen würde. Er liegt neben einer Durchgangsstraße, wird allerdings teilweise von Gebüsch vor Blicken geschützt.«

»Haben Sie versucht, den Laptop einzuschalten?«

»Bislang nicht. Sollen wir?«

»Ein Zeuge hat uns von einem Virus berichtet, der die Bedienbarkeit des Geräts verhindert. Auf dem Bildschirm sieht man dann einen Totenkopf. Wäre interessant zu wissen, ob der sichergestellte Computer davon betroffen ist.«

»Wir probieren das aus, und ich melde mich anschließend bei Ihnen«, versprach Pichler.

***

Endlich empfing er wieder ein Signal. Der Standort hatte sich seit der Nacht nicht verändert. Er zweifelte nicht mehr daran, dass sich der Laptop in einem Polizeipräsidium befand. Verfügten die Bullen über Informatiker, die den Virus überlisten könnten? Unwahrscheinlich, aber nicht völlig ausgeschlossen. Die Schadsoftware war so programmiert, dass sie mit der Zerstörung der Festplatte begann, sobald sie angegriffen wurde.

Wie sollte er damit umgehen? Ein Spezialist könnte herausfinden, auf welchem Weg Josefine sich den Virus eingefangen hatte. Das durfte unter keinen Umständen passieren. Deshalb würde er es den Bullen so schwer wie möglich machen, ohne sich zugleich die Option zu verbauen, ihren Ermittlungsfortschritt zu belauschen. Damit sich der Computer wieder fernsteuern ließ, musste das Gerät Zugriff aufs Internet bekommen. Ob ihm die Bullen den Gefallen taten? Falls ja, könnte er dank des Mikrofons und des Lautsprechers ihren Kenntnisstand herausfinden.

***

Verena Kraft brachte den Laptop in den kleinen Besprechungsraum und schloss das Netzwerkkabel an.

»Lasset die Spiele beginnen«, murmelte sie und drückte den Startknopf.

Zunächst fuhr das Betriebssystem normal hoch, doch anstelle eines Startbildschirms tauchte plötzlich ein Totenkopfsymbol auf.

»Scheiße!«, fluchte Pichler. »Den Totenkopf hat Hauptkommissar Drosten erwähnt.«

Kraft drückte ein paar Tasten. Nichts passierte. »Was machen wir jetzt?«

»Ich informiere Drosten. Schließen wir den Laptop solange wieder ein. Nicht, dass er unser Netzwerk verseucht.«

***

Drosten riss Sommers Bürotür auf.

»Die Würzburger haben sich gemeldet«, vermutete Sommer.

»Ein Totenkopfsymbol anstelle des Startbildschirms. Ich hab es mir per Handy abfotografieren und schicken lassen. Wir müssen Alexandra Nagels Arbeitskollegen fragen, ob es das gleiche Symbol ist. Ich informiere Stenzel, der hat bestimmt die Kontaktdaten.«

Eine halbe Stunde später erhielten sie aus Mettmann eine Rückmeldung. Der Arbeitskollege schwor, dass es sich um denselben Totenkopf handelte.

21

Die Bullen begingen einfach keinen Fehler. Zwar übertrug das GPS-Signal unaufhörlich die Rechnerposition, doch bekam er keinen Zugriff auf das Gerät. Daher wusste er nicht, auf welchem Stand die Polizei war, oder ob sie bereits gegen die Schadsoftware vorging. Mit geballter Faust schlug er auf die Schreibtischplatte. Er fühlte sich hilflos, so wie damals. Ein Gefühl, das er rasch durch Planung verdrängen musste. Er benötigte einen Sündenbock, um sein Vorhaben durchzuziehen. Jemanden, auf den sich die Bullen konzentrieren würden. Er malte sich das Szenario aus, mit dem er lange genug den Hals aus der Schlinge ziehen könnte. Vielleicht sogar für immer, um dann später weit weg neu anzufangen. Es gab noch ein festes Ereignis, zu dem er auf freiem Fuß sein musste.

Wenn er es geschickt anstellte, sollte ihm das gelingen. Alles eine Frage der richtigen Vorgehensweise. Trotzdem ärgerte es ihn, dass er das Laptopmikrofon nicht nutzen konnte. Zu gern hätte er gewusst, was die Beamten bisher herausgefunden hatten.

Da die Umstände nicht zu ändern waren, begann er mit der zweiten Stufe seiner Planung. Von jetzt an würde alles wesentlich schneller laufen. Die Achterbahn hatte den Scheitelpunkt der Fahrt erreicht. Nun ging es im rasanten Tempo bergab.

***

Verena Kraft betrat die Wohnung des Selbstmordopfers, zusammen mit den Kriminalkommissaren Pichler und Morsbach sowie drei Beamten der Spurensicherung. Die Wiesbadener KEG-Polizisten würden mit einem IT-Spezialisten am Samstag in Würzburg aufschlagen. Bis dahin wollten die Würzburger möglichst viel über Joesfines Leben herausfinden. Vielleicht entdeckten sie dabei auch Spuren, die zu dem Erpresser führten.

Josefine Weikert hatte in einer Zweizimmerwohnung gelebt. Wohnzimmer, Schlafzimmer. Dazu eine geräumige Küche und ein Tageslichtbad. Kein Balkon. Auf dem ersten Blick wirkte die Wohnung weder penibel aufgeräumt noch besonders unordentlich. Kraft vermutete, dass Josefine ein ordentlicher Mensch gewesen war, bis der Mistkerl sie erpresst hatte. Wahrscheinlich hatte sie in den Tagen vor ihrem Tod nicht mehr die Energie gehabt, sich um so banale Dinge wie die Haushaltsführung zu kümmern.

»Behandeln wir die Wohnung wie einen Tatort«, legte Morsbach fest.

Kraft betrat das Wohnzimmer und schaute sich um. Unterdessen öffneten die Spurensicherungsbeamten die ersten Schubladen. Auf einem Sideboard standen fünf gerahmte Bilder. Sie zeigten Josefine mit einer älteren Frau an ihrer Seite, offenbar ihre Mutter. Die Ähnlichkeit war unverkennbar. Die Frauen hatten die gleiche Augenpartie und eine fast identische Nase. Während Josefine das dunkelblonde Haar schulterlang trug, hatte ihre Mutter eine Kurzhaarfrisur getragen, in der einige graue Strähnen hervortraten.

»Wissen wir schon, wann ihre Mutter gestorben ist?«, fragte sie.

»Nein«, antwortete Pichler. »Bislang kennen wir nicht einmal deren ehemalige Anschrift. Aber wahrscheinlich finden wir hier Antworten auf unsere Fragen.«

Unvermittelt klingelte das Telefon auf dem kleinen Couchtisch. Sofort eilte Kraft hin.

»Eine Würzburger Nummer«, rief sie. »Soll ich rangehen?«

»Ja«, antwortete Morsbach.

»Hallo«, meldete sie sich.

»Frau Weikert, hier ist Hörmann, schön, dass ich Sie erreiche. Uns liegt keine Krankmeldung von Ihnen vor. Was haben ...«

»Ich bin Oberkommissarin Kraft. Sind Sie Frau Weikerts Vorgesetzter?«

»Oberkommissarin?«, reagierte der Mann überrascht. »Ist Frau Weikert etwas zugestoßen?« Seine zuvor wütend klingende Stimme nahm einen defensiven Tonfall an. »Hat sie deswegen nicht mehr angerufen?«

»Wann haben Sie zuletzt mit ihr gesprochen?«, wich Kraft der Antwort aus.

»Dienstag und Mittwoch. Da hat sie sich für den jeweiligen Tag krankgemeldet.«

»Wie hat sie geklungen?«

Er zögerte. »Matt. Erschöpft. Allerdings war das nichts Neues. Seit dem Tod ihrer Mutter war Frau Weikert nicht wiederzuerkennen. Oh Gott! Hat sie sich umgebracht?«

»Wir müssen miteinander reden. Wo finde ich Ihre Firma? Und wie lange treffe ich Sie dort heute an?«

***

Samstagvormittag um kurz nach zehn erreichten Drosten, Sommer und der IT-Crack Stehler die Würzburger Polizeiinspektion. Nach einer knappen Vorstellungsrunde wollte Stehler sofort wissen, wo sich der sichergestellte Laptop befand.

»In einem Besprechungsraum«, antwortete Morsbach. »Soll ich Sie hinbringen?«

»Gleich«, bat Stehler. »Haben Sie ihn noch mal ans Internet angeschlossen?«

»Nein«, sagte Morsbach. »Wir haben sogar die im Netz befindliche SIM-Karte entfernt.«

»Sehr gut. Trotzdem will ich nicht ausschließen, dass der Erpresser es mithilfe der Schadsoftware geschafft hat, in Ihr Netzwerk einzudringen.«

»Ist so etwas überhaupt möglich?«, fragte Morsbach überrascht.

»Heutzutage ist fast alles möglich«, behauptete Stehler. Er legte seine Schultertasche auf einen Tisch und öffnete sie. Er nahm einen zigarettenschachtelgroßen Apparat aus der Tasche und schaltete ihn ein. »Befinden sich in dem besagten Besprechungsraum andere Geräte, die per W-LAN mit Ihrem Netzwerk verbunden sind?«

Mosbach schaute seinen Kollegen an.

»Ich glaube nicht«, sagte Pichler.

»Dann scanne ich den Raum erst. Bringen Sie mich hin. Wir reden miteinander, sobald ich meine Prüfungen abgeschlossen habe.«

»Hier entlang.«

Morsbach ging voran und führte ihn in den Raum. Drosten und Sommer folgten. Stumm zeigte der Hauptkommissar zum Laptop. Stehler trat an den Tisch und hielt den Apparat an das Gerät. Danach drückte er zwei Knöpfe, bevor er den Raum abschritt. Drosten hatte den Eindruck, dass der IT-Crack eine kleine Show abzog. In Wiesbaden war er für effekthascherische Aktionen verschrien und galt als nicht sonderlich teamfähig. Doch immer dann, wenn die Frage nach dem besten IT-Experten aufkam, fiel zwangsläufig Stehlers Name – vor allem, wenn es um Schadsoftware ging. Deswegen hatte Drosten ihn gebeten, sein

Wochenende zu opfern und in Würzburg Überstunden zu schieben.

Stehler öffnete erneut seine Tasche, der er Panzerband entnahm. Er riss zwei Streifen ab und klappte den Laptop auf. Zuerst verklebte er die Kameralinse, anschließend das integrierte Mikrofon. Er nickte zufrieden und verließ wortlos den Raum. Im Flur zog er die Tür zu.

»Zeigen Sie mir alle Ihre Handys. Ich muss wissen, ob die Geräte derzeit Datennetzzugriff haben.« Stehler überprüfte jedes Smartphone. »Perfekt«, sagte er schließlich. »Mir hat der Scan nämlich fünf mobile Datenzugriffe angezeigt. Aber das waren unsere Telefone. Der Laptop hat sich nicht heimlich mit dem Netzwerk verbunden. Das Verkleben von Kamera und Mikrofon war lediglich eine Vorsichtsmaßnahme. Ich hole aus dem Auto mein komplettes Equipment und versuche anschließend, die Schadsoftware in Quarantäne zu schicken.«

»Unterhalten wir uns unterdessen über das, was wir seit dem Selbstmord herausgefunden haben«, schlug Morsbach vor.

Inzwischen hatte sich Polizeioberkommissarin Kraft verspätet zu der Runde gesellt. »Frau Weikert hat sich nach dem Tod ihrer Mutter einige Zeit krankgemeldet«, fasste sie zusammen, was sie beim Telefonat mit Josefines Chef erfahren hatte. »Auch nach ihrer Rückkehr zur Arbeit hat man einen deutlichen Abfall ihrer

Leistung bemerkt. Herr Hörmann hat Frau Weikert als labil bezeichnet.«

»Selbstmordgefährdet?«, konkretisierte Sommer.

»Er wollte sich nicht so eindeutig äußern. Zwischen den Zeilen hab ich das aber herausgehört.«

»Wahrscheinlich hat er Angst, seine Sorgfaltspflicht verletzt zu haben«, vermutete Sommer.

»Die Krankmeldung am Dienstag hat ihn nicht sonderlich verwundert. Ihr Folgeanruf am Mittwoch schon eher. Er hat sie kaum verstanden, so leise hat sie gesprochen. Dass sie sich Donnerstag gar nicht gemeldet hat, war allerdings ungewöhnlich für sie.«

»Ob der Erpresser Dienstag in Aktion getreten ist?«, warf Drosten in den Raum.

»Oder Montag nach Feierabend?«, fügte Sommer hinzu.

»Dann hätte er sie innerhalb von zweiundsiebzig Stunden in den Selbstmord getrieben«, sagte Kraft. »Ich will diesen Kerl drankriegen!«

»Der Selbstmord war nicht sein Ziel. Im Gegenteil. Damit hat Frau Weikert seine Pläne durchkreuzt«, erklärte Drosten.

»Berichten Sie uns von den ersten drei Fällen?«, fragte Morsbach.

Eine halbe Stunde später waren die bayrischen Polizisten ins Bild gesetzt. Sie stimmten mit Drosten und Sommer überein, dass die Parallelen unverkennbar waren. Hätte Josefine nicht den Freitod gewählt, wäre sie trotzdem gestorben.

»Warum hat keines der Opfer die Polizei ins Boot geholt?«, klagte Pichler.

»Wahrscheinlich aus den gleichen Gründen, aus denen Frauen ihre Vergewaltigung nicht melden«, vermutete Oberkommissarin Kraft. »Sie fühlen sich beschmutzt, in gewissem Sinne missbraucht. Und sie ahnen nicht, dass ein Mörder mit ihnen ein Spielchen spielt.«

Drosten betrachtete die etwa fünfunddreißigjährige Polizistin näher. Ihm gefiel ihre zutreffende Antwort. Zudem brachte sie als Frau eine weibliche Sichtweise in die Diskussion. Hätte ein Mann ihren Standpunkt eingenommen, hätte das weniger überzeugend geklungen. Außerdem war Drosten von ihrer Durchsetzungsstärke beeindruckt. Er kannte nicht viele Polizisten, die das Problem mit dem Zug so konsequent gelöst hätten. Nach dem Abschluss der Ermittlungen müsste er sich näher mit ihr beschäftigen. Trotz der Budgetkürzung zweifelte er nicht daran, dass die KEG in naher Zukunft weiteres Personal einstellen müsste. Eine geeignete Frau würde bei ihm den Vorzug erhalten. Und da er kaum Hoffnung verspürte, Katharina Rosenberg aus dem Rheinland loszueisen, sollte er die Karriere der Oberkommissarin im Auge behalten. Er wandte sich Kraft zu. »Ich möchte Ihnen übrigens meinen Respekt aussprechen. Ihr Vorgehen, um die Sperrung der Straße aufzuheben, gefällt mir.«

Sie winkte ab. »Danke, aber so hätte fast jeder gehandelt.«

»Ganz im Gegenteil«, widersprach Sommer.

»Apropos«, sagte Morsbach. »Um die ortsansässigen Fahrzeughalter, deren Kennzeichen wir am Unglücksort notiert haben, kümmern wir uns. Einen Großteil haben wir bereits kontaktiert. Aber es gab auch vier auswärtige Fahrer sowie einen Pkw, der auf eine Mietwagenfirma zugelassen ist. Wollen Sie das übernehmen?«

»Außerdem wäre Amtshilfe bei den auswärtigen Fahrern hilfreich«, fügte Pichler hinzu.

»Geben Sie mir die Daten«, bat Drosten. »Ich schätze, gerade bei der Autovermietung kommen wir schneller ans Ziel.«

22

»Warum treffen wir uns an einem Samstag – und dann auch noch hier?«, fragte Weller.

»Hallo, Sascha«, begrüßte ihn Gregor Speer. »Willst du nicht erst mal hereinkommen?«

Weller war nie zuvor in Speers Wohnung gewesen. Weder am Wochenende noch an Arbeitstagen. Speer schützte sein Privatleben vor der Öffentlichkeit, so gut es ging. Als Weller ihm die Nachricht geschickt hatte, dass sie über den Troll reden müssten, war er davon ausgegangen, Speer würde das Gespräch am Montag im Büro führen wollen. Stattdessen hatte er ihn zwei Stunden später zu sich nach Hause eingeladen.

»Klar komme ich herein.«

Im Hausflur der Dachgeschosswohnung stand ein Garderobenständer, gleich neben der Wohnungstür. Weller hängte seine Jacke auf. Sein Blick fiel auf den Parkettboden.

»Soll ich die Schuhe ausziehen?«, fragte er.

»Nicht nötig.«

Das Loft war riesig. Weller schätzte, dass der alleinlebende Speer über hundertfünfzig Quadratmeter verfügte. Leicht eingeschüchtert sah er sich um. Wände trennten verschiedene Bereiche voneinander, auf Türen hatte der verantwortliche Architekt verzichtet. Überall gab es breite Durchgänge zwischen den einzelnen Abschnitten.

Weller war begeistert. »Wow. Das ist alles so offen. Hier lässt es sich aushalten.«

Speer lächelte. »Ich mag keine verschlossenen Türen. Außer bei Badezimmern.« Er lachte. »Die findest du übrigens da hinten.« Er zeigte vage nach rechts. »Das ist auch der Grund, warum wir in der Firma so viele Glaswände haben. Wenn es schon Türen geben muss, will ich wenigstens nicht vor eine weiße Wand starren müssen. Komm mit in die Küche.«

Speer ging voran und führte ihn zu einem Raum, der von einer beeindruckenden Kochinsel und einem Eichentisch dominiert wurde. Der anthrazitfarbene amerikanische Kühlschrank passte perfekt zu den massiven Holzfronten der Schränke.

»Setz dich«, sagte Speer. »Ich habe Orangen ausgepresst.« Er zeigte zu der stylischen Saftpresse. »Oder willst du lieber einen Kaffee?«

»Frisch ausgepresst klingt gut. Meine übliche Kaffeeration hatte ich schon.«

Speer lächelte und trat an den Kühlschrank. Er holte zwei Gläser unterschiedlicher Farbe heraus, die beide bis zum Rand gefüllt waren.

Weller nahm Platz. Auf dem Tisch stand eine Pralinenauswahl.

»Bedien dich! Das ist eine Kostprobe aus dem Hotel *Der kleine Prinz.* Der Chefkoch hat mich gebeten, sie zu kosten und mein Okay fürs nächste Wochenende zu geben. Die will er bei der Lesung servieren.«

Weller griff zu einem Schokoladenherz, das im Inneren mit einer salzigen Karamellcreme gefüllt war.

»Das hier ist fabelhaft.«

»Ehrlich gesagt, hab ich sie schon alle gekostet. Du kriegst bloß die Reste serviert. Wie beim letzten Mal ist eine Praline besser als die andere.« Speer schmunzelte und trank einen Schluck Saft. »Was hast du über den Troll herausgefunden?«, wechselte er abrupt das Thema.

»Seine Identität.«

»Oh. Respekt! Jetzt willst du vermutlich, dass wir ihn anzeigen.«

»Frank Luckhart.«

Für einen Moment verlor Speer seine Gelassenheit. Er kniff die Augen zusammen und öffnete leicht den Mund. Zum ersten Mal bemerkte Weller auf der Stirn seines Chefs eine kleine Zornesfalte. Ob die im Laufe der Jahre dominanter werden würde?

»Luckhart?«, wiederholte Speer ungläubig.

»Dein alter Geschäftspartner. Der übrigens inzwischen ganz anders aussieht als früher.«

»Du hast ihn getroffen?«

»Aus der Ferne beobachtet«, behauptete Weller.

»Wieso?«

»Weil ich wissen wollte, mit wem ich, äh, wir es zu tun haben.«

»Inwiefern hat er sich äußerlich verändert?«

»Aus der Vergangenheit kenne ich nur die wenigen Fotos, die man im Internet findet. Er hat mindestens zwanzig Kilo abgenommen, die Haare trägt er inzwischen kurz, außerdem scheint er Kraftsport zu betreiben.«

»Frank? Bist du dir sicher?« Speer klang amüsiert.

»Hundertprozentig.«

»Ich hab ihm das immer empfohlen. Aber angeblich ging das wegen seiner Gelenke nicht.«

»Wir sollten ihn der Polizei melden.« Weller nippte am Saft und suchte sich eine weiße Praline mit Kakaocremefüllung aus.

»Das ist völlig überzogen. Wir schießen nicht mit Kanonen auf Spatzen«, erwiderte Speer.

»Warum macht Luckhart das?«

»Am Ende hatten wir ziemlich oft Streit. Deswegen haben wir die Firma verkauft. Übrigens sehr profitabel. Eigentlich hat er keinen Grund, mir zu schaden.«

»Er wohnt in Baden-Baden in einer ...«

»Echt? Er ist zurückgekehrt?« Nun klang Speer unangenehm überrascht.

»Ist er damals fortgezogen?«

»Ins Ruhrgebiet. Er wollte mir nicht mehr über den Weg laufen.«

»Jetzt ist er wieder da, belästigt in den sozialen Medien unsere Nutzerinnen, von denen drei getötet wurden.«

»Schwachsinn!«, polterte Speer. »Frank ist ein dickköpfiger, arroganter, völlig unflexibler Sack. Aber ganz sicher kein Mörder. Ich werde ihn nicht bei der Polizei verleumden. Das würde wie ein billiger Racheakt wirken.«

»Du wusstest nicht, dass er abgenommen hat. Du wusstest nicht, dass er wieder in Baden-Baden wohnt. Aber du weißt, dass er kein Mörder ist? Respekt.«

»Dir würde ich auch keinen Mord zutrauen. Irgendwann kennt man seine Leute.«

Weller lehnte sich in dem bequemen Küchenstuhl zurück. Die hohe Lehne gab leicht nach. Ein sehr bequemes Möbelstück. »Wovor hast du eigentlich Angst?«

»Vor der negativen Publicity«, antwortete Speer ehrlich. »Seit die Bullen den Zusammenhang zwischen den toten Frauen ...«

»Ermordeten Frauen«, korrigierte Weller.

Genervt verzog Speer den Mund. »Ich analysiere die Geschäftszahlen momentan viel intensiver als früher. So ein Skandal kann alles zerstören. Ich seh die Schlagzeilen vor meinen Augen.« Er tippte sich mit zwei Fingern an die Stirn. »*Die TodesApp. Was wusste der Entwickler?* Die Banken streichen uns schneller die Kreditlinien, als wir ›Erbarmen‹ rufen können.«

»Die Polizei würde uns Vertraulichkeit garantieren«, merkte Weller an.

»Denen sind wir völlig egal. Die wollen bloß ihren Fall lösen. Kollateralschäden nehmen sie dafür gern in Kauf.«

»Drei tote Frauen!«, sagte Weller eindringlich. »Wir könnten der Polizei einen Verdächtigen präsentieren.«

»Frank ist kein Mörder«, wiederholte Speer. »Vertrau mir!«

»Dir vertrauen«, murmelte Weller. »Das ist alles, was du mir empfiehlst.«

»Ich *bitte* dich eindringlich darum«, korrigierte Speer ihn. »Sollte die Polizei mir in den nächsten Tagen den Namen meines Geschäftspartners präsentieren, weiß ich, wer dahintersteckt.«

»Keine Sorge, ich gebe denen keinen anonymen Hinweis. Ich finde bloß, du machst einen Fehler.« Er trank den letzten Rest Saft aus. »Aber schön, dass wir darüber gesprochen haben«, fügte er sarkastisch hinzu. »Es freut mich, wie ernst du meine Bedenken nimmst.« Er schob den Stuhl zurück und stand schnell auf.

»Du bist sauer«, stellte Speer überflüssigerweise fest.

»Eher enttäuscht. Es ist nicht nur deine Firma. Klar, du hast sie gegründet, bist alleiniger Geschäftsführer. Ich bin bloß dein Angestellter. Trotzdem liegt mir das Unternehmen am Herzen. Schade, dass du meine Sorgen nicht ernst nimmst.« Das hastige Aufstehen bescherte ihm einen leichten Schwindelanfall. Weller hielt sich kurz an der Tischplatte fest. »Ich finde alleine raus. Bis Montag!«

Speer verzichtete darauf, ihn zur Wohnungstür zu begleiten.

***

Armin Stehler seufzte. Der letzte Versuch war fehlgeschlagen. Er hatte es mit einem ebenbürtigen Gegner zu tun, so viel musste er dem vorerst anonymen Erpresser zugestehen. Sollte es ihm gelingen, den Virus lahmzulegen, hätte er für zukünftige Herausforderungen dazugelernt.

Stehler hatte mittlerweile drei externe Geräte über eine Dockingstation an den Laptop angeschlossen. Eine Tastatur, einen Bildschirm und einen Minirechner. Doch jede Maßnahme, um die Schadsoftware auszutricksen, hatte sich als Fehlschlag erwiesen.

Er knabberte an dem Bleistift, den er für seine Notizen benutzte. Was sollte er als Nächstes ausprobieren? Wenn er auf indirektem Weg nicht weiterkam, half möglicherweise ein Frontalangriff. Er rief ein Spezialprogramm auf und gab einen mehrzeiligen Code ein. Schließlich schwebte sein Zeigefinger über der Enter-Taste. Um sicherzugehen, las er den Angriffscode noch einmal durch. Dann drückte er die Taste.

»Fuck!«, schrie er ein paar Sekunden später.

Die Schadsoftware setzte zum Gegenschlag an und wählte eine nukleare Option: die Selbstzerstörung.

»Das darf nicht wahr sein!«, fluchte Stehler.

Hektisch tippte er weitere Befehle ein. Er musste den Prozess aufhalten – wofür ihm nur Sekunden blieben.

***

Das GPS-Signal verschwand.

Er lächelte. Bei der Programmierung des Virus hatte er einen Code eingefügt, der ihm anzeigte, ob das Signal lediglich abgeschirmt wurde oder die Sendefunktion permanent entfernt worden war. Bevor der Kontakt abbrach, ging das Standortsymbol in Flammen auf. Ein graphischer Effekt, der ihm nun ein Lächeln auf die Lippen zauberte. Die Bullen hatten tatsächlich versucht, den Virus unschädlich zu machen – und waren spektakulär gescheitert.

»Rien ne va plus«, flüsterte er zufrieden. Als Baden-Badener musste er einfach den klassischen Spruch eines Croupiers aufsagen.

Die Last, dass es den Bullen gelingen könnte, ihm anhand des sichergestellten Laptops aufzuspüren, fiel von seinen Schultern. Alle Einsätze waren getätigt, und sie hatten auf die falsche Strategie gesetzt.

Er hingegen konnte nun mit seinen Planungen unbeschwert fortfahren. Es wurde Zeit, den nächsten Schritt zu unternehmen.

***

»Es tut mir leid«, sagte Stehler zerknirscht. »Ich hatte gehofft, dass das nicht passieren würde.«

Sommer spürte das Verlangen, auf den Tisch zu schlagen. Doch Stehler hatte sie vor einem solchen Fehlschlag gewarnt, und sie hatten ihn einkalkuliert.

»Haben Sie irgendetwas herausgefunden, was uns weiterhilft?«

»Bislang nicht«, bekannte der Computerexperte. »Ich werde das Gerät in Wiesbaden komplett auseinandernehmen. Vielleicht hilft uns das weiter. Da hab ich technisch ganz andere Möglichkeiten.«

»Hätten wir das Gerät direkt in die Zentrale schaffen sollen?« Sommer wollte wenigstens etwas aus dem Debakel lernen.

Stehler zuckte die Achseln. »Ich fürchte, der Virus war zu gut programmiert.«

»Also ist unser Erpresser ein absolutes Computergenie«, vermutete Drosten.

»Danach sieht es aus.«

Sommer suchte Drostens Blick. Sie wussten beide, worauf das hindeutete. Ehe einer den Gedanken laut aussprechen konnte, klingelte Drostens Handy.

»Das könnte der Autoverleiher sein«, erklärte er, bevor er das Gespräch entgegennahm.

Sommer musterte die Miene seines Freundes. Als sich dessen Lippen zu einem Lächeln verzogen, empfand er neue Hoffnung.

»Ich sitze hier mit meinen Kollegen zusammen«, sagte Drosten, »und schalte Sie jetzt auf laut. Können Sie die letzte Information wiederholen?«

Eine junge, weibliche Stimme erklang. »Das betreffende Fahrzeug stammt aus einem Pool, auf den eine Baden-Badener Firma zugreift. *Spearsmithy*.«

Sommer lächelte. *Spearsmithy* war der Name von Speers Firma. Übersetzt würde der Begriff Speerschmiede heißen.

»Vertragspartner ist der Geschäftsführer Gregor Speer, allerdings hat die Firma zehn Personen dafür registriert, Autos zu reservieren und auszuleihen.«

»Sehen Sie, wer den betreffenden Wagen ausgeliehen hat?«, fragte Drosten.

»Der Mitarbeiter Sascha Weller hat das Fahrzeug reserviert und mit seiner elektronischen Signatur unterzeichnet.«

23

Um achtzehn Uhr klingelte Sascha Wellers Handy. Das Telefon lag auf dem Couchtisch im Wohnzimmer, während er im Arbeitszimmer saß und im Internet surfte.

Er ging zum Smartphone und betrachtete verwundert den Namen des Anrufers. Was wollte der denn?

»Hallo?«, begrüßte er den Mann kurz angebunden.

»Hey, Sascha. Wie geht's dir?«

»Markus, was willst du?«

»Oh, das ist aber eine enttäuschende Begrüßung. Wie lang haben wir uns nicht gesprochen? Ein Dreivierteljahr?«

Eher länger, dachte Weller. *Zum Glück!*

Markus Schaffhausen war ein alter Schulkamerad. Früher hatten sie eine enge Bindung gehabt und viele Geheimnisse miteinander geteilt. Im Nachhinein war Weller das äußerst peinlich. Schaffhausen wusste einfach zu viel über ihn, seine Fantasien sowie gewisse Ereignisse aus der Kindheit und der Jugend.

»Vielleicht ein Jahr?«, vermutete Weller. »Zumindest haben wir uns nicht mehr gegenseitig zum Geburtstag gratuliert.«

»Dann sollten wir wenigstens unseren Jahrestag feiern. Ich bin nämlich in der alten Heimat, meine Eltern besuchen.« Verschwörerisch senkte er die Stimme. »Ehrlich gesagt, bin ich schon am zweiten Tag von ihnen genervt. Sie behandeln mich wie einen Teenager.«

»Du meinst, du willst heute feiern?«

»Na klar! Ich kann mich in spätestens einer Stunde loseisen.«

Weller schüttelte über so viel Dreistigkeit den Kopf. Wieso glaubte Schaffhausen, dass er begeistert reagieren würde? »Sorry, aber ich bin dieses Wochenende komplett ausgebucht.«

»Womit? Hast du endlich mal wieder eine Beziehung? Ich hab nichts gegen einen Dreier.« Er lachte dreckig.

»Nein. Beruflich.«

»Es ist Wochenende! Und ich fahre Montagfrüh zurück nach Schwerin.«

»Echt schade. Leider steht eine App unserer Firma kurz vor der Markteinführung. Ich teste sie dieses Wochenende ein letztes Mal auf Herz und Nieren.«

»Geht's gar nicht? Eine Stunde würde mir reichen. Vielleicht ein oder zwei Bier.«

»Meld dich, wenn du das nächste Mal da bist. Am besten nicht ganz so kurzfristig.«

»Okay. Dann ruf ich halt Philipp an. Mach's gut.« So überraschend, wie er angerufen hatte, legte er auf.

Was bildete er sich ein? Dass man für ihn alles stehen und liegen ließ, nachdem man ein Jahr nichts voneinander gehört hatte?

Verrückt!

Weller steckte das Telefon in die Bauchtasche seines Hoodies und ging ins Arbeitszimmer zurück. Die Ausrede war nur halb gelogen gewesen. Zwar stand keine App-Einführung unmittelbar bevor, trotzdem war er mit beruflichen Dingen beschäftigt. Zumindest im gewissen Maß.

Er deaktivierte den Bildschirmschoner seines Ultrabooks, das ihm die Firma zur Verfügung stellte. Danach wählte er sich in die Datenbank ein. Um Zugriff zu erhalten, musste er insgesamt drei verschiedene Passwörter eingeben. Dann konnte er endlich die Nutzerdaten einsehen.

Er suchte nach einem speziellen Frauentypus. Anwenderinnen, die seit mehreren Wochen ihre bezahlten Apps nicht aktiv genutzt oder vielleicht sogar um Löschung ihrer Daten gebeten hatten.

Nachdem er die entsprechenden Suchparameter eingestellt hatte, lieferte ihm die Datenbank insgesamt zweihundertsiebzehn Ergebnisse.

Er schaute sich jeden Datensatz an. Frauen, die laut ihren Anmeldedaten zwischen achtzehn und fünfundzwanzig Jahre alt waren, markierte er. Alle anderen sortierte er aus. Am Ende blieben einundzwanzig

Nutzerinnen übrig. Weller verband das Ultrabook per W-LAN mit seinem Drucker und druckte die Liste aus.

Nachdenklich beäugte er jeden einzelnen Zettel. Er hatte die Kontaktdaten, die Wohnorte, vor allem aber natürlich die E-Mail-Adressen. Er könnte die jungen Frauen anschreiben und bitten, an einer Umfrage teilzunehmen. Als Belohnung würde er ihnen entweder eine neue App kostenfrei zur Verfügung stellen oder ihnen eine Jahresgebühr erlassen.

Entscheidend wären allerdings die Fragen. Sie durften nicht zu ausufernd sein. Höchstens fünf Stück, damit er die inaktiven Nutzerinnen damit ködern konnte, dass die Umfrage nur circa drei Minuten dauerte.

Weller öffnete eine leere Word-Datei und überlegte sich die erste Frage. Jede einzelne müsste leicht zu beantworten sein, mit maximal fünf Antwortmöglichkeiten. Er erinnerte sich an sein Studium. In der Uni hatte er Kurse belegt, in denen solche Umfragen wissenschaftlich analysiert worden waren. Über die nötigen Grundkenntnisse verfügte er noch. Zum Beispiel wählten befragte Personen eher ungern den positivsten oder negativsten Wert aus, es sei denn, sie hatten einen emotionalen Bezug zum Umfragethema oder versprachen sich sonstige Belohnungen davon. Das musste er berücksichtigen. Außerdem ging es natürlich darum, den Punkt, wegen dem er den Aufwand betrieb, gut zu programmieren. Bei keiner der angeschriebenen Frauen durfte er Misstrauen wecken.

Nach einer Viertelstunde betrachtete er sein Resultat und druckte es ebenfalls aus. Zufrieden legte er es zu den einundzwanzig Datensätzen. Jetzt hatte er sich einen Drink verdient.

Weller ging in die Küche und entnahm dem Kühlschrank eine halb volle Flasche Gin und eine Dose Tonic Water. Er öffnete die Dose. Das zischende Geräusch löste Vorfreude in ihm aus. Nachdem er Eiswürfel und Gin in ein Longdrinkglas gefüllt hatte, füllte er es mit Tonic auf. Als das Glas voll genug war, erklang aus dem Wohnzimmer plötzlich ein Knarzen.

Weller stellte die Dose ab und schaute zur Tür. Was hatte das unbekannte Geräusch verursacht?

Er spürte einen Lufthauch.

»Scheiße«, wisperte er.

Hatte ein Einbrecher die Terrassentür der Erdgeschosswohnung aufgehebelt? Weller wandte sich den Küchenschränken zu. Möglichst leise zog er die Schublade auf, in der er seine Messer aufbewahrte. Da er dabei der Küchentür den Rücken zukehren musste, schaute er über die Schulter, um nicht überrumpelt zu werden.

Mit dem Fleischermesser in der Hand fühlte er sich sicherer. Zu seinem Bedauern steckte das Handy mittlerweile nicht mehr in der Hoodietasche, sondern lag auf dem Schreibtisch. Um den Notruf zu wählen, müsste er an eines der Telefone kommen. Leider stand der Festnetzapparat im Wohnzimmer.

Nichts passierte. Reglos verharrte er auf der Stelle und fragte sich, ob ihm seine Nerven einen Streich gespielt hatten. Ein Einbrecher müsste irgendwie zu hören sein.

Er wartete fast fünf Minuten, bevor er beschloss, nach dem Rechten zu sehen. Mit dem Messer in der Hand schlich er zur Tür. Das Wohnzimmer lag der Küche genau gegenüber, getrennt durch einen kleinen Flur.

An der Türschwelle verflüchtigten sich seine Zweifel. Der Lufthauch war deutlich zu spüren. Da er alle Fenster und Türen geschlossen hatte, gab es nur eine logische Erklärung.

»Verschwinden Sie!«, rief er laut. »Ich bin bewaffnet!«

Er lauschte auf verräterische Geräusche.

***

Um den Tag ausklingen zu lassen, gingen Drosten, Sommer, Kraft und Pichler am Samstagabend in eine Kneipe, die in der Nähe des Würzburger Präsidiums lag. Die ortsansässigen Kommissare hatten den KEG-Beamten bei der Recherche geholfen und Informationen über den Verdächtigen Sascha Weller beigesteuert. Viel war dabei nicht herausgekommen.

Die vier Polizisten stießen mit ihren Getränken an.

»Wie gehen Sie jetzt weiter vor?«, fragte Verena Kraft. »Nehmen Sie ihn fest?«

»Vorläufig nicht«, bedauerte Drosten. »Ich habe eine Wiesbadener Kollegin auf Weller angesetzt. Sie beherrscht es perfekt, Informationen im Internet oder sonstigen Quellen aufzuspüren.«

»Viola Leupel?«, vermutete Sommer.

Drosten nickte. »Sie will mir morgen Abend mitteilen, was sie gefunden hat.«

»Und danach?«, bohrte Kraft weiter.

Die Art der Frau gefiel Drosten. Sie ließ einfach nicht locker. Den Gedanken, dass er sie zudem ziemlich attraktiv fand, verdrängte er sofort wieder.

»Spätestens Montagfrüh rede ich mit Wellers Chef. Ich will wissen, wie man Autos aus dem zur Verfügung stehenden Pool ausleiht. Ob das fälschungssicher ist. Solche Sachen. Wir überzeugen einen Richter von einem Haftbefehl nur, wenn wasserdicht feststeht, dass Weller den Wagen gesteuert hat. Dann hätten Sie übrigens einen Riesenanteil an der Verhaftung.« Er prostete Kraft mit seinem Weinglas zu.

Dankbar nickte sie mit dem Kopf. »Ach, das war bloß ein Geistesblitz«, behauptete sie.

Pichler schnaubte. »Du weißt genau, dass das nicht stimmt. Wir haben ihr schon oft angeboten, dass sie zur Kriminalpolizei wechseln soll«, fügte er erklärend hinzu.

»Ist das nichts für Sie?«, fragte Sommer.

»Ich mag den Polizeidienst. Sogar die Uniform. Bin ich auf Streife, habe ich Kontakt zur Bevölkerung. Das würde mir im Kriminaldienst fehlen.«

»Also wäre das keine Alternative?«, hakte Drosten nach.

Ratlos zuckte sie mit den Achseln. »Hängt wahrscheinlich von der Aufgabe ab. Eine Behörde wie Ihre mit den bundesweiten Ermittlungen ist natürlich ein ganz anderes Kaliber als ein Job im Würzburger Kriminalkommissariat.«

»Ich spreche Sie an, sobald wir eine Stelle ausschreiben«, versprach Drosten.

»Machen Sie das!« Kraft lächelte.

***

Mit dem Brecheisen in der Hand wartete er und lauschte. Die Terrassentür aufzuhebeln war leicht gewesen. Nun hieß es, Geduld zu zeigen. Sollte der Bewohner Anstalten machen, die Bullen zu alarmieren, müsste er angreifen. Ansonsten hatte er alle Zeit der Welt.

»Ich bin bewaffnet! Verschwinden Sie!«

Du wiederholst dich, dachte er. *Komm her, wenn du so großspurig tust.*

Minutenlang geschah nichts. Trotzdem unternahm er nicht den nächsten Zug.

***

Weller hielt es nicht länger aus. Er musste nachsehen, ob im Wohnzimmer ein Eindringling lauerte. Lautlos machte er einen kleinen Schritt nach dem anderen auf das Zimmer zu.

Ob jemand hinter der Tür im toten Winkel wartete? Weller beschloss, ein Überrumpelungsmanöver zu wagen. Einen Meter von der Tür entfernt, rannte er plötzlich los und rechnete damit, dass ihn der Eindringling angriff. Doch nichts geschah. Sein Blick huschte zur Terrassentür. Sie war tatsächlich aufgebrochen. Wo versteckte sich der Einbrecher?

***

Weller stürzte in den Raum und schaute sich hektisch um. Für einen Moment blieb sein Blick auf der Terrassentür hängen. Diese Ablenkung nutzte er. Rasch trat er aus dem Spalt zwischen Wand und Wohnzimmerschrank. Als er das Brecheisen hob, drehte sich Weller um.

Erschrocken zuckte der beim Anblick des Maskierten zusammen.

Der Eindringling ließ das Brecheisen heruntersausen und traf mit voller Gewalt den Schädel des Mannes. Beim zweiten Schlag fiel Weller das Messer, mit dem er sich hatte schützen wollen, aus der Hand. Er hatte keine Chance. Er kassierte zwei weitere Treffer und sackte zu Boden. Trotzdem schlug der Einbrecher weiterhin zu. Immer wieder traf er das Gesicht, den Schädel, die Hände. All seine Wut ließ er an dem Mann aus, bis sein Gesicht nur noch eine rohe, blutige Masse war. Dann hielt er schwer atmend inne.

24

Ohne sich vorher anzumelden, tauchten Sommer und Drosten am Montagmorgen um halb neun in der Baden-Badener Softwareschmiede auf.

Am Empfang saß eine andere Mitarbeiterin als beim letzten Mal. Sommer hatte den Eindruck, dass diese Frau sogar noch jünger war als ihre Vorgängerin. Aus welchem Pool besorgte Speer diesen Mitarbeitertyp? Waren das Praktikantinnen, die nur ein paar Tage oder Wochen in der Firma jobbten?

»Ich bin Hauptkommissar Drosten, das ist mein Kollege Sommer. Wir müssen mit Ihrem Geschäftsführer Gregor Speer sprechen.«

Die Frau musterte verschüchtert den Dienstausweis. Sie stammelte ein paar kaum verständliche Worte, ehe sie zum Telefonhörer griff und eine dreistellige Nummer eintippte.

»Hallo, Herr Speer, Vanessa vom Empfang. Entschuldigen Sie die Störung.« Sie atmete tief durch. »Hier stehen zwei Polizisten, die mit Ihnen sprechen möchten.«

Sie hörte eine Weile zu und lächelte plötzlich erleichtert. Offenbar hatte ihr Speer klar gemacht, dass er die Kommissare kannte und willkommen heißen würde.

»Wunderbar. Dann schick ich sie Ihnen hoch. Danke.«

Sie legte so vorsichtig auf, als bestünde der Hörer aus Porzellan. Nun strahlte sie über beide Wangen.

»Er sagt, Sie kennen den Weg.«

»So ist es«, bestätigte Drosten.

»Wenn Sie sich vorher telefonisch ankündigen, kann ich Sie direkt am Empfang abholen«, begrüßte sie Speer. »Vanessa ist ganz frisch dabei. Schulpraktikum. Normalerweise ist der Job an der Anmeldung ein guter Einstieg für die Schüler. Da kann man nicht so viel verkehrt machen.«

»Unser überraschender Besuch hat seine Gründe«, antwortete Sommer kühl, um die lässige Attitüde des Geschäftsführers zu durchbrechen.

Tatsächlich runzelte der daraufhin die Stirn. »Ist etwas passiert?« Er schloss die Glastür zu seinem Büro und schaute auf die Armbanduhr. »Um zehn bespreche ich mit dem gesamten Team die wöchentlichen Herausforderungen. Schaffen wir das?«

»Wird sich zeigen«, erwiderte Sommer. »Es gibt einen neuen Fall, der mit der Mordserie in Verbindung steht.«

»Scheiße!«, brummte er. »Sie wollen wahrscheinlich überprüfen, ob das Opfer wieder eine unserer Nutzerinnen war?«

»Genau.« Sommer beschloss, ihn vorläufig nicht über den eigentlichen Grund des Besuchs aufzuklären.

Speer setzte sich hinter den Schreibtisch und berührte die Maus. »Nennen Sie mir bitte den Namen der Frau.«

»Josefine Weikert.«

»Das darf einfach nicht wahr sein!«, fluchte Speer Sekunden später. Er rieb sich übers Gesicht.

»Sie haben sie gefunden«, bemerkte Drosten.

»Bislang hatte ich an einen seltsamen Zufall geglaubt«, bekannte Speer. »Aber jetzt? Wie kann ich Ihre Ermittlungen unterstützen?«

»Reden wir über Herrn Weller«, ließ Sommer die Katze aus dem Sack.

»Sascha? Was ist mit ihm?«

Sommer schaute zu Drosten, der ihm zunickte.

»Am Tatort haben Polizisten diverse Kennzeichen notiert. Eines der zur Tatzeit erfassten Fahrzeuge ist auf eine Autoverleihfirma zugelassen, mit der Sie kooperieren. Wir haben herausgefunden, dass der Pkw zum fraglichen Zeitpunkt von einem Ihrer Mitarbeiter gemietet worden ist.«

»Von Sascha?«

Sommer nickte.

»Wann ist der Mord geschehen?«

»Donnerstagabend in Würzburg«, antwortete Drosten. »Ist Ihnen bei Herrn Weller in letzter Zeit etwas Ungewöhnliches aufgefallen? Hat seine Arbeitsleistung nachgelassen? Wirkte er unkonzentriert? Feindselig? Abwesend? Hatte er Fehltage?«

»Nein. Sascha ist fast nie krank.« Erneut fuhr Speer sich übers Gesicht und seufzte.

»Woran denken Sie?«, fragte Sommer.

»Er hat mich Samstagvormittag angerufen, weil er dringend mit mir sprechen wollte. Es klang ziemlich eilig, weshalb ich ihn zu mir nach Hause einlud. Sie haben ja bei Ihrem letzten Besuch mitbekommen, dass wir leichte Probleme mit einem Internettroll haben. Während ich das als harmlos einstufe, macht er sich Sorgen. Irgendwie hat er es geschafft, die Identität des Nutzers herauszufinden. Es ist ein ehemaliger Geschäftspartner von mir. Frank Luckhart.«

»In welcher Beziehung stehen Sie zueinander?«, wollte Drosten wissen.

»Wir haben vor sechs Jahren gemeinsam eine ähnliche Firma wie diese gegründet.«

In den nächsten Minuten erzählte Speer von anfänglichen wirtschaftlichen Schwierigkeiten, dem Durchbruch dank einer wahnsinnig erfolgreichen Anwendung und den ersten aufkommenden Differenzen.

»Irgendwann waren wir permanent anderer Meinung. Fast wie ein Vater-Teenagersohn-Gespann, das sich aus Prinzip streitet, um den Rudelführer zu bestimmen. Dann bekamen wir ein lukratives

Verkaufsangebot. Wir gingen darauf ein und teilten den Erlös. Während ich den Gewinn nutzte, um *Spearsmithy* zu gründen, zog Luckhart ins Ruhrgebiet. Seitdem hatte ich nichts mehr von ihm gehört.« Er rieb sich mit dem Zeigefinger die Unterlippe. »Damals sah er übrigens aus wie ein Nerd. Zwanzig Kilo zu viel auf den Rippen, die Haare lang und ungepflegt, kein Verständnis für passende Kleidung. Samstag kommt Sascha zu mir und sagt, Luckhart würde wieder in Baden-Baden wohnen und wäre inzwischen ein sportlicher Typ.«

»Er hat ihn aufgesucht?«, wunderte sich Sommer.

»Aus der Ferne beobachtet«, konkretisierte Speer. »Genauer hab ich es mir nicht erklären lassen. Ich denke, er hat vor seinem Haus herumgelungert.«

»Wo wohnt Luckhart?«, fragte Drosten.

»Ich hab mich nicht danach erkundigt. Selbst wenn Frank der Troll ist, fügt er uns kaum Schaden zu. Ehrlich gesagt kann ich auf eine Auseinandersetzung verzichten. Ich hab gern meine Ruhe.« Speer lächelte entschuldigend.

»Herr Weller wird uns wohl die Adresse verraten«, vermutete Sommer. »Reden wir über die Autovermietung. Kann jeder Mitarbeiter ein Fahrzeug buchen?«

»Jeder, der von mir für das Programm registriert wird«, bestätigte der Geschäftsführer.

»Wie funktioniert das genau?«

»Ich zeig's Ihnen. Kommen Sie her.«

Die Hauptkommissare traten um den Schreibtisch herum. Speer loggte sich unterdessen im Serviceportal des Autoverleihers ein.

»Hat jeder Mitarbeiter ein eigenes Passwort?«, fragte Sommer.

»Nein. Es gilt für die ganze Firma. Durch Eingabe unserer ID und des Passwortes kommt man sofort zum anmietbaren Fahrzeugpool.« Er deutete zum Bildschirm, auf dem insgesamt sechs unterschiedliche Fahrzeugklassen zu sehen waren. »Sie wählen eins aus, das System prüft, ob es zum gewünschten Zeitpunkt frei ist, und bestätigt Ihnen die Auswahl. Soll ich das vorführen?«

»Ja, bitte«, sagte Drosten.

Speer klickte einen Mercedes an und gab einen willkürlichen Termin ein. Ein grüner Haken symbolisierte die Verfügbarkeit.

»Anschließend muss ich nur noch meine persönlichen Daten auswählen.«

Er scrollte nach unten. Sommer bemerkte, dass dort verschiedene Personen aufgeführt waren, die zur Softwarefirma gehörten.

»Können Sie die Auswahl leicht stornieren?«, fragte er.

»Ja.«

»Tun Sie bitte so, als seien Sie Herr Weller.«

Speer klickte den Namen an. Als Legitimationsnachweis poppte ein Fenster auf, in dem Speer Wellers Geburtsdatum eingeben sollte. »Das muss ich nachschauen. Wir haben in unseren Datenbanken alle Geburtstage aufgeführt.«

»Jeder Mitarbeiter kann darauf zugreifen?«, fragte Sommer.

»Problemlos«, bestätigte Speer. »Das System ist einfach superpraktisch. Ich habe diese Autovermietung schon für meine erste Firma genutzt. Der Verleiher hat sogar die ID übertragen, damit wir bei der Neugründung von *Spearsmithy* unsere Vertragskonditionen behalten, die sich ansonsten deutlich verschlechtert hätten.«

»Im Prinzip kann sich also jeder als Person XY ausgeben«, fasste Drosten zusammen.

»Theoretisch schon. Aber dazu gibt es keinen Grund. Alle Rechnungen laufen übers Firmenkonto. Für Unfälle oder andere Versicherungsfälle müsste kein Mitarbeiter persönlich haften.«

»Es sei denn, jemand nutzt absichtlich eine andere Identität, um seine Spuren zu verwischen«, merkte Sommer an. Er ließ sich die Verärgerung nicht anmerken. Wegen des unsicheren Buchungssystems würde ihnen kein Richter einen Haft- oder Durchsuchungsbeschluss ausstellen. »Ist Herr Weller schon im Dienst? Wir müssen mit ihm reden.«

»Sascha gehört zu den frühen Vögeln des Unternehmens. Ich bitte ihn her.«

Drosten nickte. »Aber sagen Sie ihm nicht, dass wir hier warten.«

Speer wählte eine dreistellige Nummer. Sie hörten das Freizeichen, das aus dem Hörer drang. Nach einer halben Minute legte Speer wieder auf. »Seltsam. Er ist meistens noch vor mir da. Single. Keine Familie. Er lebt für den Job. Soll ich ihn anrufen?«

»Wir warten.« Drosten beschloss, zum Überraschungsangriff überzugehen. »Haben Sie für Donnerstagabend ein Alibi?«

Speer grinste. »Jetzt, wo ich Ihnen vorgeführt habe, dass ich unter Wellers Namen einen Wagen hätte anmieten können, war die Frage wohl unausweichlich. Aber ich habe Glück. Ich führe eine eher lockere Beziehung. Ich habe den ganzen Donnerstagabend bis zum Freitagmorgen mit meiner Freundin verbracht.«

»Wie heißt Ihre Freundin?«

»Natascha. Ich notiere Ihnen die Kontaktdaten.« Er griff zu einer Ledermappe, schlug sie auf und schrieb ein paar Zeilen auf das oberste, leere Blatt. Mit einem Ruck riss er das Papier ab und reichte es Drosten.

Um fünf vor zehn war Weller noch immer nicht erschienen.

Speer wirkte besorgt. »Das passt nicht zu Sascha. Gleich fängt die Besprechung an. Wäre er krank, hätte er sich gemeldet. Soll ich ihn anrufen?«

»Machen Sie das!«, stimmte Drosten zu.

Sie hatten in der Zwischenzeit mit allen Mitarbeitern gesprochen, die Zugriff auf den Fahrzeugpool hatten. Von zwei Ausnahmen abgesehen, konnten alle ein überprüfbares Alibi vorweisen. Da es sich bei den übrigen beiden Fällen um weibliche Angestellte handelte, schien diese Spur ins Leere zu führen. Vorausgesetzt, die Angaben der Mitarbeiter stimmten.

»Es springt sofort die Mailbox an«, wunderte sich Speer.

»Geben Sie uns Wellers Adresse. Wir fahren zu ihm nach Hause«, sagte Drosten.

***

Weller reagierte nicht aufs Klingeln. Er wohnte im Erdgeschoss eines Mehrfamilienhauses.

»Warte hier«, sagte Sommer. »Ich geh ums Haus herum. Vielleicht hat er eine Terrasse, durch die man etwas erkennen kann.«

Sommer umrundete das Eckgrundstück. Der Gartenbereich wurde von einer schulterhohen Hecke begrenzt, in die ein Tor eingelassen war. Er drückte die Klinke herunter, und das schmiedeiserne Tor schwang nach innen auf. Bevor er weiterging, verschaffte er sich einen Überblick. Seine Augen blieben an der Terrassentür hängen. Sie schien nicht geschlossen zu sein. Er griff zum Handy und schickte Robert eine Textnachricht.

Hier stimmt etwas nicht. Komm zu mir!

Drosten las die Nachricht sofort, und es dauerte nur wenige Sekunden, bis er die Hecke umrundet hatte.

»Was ist los?«

Sommer deutete zur Terrassentür. »Die steht einen Spaltbreit offen. Wieso reagiert er nicht, wenn er anscheinend zu Hause ist?«

»Shit!«

Im Gleichschritt marschierten die beiden auf die Tür zu.

»Holzsplitter!« Sommer zeigte nach unten. Auf den Terrakottafliesen lagen weiße Splitter. »Die Tür wurde aufgehebelt.«

Um keine Spuren durch eigene Fingerabdrücke zu verwischen, zog er sich den Jackenärmel über die Finger und schob vorsichtig die Terrassentür auf.

»Herr Weller?«, rief er laut.

Er trat ins Wohnzimmer und blieb abrupt stehen. »Blut!«

Auf dem kieferfarbenen Boden waren die Blutspritzer unübersehbar. Von der Stelle, an der sich das meiste Blut gesammelt hatte, führte eine Spur aus dem Raum heraus.

Sommer zog seine Waffe. »Herr Weller?«, wiederholte er wenig hoffnungsfroh.

25

Hauptkommissarin Schmidt kündigte an, dass sie von Offenburg aus etwa anderthalb Stunden benötigen und ein Spurensicherungsteam mitbringen würde. Zeit genug für Sommer und Drosten, sich in aller Ruhe in der Wohnung des Toten umzusehen.

Die Leiche lag im Badezimmer, mit kaum identifizierbarem Gesicht. Der Mörder schien seine Wut unkontrolliert an dem Opfer ausgelassen zu haben. Auf den ersten Blick erkannten die beiden Hauptkommissare jedoch keine Schnittwunden.

Statt Spekulationen anzustellen, schauten sie sich zunächst im Rest der Wohnung um. Zahlreiche Schubladen waren aufgerissen, Sachen achtlos zu Boden geworfen. Sie fanden weder Portemonnaie noch Handy. Ein PC stand im Arbeitszimmer. Das unangeschlossene LAN-Kabel neben dem Bildschirm deutete auf ein weiteres, nicht mehr vorhandenes Gerät hin.

»Was sind das für Papiere?«, fragte Sommer.

In der Nähe des Druckers lagen einige bedruckte Blätter. Sommer zückte einen Kugelschreiber aus der Jacke und schob sie damit auseinander.

»Kundendatensätze«, stellte Drosten fest. »Ausschließlich weibliche Vornamen.«

»Ob man darauf Fingerabdrücke findet?«

»Möglich. Hoffen wir, dass er keine Handschuhe trug.«

»Seh ich genauso.« Sommer fotografierte die Ausdrucke, bevor er sie zusammenfaltete und in die Jacke steckte. »Was glaubst du, ist hier passiert?«

»Sieht nach einem Raubüberfall aus. Kein Portemonnaie, keine Uhr an Wellers Handgelenk, kein Smartphone. Ich schätze, das Kabel war an einen Laptop angeschlossen. Ob Weller den Einbrecher überrascht hat?«

»Oder hat jemand falsche Spuren zurückgelassen, um abzulenken?«

Drosten nickte. »Nicht ausgeschlossen.«

»Wir müssen Speer informieren. Er kann uns bestimmt die Bedeutung der Datensätze erklären.«

»Ich will seine Reaktion sehen«, sagte Drosten.

»Hältst du ihn für verdächtig?«

»Er hat sich vielleicht einen Wagen unter Wellers Namen gemietet und ihn anschließend getötet, um das zu vertuschen.«

Sommer blickte seinen Kollegen an. »Warum hast du eigentlich vorhin in Speers Büro nicht gleich überprüft, ob für die Morde in Sankt Peter-Ording und

Mettmann ebenfalls Autos aus dem Pool gemietet worden sind?«

»Aus demselben Grund, aus dem du das Thema nicht angesprochen hast«, antwortete Drosten.

»Du hast es vergessen?«

Drosten schaute seinen Partner verunsichert an. Der gab ihm mit einem Augenzwinkern zu verstehen, dass er nur scherzte. Offenbar war auch er der Meinung, dass man die gehaltvolleren Antworten nur direkt vom Autoverleiher erhielt.

Schmidt und ihr Kollege Teller trafen zur angekündigten Uhrzeit mit insgesamt vier Spurensicherungsbeamten ein. Sommer machte Drosten mit ihnen bekannt, dann fassten sie für die Hauptkommissarin ihre Erkenntnisse zusammen.

Sogleich brachte die Polizistin einen heiklen Punkt zur Sprache. »Sie wissen seit Samstag, dass Weller einen Wagen ausgeliehen hat, der in der Nähe des Würzburger Tatorts war? Hätten Sie uns nicht informieren sollen?«

»Wir mussten erst die Hintergründe ermitteln«, rechtfertigte sich Drosten. »Zumal wir vom Geschäftsführer erfahren haben, dass jeder Mitarbeiter, der bei der Autovermietung registriert ist, einfach den Namen Weller hätte nutzen können.«

»Was ist mit dem ehemaligen Partner Speers?« Sie blätterte in den Aufzeichnungen. »Frank Luckhart. Haben Sie schon seine Adresse herausgefunden? Nicht, dass der nächste Mann abgeschlachtet wird, bevor wir mit ihm sprechen.«

»Die Adressermittlung und erste Kontaktaufnahme überlassen wir gerne Ihnen.«

Schmidt nickte. »Wie sehen Ihre nächsten Schritte aus?«

»Wir informieren Speer über den Mord. Beobachten seine Reaktion. Anschließend haben wir einen Termin bei dem Autoverleiher. Vielleicht machen wir da nennenswerte Fortschritte.«

»Im Lauf des Tages wollen wir zudem Speers Alibi überprüfen. Allerdings nicht telefonisch, sondern ebenfalls persönlich.«

»Okay. Wenn wir etwas von Luckhart erfahren, sage ich Ihnen Bescheid. Und wenn Sie etwas herausfinden ...«

»... teilen wir das Ihnen zeitnah mit«, versprach Sommer.

***

»Sascha ist tot?« Speer sah die Hauptkommissare an. In seinem Blick lag ein undefinierbarer Ausdruck. War das wirklich Fassungslosigkeit? Bevor Sommer sich einen Reim darauf machen konnte, wandte sich Speer ab und ging langsam zu seinem Schreibtisch. Er stützte sich ab, ehe er Platz nahm.

»Es sieht nach einem Raubüberfall aus«, sagte Drosten. »Hat er von Ihrer Firma einen Laptop zur Verfügung gestellt bekommen?«

»Ein hochmodernes Ultrabook. Kostet pro Exemplar fast dreitausend Euro. Die kriegen alle Mitarbeiter. Sind erst vor drei Monaten komplett ausgetauscht worden. Darüber können und sollen sie auf unser Netzwerk zugreifen, wenn sie im Homeoffice arbeiten.«

»Haben die Computer eine Mobilfunkkarte integriert, über die man sie orten könnte?«

Speer dachte kurz nach. »Nein. Befindet sich Saschas Gerät nicht in seiner Wohnung?«

»Wir haben keins gefunden. Außerdem fehlten Smartphone, Geldbörse und andere Sachen«, erklärte Sommer.

»Scheiße! Ein Raubüberfall?«

»Können Sie nachsehen, wann er das letzte Mal eingeloggt war?«, fragte Drosten. »Das würde uns helfen, den Todeszeitpunkt einzuschränken.«

Speer nickte. Er wandte sich dem Bildschirm zu.

»Samstagabend. Um neunzehn Uhr zwölf hat er sich eingeloggt, um zwanzig Uhr siebenunddreißig brach die Verbindung ab. Wobei das kein ordnungsgemäßer Log-out-Vorgang war.«

»Als habe jemand das Ultrabook vom Internet getrennt?«, fragte Sommer.

»Genau. Und ehe Sie fragen: Samstagabend hab ich über *Amazon Prime* zwei Filme heruntergeladen und nacheinander gestreamt. Ich war allein zu Hause.«

»Danke für Ihre Offenheit«, erwiderte Sommer.

Wirkte Speer verdächtig? Das Alibi war nichts wert. Man konnte einen Film ausleihen, starten und dann die

Wohnung verlassen, ohne den Streamingvorgang zu unterbrechen. Auf Nachfrage hätte Speer gewiss auch die Titel der Filme parat. Daher stellte Sommer die Frage gar nicht erst. Außerdem sollte Speer glauben, dass er nicht als Hauptverdächtiger galt.

Sommer griff in die Jackentasche. »Diese Ausdrucke lagen auf Wellers Schreibtisch. Können Sie damit etwas anfangen?«

Er reichte ihm den Stapel. Speer blätterte ihn komplett durch.

»Das sind Datensätze unserer Kundinnen. Die hat Sascha ausgedruckt? Warum?«

»Das würden wir gern von Ihnen wissen«, entgegnete Drosten.

»Hat das mit den Morden zu tun?«, flüsterte Speer schockiert.

Sommer beschloss, den Geschäftsführer in ihre Spekulationen einzuweihen, die sie auf dem Weg vom Tatort angestellt hatten. »Die Mordopfer haben allesamt Anwendungen Ihrer Firma benutzt. Wir gehen davon aus, dass die Laptops der Toten mit Viren verseucht waren, und der Mörder sie deswegen verschwinden lässt. Die Frage ist also, wie es ihm gelingt, die Viren einzuschleusen. Er muss die Frauen dazu bringen, einen Link anzuklicken oder eine Seite aufzusuchen, die einen Programmcode auf den Rechner schleust. Heutzutage sind viele Internetnutzer misstrauisch. Es sei denn, sie glauben, der Link stamme von einer vertrauenswürdigen Quelle.«

»Und Sie vermuten, Sascha hat Kundinnen angeschrieben«, führte Speer den Gedankengang zu Ende. »Sind das hier potenzielle Opfer?« Er wedelte mit dem Stapel.

»Vielleicht«, sagte Drosten.

Erneut warf Speer einen Blick in die Papiere. »Da gibt es eine Unstimmigkeit«, murmelte er schließlich.

»Welche?«, wollte Sommer wissen.

»Moment!« Speer wandte sich dem PC zu. »Tatsächlich«, brummte er kurz darauf. »Ihre Theorie hakt an einer Stelle. All diese Nutzerinnen sind inaktiv. Sie haben unsere Anwendungen seit Wochen oder sogar Monaten nicht mehr genutzt. Wäre es für den Mörder erfolgversprechend, inaktive Kundinnen anzuschreiben?«

Sommer dachte darüber nach. »Warum nicht? Vielleicht hätte er ihnen per Mail mit einem besonderen Scheinangebot vorgegaukelt, sie zurückgewinnen zu wollen.«

»Die Toten waren nicht als inaktiv gelistet«, merkte Speer zweifelnd an. »Und hatten auch ihre Konten nie deaktiviert.«

»Eine neue Masche?«, fragte Drosten.

»Sie halten Sascha also für den Mörder?«

»Er hat das Auto angemietet«, rief Sommer ihm in Erinnerung.

»Wer hat ihn dann umge...« Mitten im Satz hielt Speer inne. »Luckhart«, flüsterte er.

»Wie kommen Sie auf Ihren ehemaligen Partner?«, erkundigte sich Sommer.

»Sascha war besessen von unserem Internettroll. Vielleicht wollte er mit diesen Ausdrucken hier beweisen, dass er uns doch geschäftlich schädigt. Was, wenn die Kundinnen unsere Anwendung nicht mehr nutzen, weil sie im Internet belästigt wurden?« Speer stöhnte. »Ich beneide Sie nicht um Ihren Job. Das ist ja völlig undurchschaubar.«

Sommer lächelte freudlos. »Zerbrechen Sie sich nicht unseren Kopf. Wir fassen den Schuldigen. Immer. Ist nur eine Frage der Zeit.«

***

Der Mitarbeiter der Autovermietung empfing Sommer und Drosten in seinem engen Büro in der dritten Etage eines schmucklosen Bürogebäudes. Im Erdgeschoss hatte die Firma ein Servicecenter, in dem die Kunden die Autoschlüssel in Empfang nahmen und Unterschriften beziehungsweise Zahlungen leisteten.

»Können Sie uns genau erklären, wie der Ablauf beim Ausleihen eines Fahrzeugs aussieht?«, bat Drosten.

»Kein Problem«, antwortete der Mann. »Als klassische Autoverleihfirma stehen wir in Konkurrenz zu Carsharingangeboten«, begann er seinen Vortrag. »Carsharing bietet zugegebenermaßen flexible Vorteile. Stundengenaue Abrechnungen, die Autoschlüssel befinden sich im Fahrzeug. Man erhält Zugang per App oder einer Chipkarte. Beim Autoverleiher wird im Regelfall tageweise abgerechnet, und Sie müssen die

Schlüssel bei uns abholen. Der Rahmenvertrag, den Herr Speer nutzt, verbindet die Vorzüge beider Angebote. Im Baden-Badener Stadtgebiet stehen insgesamt sechs Fahrzeuge unserer Flotte, die nur Rahmenvertragskunden nutzen. Die Türen lassen sich dank einer App und eines in den Fahrzeugen befindlichen Geräts öffnen. Die Firmen reservieren die Autos übers Internet, fahren den Pkw die gewünschte Zeit und bekommen anschließend eine steuerrelevante Rechnung ausgestellt.«

»Wie lange speichern Sie Ihre Daten?«, fragte Drosten.

»Wir müssen sie aus steuerlichen Gründen mindestens zehn Jahre archivieren. Obwohl es diese Art des Vertrags überhaupt erst seit fünf Jahren gibt.«

»Wenn ich Ihnen drei Termine nenne, können Sie dann prüfen, wer die entsprechenden Fahrzeuge gebucht hat?«

»Von Speers Firma?«, fragte der Mann.

»Genau.«

»Ich suche mir das Kundenkonto heraus. Da ist alles gespeichert.«

»Ich hab die Daten zusammen«, sagte er fünf Minuten später. »Herr Sascha Weller hat alle drei Autos reserviert.«

»Sie haben gesagt, die Pkw sind übers Stadtgebiet verteilt«, erinnerte sich Sommer. »Also existieren wahrscheinlich keine Videoaufnahmen, wer ins Fahrzeug einsteigt?«

»Nein«, bedauerte der Verantwortliche. »Gibt es Anlass zur Annahme, es sei nicht Herr Weller gewesen?«

»Genau das versuchen wir herauszufinden.« Sommer dachte an eine Information, die Speer wie nebenbei erwähnt hatte. »Herr Speer hat die Vertragskonditionen vor drei Jahren von der alten Firma auf die neue überschreiben lassen, richtig?«

Der Gesprächspartner scrollte mit der Maus weit nach oben, um die entsprechenden Einträge zu finden. »Stimmt«, sagte er schließlich. »Sie haben davon profitiert, weil es in der alten Geschäftsbeziehung Konditionen gab, die wir zum Zeitpunkt der Neugründung nicht mehr einrichten konnten.«

»Also wurde im System die alte Kundennummer auf die neue Firma übertragen, unter Beibehaltung der Zugangs-ID.«

»Sowie aller Abrechnungskonditionen. Richtig.«

»Sehen Sie, ob Speer jemals das Zugangspasswort geändert hat?«

Diesmal dauerte es eine Weile, bis der Mann verneinte. »Das Kennwort ist noch immer dasselbe, das Herr Speer beim Vertragsabschluss festgelegt hat. Dabei raten wir unseren Kunden aus Sicherheitsgründen zu einem vierteljährlichen Wechsel. Leider halten sich die wenigsten Firmen daran.« Er seufzte bedauernd.

»Das heißt, ein ehemaliger Mitarbeiter der früheren Firma könnte noch immer Autos reservieren, solange er die ID und das Passwort noch hat«, schlussfolgerte Sommer. »Zum Beispiel über die App.«

»Oder über die Homepage. So ist es.«

26

Auf dem Weg zu Speers Freundin kontaktierte Sommer Hauptkommissarin Schmidt, die ihm mitteilte, dass Teller und sie Luckhart bislang nicht angetroffen hatten. Nun bewachte ein Zivilbeamter unauffällig das Haus des Verdächtigen. Sobald Luckhart zurückkehrte, würden Schmidt und ihr Partner ihn vernehmen. Da keine konkreten Beweise gegen Speers ehemaligen Geschäftspartner vorlagen, konnten sie vorerst nicht mehr unternehmen. Selbst ein verständnisvoller Richter würde ihnen keinen Durchsuchungsbeschluss ausstellen. Die vage Möglichkeit, dass Luckhart mit den alten Zugriffsdaten einen Mietwagen hätte leihen können, änderte daran nichts.

Natascha Unger wohnte in einem modernen Apparte-ment-Komplex. Die zweigeschossigen Häuser waren um einen begrünten Innenhof gruppiert, in dessen Mitte sich ein Teich befand.

»Nicht schlecht«, meinte Sommer anerkennend. »Hier lässt es sich aushalten.« Er deutete nach Osten, wo ein ausgedehntes Waldgebiet lag. »Hoher Freizeitwert, ich schätze, die Quadratmeterpreise dürften happig sein.«

»Nicht bezahlbar mit einem Beamtengehalt«, erwiderte Drosten ohne jede Spur von Neid.

An der Klingel stand lediglich der Name Unger. Speer hatte ihnen gesagt, seine Freundin sei Freiberuflerin, die je nach Auftragslage entweder zu Hause wäre oder nicht. Weitere Informationen zu ihrem Beruf hatte er nicht preisgegeben. Zumal sie nicht explizit nachgehakt hatten.

»Ob er sie wegen unseres Besuchs vorgewarnt hat?«, fragte Sommer.

»Wäre nicht verwerflich, würde aber die Aussagekraft seines Alibis schwächen.«

Drosten betätigte die Klingel. Sekunden später erwachte ein Videobildschirm zum Leben, in dem sich die beiden Polizisten selbst sahen.

»Hallo?«, erklang eine weibliche Stimme.

Drosten holte seinen Dienstausweis hervor und hielt ihn vor die Kameralinse. »Hauptkommissar Robert Drosten.«

»Was wünschen Sie?«

Schauspielerte sie, oder hatte Speer sie tatsächlich nicht vorgewarnt?

»Kurz mit Ihnen über Herrn Speer sprechen.«

»Ist Gregor etwas zugestoßen?«

»Nein, keine Sorge. Es geht um die Bestätigung eines Alibis.«

Die Frau lachte. »Was hat der böse Junge angestellt? Kommen Sie hoch. Obere Etage.«

Der Türsummer ertönte, und sie betraten den breit angelegten Hausflur. Rechts von ihnen befand sich der Fahrstuhl, doch sie bevorzugten beide die Treppe. Oben angekommen, wartete eine bildhübsche Frau auf sie. Sommer schätzte sie auf Ende zwanzig. Unger trug einen roten Rock, eine dunkelblaue, blickdichte Strumpfhose und farblich dazu passende High Heels. Eine ebenfalls dunkle Bluse harmonierte perfekt mit ihrem roten Lippenstift.

»Ich hoffe, das dauert nicht zu lange. In zwei Stunden bin ich zu einem geschäftlichen Essen verabredet.«

»So lange dauert es garantiert nicht«, versprach Drosten.

»Sie wissen ja gar nicht, wohin ich für das Treffen fahren muss«, erwiderte sie keck. Unger trat beiseite. »Folgen Sie mir. Setzen wir uns ins Wohnzimmer. Gregor hat gar nicht gesagt, dass Sie kommen werden.«

»Umso besser«, brummte Drosten.

Der Einrichtungsstil des Appartements wirkte wie aus einem Hochglanzprospekt für modernes, stilvolles Wohnen. Die Holzmöbelstücke waren perfekt aufeinander abgestimmt. An den Wänden hingen diverse Bilder, die allesamt einen hochwertigen Anschein vermittelten. Auf dem dunklen Eichenboden lagen mehrere unterschiedlich große Läufer.

Unger setzte sich in einen weißen Ledersessel und deutete auf eine dreisitzige Couch. »Ich würde Ihnen ein Wasser anbieten, aber wahrscheinlich bleiben Sie ja wirklich nicht lang, oder? Hat Gregor etwas ausgefressen? Muss ich mir Sorgen machen?«

»Er hat behauptet, Sie würden eine lockere Beziehung miteinander führen«, begann Drosten.

Sie lächelte und präsentierte makellose Zähne. »Das ist wohl die richtige Bezeichnung. Wir haben uns vor anderthalb Jahren kennengelernt. Auf dem Galaball während der Großen Woche Anfang September.«

»Das Pferderennen in Iffezheim?«, vergewisserte sich Drosten.

»Genau. Ich war mit Freundinnen da, er mit einem Freund. Das war ein wunderschöner Abend, dem eine unvergessliche Nacht folgte. In den Monaten darauf haben wir festgestellt, dass wir beruflich zu eingebunden sind, um eine Partnerschaft zu führen, in der man die Feierabende gemeinsam verbringt. So kam unser Arrangement zustande, das er laut Ihren Worten als *lockere Beziehung* bezeichnet. Ich stelle ihn immer als meinen Freund vor.« Sie seufzte, schien aber nicht beleidigt zu sein.

»Was machen Sie beruflich?«, fragte Sommer.

»Unternehmensberaterin«, antwortete sie knapp.

Drosten kam zur Sache. »An welchen Wochentagen haben Sie sich letzte Woche gesehen?«

Sie beugte sich vor und griff zu dem Terminkalender auf dem Glastisch zwischen ihnen. »Ich schätze

Dienstagabend und Donnerstagabend. Das sind unsere normalen Tage.«

»Nicht wochenends?«, hakte Sommer nach.

»Nein. Die Wochenenden verbringe ich oft mit wichtigen Geschäftspartnern. Einer der Gründe, warum es bei Gregor und mir nicht oldschoolmäßig funktioniert.« Sie blätterte in dem Notizbuch und nickte. »Wie ich es gesagt hab.«

»Wenn Sie ihm ein falsches Alibi geben, hat das juristische Konsequenzen für Sie«, warnte Sommer sie.

Übertrieben theatralisch stieß sie den Atem aus. »Dann bin ich sehr froh, dass ich Ihnen die Wahrheit sage.« Unger klappte das Notizbuch wieder zu.

»Darf ich einen Blick hineinwerfen?«, bat Sommer.

»Nein. Sorry. Die Namen meiner Geschäftspartner sind vertraulich. Ohne richterliche Genehmigung *dürfen* Sie also nicht.«

»In welcher Wohnung haben Sie sich mit Herrn Speer getroffen? In seiner oder in Ihrer?«, fragte Drosten.

»Wir waren bei ihm«, antwortete sie. »Haben Sie noch weitere Fragen? Ansonsten möchte ich mich in Ruhe auf meinen Termin vorbereiten.«

»Dann danke ich Ihnen für die Zeit«, sagte Drosten.

Die Polizisten standen auf, und Unger folgte ihrem Beispiel. Sie führte die Besucher zur Wohnungstür und wünschte ihnen einen angenehmen Tag. Sobald Sommer über die Schwelle getreten war, schloss sie die Tür hinter ihm.

»Wieso glaubst du ihr nicht?«, fragte Drosten im Treppenhaus. Er gab sich keine Mühe, leise zu sprechen.

Sommer legte den Zeigefinger auf die Lippen. »Reden wir im Auto weiter.«

Im Auto ergriff Sommer gleich das Wort. »In meiner Zeit im Untergrund hatte ich zu unterschiedlichen Typen von Professionellen Kontakt. Straßenhuren, Bordelldamen und Luxus-Escortgirls. Letztere pflegten einen ähnlichen Habitus wie Natascha Unger.«

»Du hältst sie für eine Nutte?«

»Eine Escortdame. Das ist ein riesiger Unterschied. Sie hat zweifelsohne Klasse und kostet für einen Abend bestimmt tausend Euro. Falls ich recht habe.«

Drosten pfiff anerkennend.

»In einem Umfeld wie Baden-Baden würde sich eine Frau mit ihrer Klasse eine goldene Nase verdienen«, fuhr Sommer fort. »Russen. Asiaten. Schweizer. Die deutsche Upperclass. Hier trifft alles aufeinander. Welcher männliche Single würde sich nicht von ihr begleiten lassen, wenn er es sich leisten kann?«

»Zumindest würde das ihre Wohnung erklären.«

Sommer nickte.

»Bietet sie auch Sexdienstleistungen an?«

»Garantiert.«

Drosten kam ein Gedanke. »Bezahlt Speer für das Alibi, oder haben sie den Abend tatsächlich miteinander verbracht?«

»Genau darauf müssen wir eine Antwort finden. Aber zunächst einmal will ich wissen, ob mein Gespür mich nicht trügt. Wenn sie Escortdienste anbietet, findet man sie irgendwo im Netz.«

***

Gregor Speer liebte das Ambiente des Hotels, daher hatte er irgendwann beschlossen, das jährliche Firmenevent hier zu veranstalten. An den Wänden jedes Zimmers sowie in den Gängen hingen Gemälde, die Bezug auf das berühmte Buch des Franzosen Antoine de Saint-Exupéry nahmen. Im Restaurant speiste man auf Geschirr mit weiteren Motiven aus der Erzählung *Der kleine Prinz*. Das Hotel war so herrlich altmodisch und gerade deshalb besonders charmant.

Gemeinsam mit dem Direktor ging Speer die Zimmerbelegung durch, die er ausgedruckt auf einem Zettel mitgebracht hatte. Die wichtigsten Gäste würden in Suiten und Juniorsuiten untergebracht. Alle anderen in den ebenfalls prächtigen normalen Zimmern unterschiedlicher Größe.

»Kann sich an Ihrer Belegung bis Freitag etwas ändern?«, fragte der Direktor.

»Nur, falls Absagen eintreffen.«

Speers Smartphone klingelte in der Anzuginnentasche. Er holte es heraus und sah Nataschas Nummer. Zögerlich drückte er sie weg. Obwohl ihn die Neugier plagte, wollte er beim Gespräch mit ihr keine Zuhörer in der Nähe haben.

Der Direktor fuhr fort. »Wahrscheinlich tauchen die ersten Gäste gegen fünfzehn Uhr auf?«

»Genau. Ich hab mir übrigens eine Überraschung ausgedacht, die wir besprechen müssten.«

»Das klingt spannend. Ich bin ganz Ohr.«

Zehn Minuten später rief Speer von seinem Auto Natascha zurück.

»Hi, Greg«, begrüßte sie ihn. »Wie du vermutet hast, waren die Bullen hier.«

»Wollten sie wissen, ob ich Donnerstag bei dir war?«

»Sie haben ihre Nachfrage auf die gesamte letzte Woche ausgedehnt.«

»Was hast du geantwortet?«

»Ich hab behauptet, Dienstag und Donnerstag wären unsere normalen Zweisamkeitstage. Passt das zu deinen Aussagen? Außerdem haben wir uns bei dir getroffen.«

»Das ist perfekt. Danke! Ich steck dir das Geld in den Briefkasten.«

»Madame dankt. Ich würde mich freuen, wenn wir uns tatsächlich mal wieder treffen. Buch doch über die Agentur einen passenden Termin. Mit dir macht es immer besonders viel Spaß.«

»Irgendwann in den nächsten Wochen. Versprochen. Ich hab auch Sehnsucht nach deiner Gesellschaft.«

»Ach, Greg«, seufzte sie. »Du bist der perfekte Charmeur.« Sie verabschiedete sich mit einem Kussgeräusch von ihm.

Nachdenklich steckte Speer das Telefon in die Anzugtasche. Die dreihundert Euro, die er Natascha für die Lüge zahlte, waren gut investiert. Als ihn der Polizist nach einem Alibi gefragt hatte, war ihm unter Zeitdruck nichts Besseres eingefallen. Zum Glück hatte Natascha erkannt, wie leicht sie durch diesen Gefallen Geld verdienen konnte.

Er startete den Motor. Bis zum Event in vier Tagen konnte er keine Komplikationen gebrauchen. Sollten die Bullen danach die Wahrheit herausfinden, wäre das nicht weiter tragisch.

Noch sechsundneunzig Stunden, dachte er. Bis dahin durfte ihm einfach niemand in die Quere kommen. Er hatte zu lange darauf hingearbeitet.

27

Gemächlich fuhr Frank Luckhart mit dem Rennrad nach Hause. Obwohl er noch lange nicht am Ende seiner Kondition war, hatte er auf dem letzten Kilometer die Geschwindigkeit deutlich reduziert. Im Freien fiel ihm das Nachdenken leichter als in seiner stickigen Wohnung.

Seit der Rückkehr nach Baden-Baden, die für ihn einer Niederlage gleichkam, kannte er nur ein Ziel. Er musste alle bestrafen, die an seiner Misere Schuld trugen.

Gregor Speer gehörte eindeutig dazu. Wegen diverser Meinungsverschiedenheiten hatte Speer damals beschlossen, die Firma zu verkaufen. Luckhart war bloß deswegen einverstanden gewesen, weil die Verkaufssumme so verführerisch geklungen hatte. Dabei hätte man sich zusammenraufen und am gemeinsamen Erfolg arbeiten können. Luckhart hatte das Geld genommen, war ins Ruhrgebiet gezogen und hatte versucht, zwei Start-up-Unternehmen gleichzeitig zu etablieren. Beide waren gefloppt. Außerdem halbierte sich sein Verkaufserlös, nachdem das Finanzamt den Steuerbescheid geschickt hatte.

Dafür müsste Speer büßen. Manchmal fuhr Luckhart an der Wohnung seines ehemaligen Partners vorbei. Schon von außen sah man, wie gut es ihm finanziell ging. Die Eigentumswohnung lag im besten Teil der Kurstadt und verfügte über alle Annehmlichkeiten. Das wusste Luckhart, weil er auf einer Immobilienplattform ein ähnliches Objekt gesichtet hatte, das zum Verkauf stand. Bei dem Gedanken daran stieg ihm die Galle hoch. Speer hatte den Erfolg und sein angenehmes Leben nicht verdient.

Die Idee, Nutzerinnen von Speers Anwendungen im Internet wüst zu beschimpfen, war ihm in einer schlaflosen Nacht gekommen. Er hatte damit gerechnet, dass man ihn sperren würde, weswegen er gleich mehrere Fake-Accounts angelegt hatte. Allerdings war er nicht darauf gefasst gewesen, dass jemand seine Identität enthüllen würde.

Das hatte alles gefährdet, was ihm sonst noch vorschwebte.

Seit Tagen verfolgte er, wie sich die Nutzerinnen in den sozialen Medien auf das Wochenendevent vorbereiteten. Es war so leicht gewesen, sie ausfindig zu machen. Man musste bloß die richtigen Suchbegriffe eingeben. Nicht nur die Gewinnerinnen fieberten dem Ereignis entgegen, sondern auch zahlreiche andere Personen.

Wie sie wohl auf das reagieren würden, was am Wochenende geschähe?

Luckhart lächelte bei dem Gedanken. Speer würde unvergessliche Publicity bekommen. Vielleicht wäre er danach ruiniert. Doch Luckhart musste aufpassen. Die Flüsterstimme an der Gegensprechanlage beunruhigte ihn nach wie vor. Ob die Enttarnung seiner Identität seine Pläne gefährdete?

Er bog um die Ecke. Der Rest der Strecke bestand aus einer leicht abschüssigen Straße, auf der er das Fahrrad rollen lassen konnte.

***

Polizeikommissar Konstantin Brescher hatte sich freiwillig für die Abendschicht gemeldet, die bis Mitternacht dauerte. Seit der Geburt seines Sohnes vor drei Jahren störten ihn späte Arbeitszeiten nicht mehr. Zum einen konnte er die Zuschläge gut gebrauchen, zum anderen hatte der Dreijährige die unangenehme Eigenschaft, das Zubettgehen als Foltermaßnahme anzusehen. Stundenlang schrie er die Wohnung zusammen, bis er irgendwann – meist zwischen elf und zwölf – erschöpft einschlief. Wachte er am nächsten Morgen auf, strahlte er bis über beide Backen.

Brescher seufzte. Weder der Ehe noch dem Verhältnis zur Nachbarschaft tat Maximilians abendliche Tobsucht gut. Fast alle Parteien des Mehrfamilienhauses hatten sich bereits beschwert, und manche Nachbarn grüßten im Hausflur nicht mehr.

Er schaute zu dem Gebäude, in dem der Mann wohnte, der vielleicht bloß ein wichtiger Zeuge, vielleicht aber auch ein Verdächtiger war. In seiner Wohnung brannte kein Licht. Die Personenbeschreibung, die Brechers Vorgesetzter verteilt hatte, war äußerst vage. Sollte plötzlich das Licht in einem der Zimmer angehen, müsste Brescher nichts weiter tun, als Hauptkommissarin Schmidt zu informieren.

Vom langen Sitzen abgesehen, ein angenehmer Zeitvertreib.

Brescher öffnete die Tür, um sich die Beine zu vertreten. Er lockerte seine verspannte Muskulatur, indem er die Beine ausschüttelte und die Schultern kreisen ließ. Den Blick wandte er nicht vom Haus ab.

***

Luckhart kam mit dem Fahrrad zum Stillstand. Der Mann hatte ihn noch nicht bemerkt, da sich Luckhart hinter ihm befand.

Seit er im Ruhrgebiet von einem vermeintlichen Geschäftspartner übel hereingelegt worden war, hatte sich seine Paranoia verstärkt, an der er ohnehin latent litt. Der Unbekannte, der eine blaue Jeans und eine Lederjacke trug, lockerte seine Muskulatur. War er lange gefahren und gerade erst angekommen? Oder hatte er zu lang im Wagen gesessen?

Luckhart zog sich hinter den Kofferraum eines Fahrzeugs zurück und stieg vom Rad. Täuschte er sich, oder schaute der Kerl zur Wohnung hoch?

»Hey, was machst du da?«, rief plötzlich eine aggressiv klingende, männliche Stimme.

Luckhart blickte über die Schulter in die Richtung, aus der die Stimme kam. Ein Mann war aus einem der angrenzenden Häuser getreten, jedoch unterm Vordach stehen geblieben. Gleichzeitig nahm er aus dem Augenwinkel wahr, dass der Fremde sich umwandte. Als er Luckhart bemerkte, runzelte er die Stirn.

Hektisch schob Luckhart das Rad auf die Fahrbahn und sprang auf den Sattel.

Der Unbekannte rannte los. »Stehen bleiben!«, rief er.

Die beiden trennten keine fünfzig Meter, und anfangs kam Luckhart schwer in die Gänge. Weil er zu gehetzt in die Pedalen trat, rutschte er ab und wäre fast gestürzt. Der Vorsprung schmolz wie eine Eisscholle im arktischen Sommer. Jeden Moment würde der Mistkerl ihn vom Rad zerren.

Endlich beschleunigte das Fahrrad.

***

Brescher begriff einen Moment zu spät, wer der Mann mit dem Fahrrad war. Als der plötzlich die Flucht antrat, fiel bei ihm endlich der Groschen. Sofort rannte er los und verkürzte rasch den Abstand.

Vielleicht würde er ihn noch erwischen und vom Rad reißen können. Noch zehn Meter trennten sie, als der Mann mit dem Rad in die Gänge kam. Trotzdem hatte Brescher die höhere Endgeschwindigkeit und holte weiter auf.

Fünf Meter. Der Tempounterschied schrumpfte.

Drei Meter. Sie waren mittlerweile nahezu gleich schnell.

Brescher streckte den Arm aus, ihm fehlte nicht viel, bis er das Rad zu fassen bekäme.

»Polizei!«, schrie er, um den Flüchtigen zu verunsichern. Erfolglos, denn die Distanz wuchs.

Brescher gab auf und rannte zu seinem Wagen zurück. Hektisch sprang er hinein. Zum Glück steckte der Schlüssel im Zündschloss. Doch bei dem Auspark- und Wendemanöver verlor er zu viel Zeit. Als er endlich die Straße entlangfuhr, war der Fahrradfahrer nirgends zu sehen. Konzeptlos suchte er zehn Minuten lang die Straßen ab, ehe er frustriert den Wagen an den Straßenrand fuhr, um seine Vorgesetzte zu informieren. Nun wäre ihm ein Abend in der Nähe seines brüllenden Sohns doch lieber gewesen. Wenigstens hätte ihm das die berufliche Schmach erspart.

***

Vier Kilometer von zu Hause entfernt hielt Luckhart schnaubend inne. Er hatte es geschafft und war dem Bullen entkommen. Doch damit hatte er lediglich einen Etappensieg errungen. Bis Freitag verginge noch viel Zeit, und bestimmt würde die Polizei seine Wohnung gründlicher observieren. Oder gab seine Flucht ihnen sogar Anlass, einen Durchsuchungsbeschluss zu beantragen?

Er vergewisserte sich, dass ihm bei der Verfolgungsjagd nicht das Portemonnaie aus der Jackentasche gefallen war. Die Kredit- und EC-Karte darin würde er in den nächsten Tagen dringend brauchen.

***

Sommer und Drosten teilten sich eine Zweiraumferienwohnung, daher bekam Sommer sofort mit, dass im Nebenraum das Handy klingelte. Da Drosten bereits eine Stunde zuvor mit seiner Frau gesprochen hatte, war dies vermutlich ein dienstlicher Anruf. Sommer erhob sich und durchquerte den winzigen Flur, der beide Räume miteinander verband. Der Gesichtsausdruck seines Partners verhieß nichts Gutes.

»Ärgerlich, aber nicht zu ändern. Danke fürs Bescheidgeben«, sagte Drosten, bevor er das Gespräch beendete.

»Ging es um Luckhart?«.

Drosten nickte. »Er hat bei seiner Rückkehr bemerkt, dass seine Wohnung observiert wurde, und ist mit dem Fahrrad geflohen.«

»Dafür hat er wohl einen guten Grund.«

»Sieht zumindest danach aus. Wie weit bist du gekommen?«

Sommer seufzte. »Es gibt im Umkreis diverse Agenturen, über die man Escorts buchen kann. Von den privaten Portalen ganz zu schweigen. Bislang hab ich

Natascha nirgends entdeckt. Vielleicht bin ich bis morgen durch.«

***

Am nächsten Vormittag schien er sie endlich gefunden zu haben. Sie nannte sich Jenna und war exklusiv über eine Agentur buchbar.

»Kommst du mal?«, rief er nach seinem Kollegen.

Drosten eilte rasch herbei. »Hast du sie aufgespürt?«

»Ihr Gesicht ist verpixelt. Aber sie steht vor einem Möbelstück, das mir bekannt vorkommt.« Er deutete auf den Bildschirm.

Drosten trat um ihn herum, blickte ihm über die Schulter und betrachtete das Bild. Eine Frau mit weißem Slip, dazu passendem BH und High Heels stand vor einem Highboard. »Das ist sie«, bestätigte er Sommers Vermutung. »Den Schrank haben wir definitiv in Natascha Ungers Wohnung gesehen.«

Sein Partner nickte zufrieden und griff zum Handy. »Buchungen laufen über die Agentur. Soll ich für heute Abend eine Verabredung anleiern?«

»Das wird Karlsen begeistern. Was nimmt sie?«

»Vierhundert Euro für drei Stunden Gesellschaft. Ohne Sex. Wobei ich mir sicher bin, dass man Extras zubuchen kann.«

»Karlsen flippt aus, wenn du das über Spesen abrechnest.«

Sommer rief eine Unterseite der Homepage auf. »So weit kommt es gar nicht. Falls man in der ersten halben Stunde feststellt, dass die Chemie nicht stimmt, darf man das Date abbrechen. Dann zahlt man nur eine Servicepauschale von vierzig Euro. Allerdings könnte ich mir in Anbetracht ihrer Lügen eine kostenfreie Regelung vorstellen.«

»Klingt schon besser.«

»Wenn sie heute Abend Zeit hat, bricht auch ihre Behauptung zusammen, dass sie und Speer jeden Dienstag miteinander verbringen.« Sommer tippte die Nummer der Agentur ein. »Hallo«, sagte er ein paar Sekunden später. »Lukas Hertz. Ich bin für einige Tage in der Stadt und dank eines Geschäftspartners auf Ihre Agentur aufmerksam geworden. Hat Jenna heute Abend Zeit, mit mir auszugehen?« Er lauschte und verzog missmutig die Lippen. »Wirklich erst am Freitag? Das ist schade.«

Sommer suchte Drostens Blick. Der reagierte mit einem Achselzucken.

»Nein, es soll Jenna sein.« Offenbar wehrte Sommer soeben den Versuch ab, sich eine andere Begleitung aufdrängen zu lassen. »Aber ich bin ein paar Tage in der Stadt. Okay. Dann eben Freitag. Passt ihr eventuell schon sechzehn Uhr?«

28

Am Freitagvormittag um elf Uhr begrüßte der Hoteldirektor Gregor Speer am Empfang per Handschlag und winkte sogleich einen Pagen herbei.

»Bring den Koffer bitte in die Penthousesuite«, wies er den Mitarbeiter an.

Speer reichte dem jungen Mann lächelnd einen Fünfeuroschein. Dann wandte er sich dem Direktor zu. »Haben Sie mir eine Pagenuniform in meiner Größe besorgen können?«

»Selbstverständlich. Die liegt bereits auf einem der Betten Ihrer Suite.«

»Perfekt. Und Ihre Mitarbeiter sind eingewiesen?«

»Natürlich. Niemand wird Sie für einen neuen Angestellten halten und Ihnen Aufgaben aufs Auge drücken.«

»Das höre ich gern.«

»Wie ist Ihr zeitlicher Plan?«

»Ich werde ab fünfzehn Uhr hier an der Rezeption auf meine geladenen Gewinner warten und sie im Idealfall einzeln willkommen heißen. Hoffentlich erkennt mich keiner.«

Der Direktor schmunzelte. »Dem Küchenchef wäre es eine Ehre, Ihnen vorab am Mittag eine Speise zu servieren.«

»Sagen Sie ihm, dass ich mich über eine Kleinigkeit freuen würde. Allerdings per Zimmerservice.« Speer schaute auf die Armbanduhr. »Gegen eins?«

»Wird erledigt.«

Speer tippte sich an die Stirn.

Die einhundert Quadratmeter große Penthousesuite lag im obersten Stock des Hotels und bot jeglichen Komfort. Sie verfügte über fünf Schlafmöglichkeiten, zwei Schlafzimmer und ein geräumiges Wohnzimmer mit Kamin. Speer hatte hier in den letzten beiden Jahren ebenfalls das Wochenende verbracht. Er mochte die urige Atmosphäre, die von den Holzbalken an der Decke und den liebevoll-altmodischen Einrichtungsgegenständen verstärkt wurde.

Sein Koffer stand in dem Schlafzimmer, das er benutzen würde, die Pagenuniform in einem, das über Nacht leer stünde. Speer hievte den Koffer aufs Bett und öffnete ihn. Er enthielt unter anderem eine Tasche, die er bei einem Internetshop für Theaterbedarf erworben hatte. Der Reißverschluss klemmte leicht, als er ihn aufzog. Speer zog ungeduldig daran, wodurch eine Naht riss.

»Tolle Qualität!«, murmelte er.

Doch wenigstens war die Tasche aufgegangen. Im Inneren lagen verschiedene Gegenstände, mit denen er sein Aussehen verändern konnte. Haarteile und falsche Bärte in den unterschiedlichsten Ausführungen, dazu diverse Schminkutensilien. Sobald er seine Verwandlung abgeschlossen hätte, würde ihn hoffentlich niemand erkennen.

***

Frank Luckhart hatte die letzten Tage sicherheitshalber außerhalb der Stadt verbracht und sich in verschiedenen Geschäften mehrere Kleidungsstücke und Gebrauchsgegenstände, einen Handgepäckkoffer und Toilettenartikel zugelegt. Um vierzehn Uhr betrat er das Hotel. Er hatte das Zimmer bereits vor einigen Wochen telefonisch gebucht und damals erfahren, dass nur noch die einfache Zimmerkategorie zur Verfügung stand. Offenbar hatte Speer alle erstklassigen Zimmer in Beschlag genommen. Klotzen statt kleckern. Das war schon früher seine angeberische Devise gewesen.

Luckhart nannte dem Rezeptionisten seinen Namen, und der hakte die Buchung in einem altmodischen Buch ab. Dann drehte er sich zu den Schlüsselfächern um.

»Benötigen Sie nur einen Schlüssel?«, fragte er.

»Genau«, bestätigte Luckhart.

Der Rezeptionist reichte ihm den Schlüssel, der an einem goldfarbenen Messinganhänger angebracht war. Luckhart nahm ihn entgegen und deutete auf einen Zettel an der Eingangstür des Restaurants.

Liebe Hotelgäste,
wegen einer geschlossenen Gesellschaft können wir Ihnen heute kein Essen im Restaurant anbieten. Der Zimmerroomservice steht Ihnen selbstverständlich zur Verfügung. Vielen Dank für Ihr Verständnis!
Der Direktor

»Ist das wirklich so?«, fragte Luckhart. »Ich kann den ganzen Abend über nicht ins Restaurant?«

»Leider nicht. Aber wir würden Ihnen den Roomservice ausnahmsweise ohne den üblichen Aufpreis zur Verfügung stellen. Die entsprechende Menükarte finden Sie in Ihrem Zimmer.«

»Ich überleg's mir. Danke!«

»Brauchen Sie Hilfe bei Ihrem Gepäck?«

»Das schaff ich allein.«

Luckhart wandte sich vom Empfangstresen ab. Nun musste er möglichst ungesehen in sein Zimmer gelangen. Bis er am Abend seinen großen Auftritt hätte.

***

Die Auswahl der Restaurants, die Freitagnachmittag um sechzehn Uhr geöffnet hatten, war in Baden-Baden nicht sonderlich groß. Viele Lokale hatten nachmittags ein paar Stunden geschlossen oder öffneten frühestens um siebzehn Uhr.

Daher hatte er sich für das *Löwenbräu* entschieden, das bei Touristen besonders beliebt und selbst zu der eher ungewöhnlichen Uhrzeit gut besucht war. Der Tisch, den ihm die Kellnerin zugewiesen hatte, befand sich im hinteren Teil. Er musste aufpassen, dass Natascha ihn nicht zu früh entdecken und dann flüchten würde.

Scheinbar konzentriert studierte er die Speisekarte und hob erst den Blick, als die Stimme der Kellnerin erklang.

»Hier ist es«, sagte sie.

»Sie?«, entfuhr es Natascha entsetzt.

»Setzen Sie sich«, wies Sommer sie an.

Die Kellnerin zog sich desinteressiert zurück. Natascha hingegen zögerte.

»Hinsetzen!«, wiederholte er. »Denken Sie erst gar nicht daran, abzuhauen.«

Sommer musterte die Frau, die ein dezentes, figurbetontes Outfit trug, das ihr atemberaubend gut stand. Das schwarze, kurze Kleid schmeichelte ihren Kurven, die High Heels, ihr Schmuck und der dunkelrote Lippenstift rundeten das Gesamtbild perfekt ab.

»Was wollen Sie?«

»Mit Ihnen reden.«

»Ich könnte abhauen.«

»Auf Ihren Schuhen? Ich bin schneller.«

»Und sofort von mindestens fünf Betrunkenen umringt, wenn ich um Hilfe schreie.«

»Touché.« Er deutete auf den Stuhl. »Hinsetzen! Sonst wird es Ihnen leidtun.« Sein Tonfall ließ keinen Widerspruch zu.

Natascha zog einen Schmollmund, nahm aber anstandslos Platz. Sofort verschränkte sie die Arme vor der Brust. »Was wollen Sie?«

»Die Wahrheit! Wann war Gregor Speer mit Ihnen letzte Woche zusammen? War er überhaupt bei Ihnen? Oder haben Sie ihm ein falsches Alibi geliefert?«

Erneut eilte die Kellnerin herbei, eine Karte in der Hand, und verschaffte Natascha Bedenkzeit. Die Escortdame entspannte sich und lächelte der jungen Frau zu.

»Sie müssen bezahlen, wenn wir länger als eine halbe Stunde zusammensitzen«, warnte sie Sommer.

»Ich kann Sie aufs Präsidium bitten.«

»Wie sind Sie dahintergekommen, womit ich mein Geld verdiene?«

»Berufliche Erfahrung.«

»Sie waren bei der Sitte?«

»Um mich geht es hier nicht. Wir können das Ganze abkürzen, indem Sie mir die Wahrheit sagen. Dann verspreche ich Ihnen, dass die Lüge keine nachteiligen Folgen hat.«

In aller Ruhe schlug Natascha die Karte auf. »Trinken Sie Alkohol?«

»Frau Unger, das ist kein Spiel.«

»Dabei fängt es gerade an, mir Vergnügen zu bereiten.« Sie klappte die Getränkekarte wieder zu. »Gregor und ich haben letzten Donnerstag miteinander verbracht. Was den Dienstag anbelangt, hab ich gelogen. Er bucht mich ein- bis zweimal im Monat, und wir haben unglaublich viel Spaß. Er ist ein amüsanter Gesprächspartner und fantastischer Liebhaber. Was man von Ihnen nicht behaupten kann.« Sie kicherte übertrieben mädchenhaft. »Natürlich kann ich nur Ihre Qualitäten als Gesprächspartner beurteilen. Aber die sind lausig.«

»Ihre Aussage hält einer Überprüfung stand? Ich könnte die Unterlagen der Agentur beschlagnahmen.«

»Gregor bucht mich nicht mehr über die Agentur. Stammkunden rufen direkt bei mir an.«

»Zeigen Sie mir Ihre Anrufliste.«

Ihre Augen weiteten sich schreckhaft. In diesem Moment wusste Sommer, dass sie log. Doch sie hatte sich rasch unter Kontrolle.

»Dazu bin ich nicht verpflichtet.« Sie erhob sich. »Ich nehme mir das Recht heraus, unsere Verabredung zu beenden. Sie müssen nichts bezahlen. Auf Nimmerwiedersehen.«

Natascha stöckelte Richtung Ausgang. Sommer bemerkte, wie ihr einige Männer zunächst bewundernde Blicke hinterherwarfen, bevor sie ihn mitleidig ansahen.

***

Speers Handy vibrierte in der Hosentasche. Er stand an der Rezeption. Drei der insgesamt fünfzehn

Gewinnerinnen waren bereits eingetroffen, die nächsten würden vermutlich bald folgen.

Er holte das Smartphone heraus. Eine Nachricht von Natascha. Neugierig öffnete er sie.

Hatte gerade eine unangenehme Begegnung mit einem der Bullen, für die ich dir ein Alibi gegeben hab. Er hat mich als Escort gebucht und in ein Restaurant gelockt. Er glaubt mir nicht. Ich bin bei meiner Aussage geblieben, dass wir Donnerstagabend zusammen waren. Hab allerdings behauptet, dass ich wegen Dienstag gelogen hab. Er wollte das Anrufprotokoll auf meinem Handy sehen. Hab ich abgelehnt. Ich lösche alles, was mit dir zu tun hat. Würde ich dir auch empfehlen. Viel Spaß an deinem großen Wochenende. Kuss. Natascha.

Speer las die lange Nachricht zweimal, ehe er eine Antwort eintippte.

Danke für deine Loyalität. Bestimmt klärt sich das in den nächsten Tagen. Ich melde mich. Gregor.

***

Sommer fasste das kurze Aufeinandertreffen mit Speers Alibigeberin zusammen. »Sie lügt.«

»Also hat er für die letzten beiden Nächte kein Alibi«, folgerte Drosten, wodurch er den Mord an Sascha Weller einschloss.

Sommer nickte. »Wir sollten ihn unter Druck setzen. Wir haben zwei Verdächtige. Den untergetauchten Frank Luckhart und Gregor Speer. Luckhart ist nicht greifbar. Wenn wir Speer hart anfassen, wird es sich zeigen, ob er als Tatverdächtiger infrage kommt.«

Drosten stieß ein nachdenkliches Brummen aus.

»Du hast Zweifel?«, fragte Sommer.

»Stell dir vor, der Frauenmörder war Weller, der wirklich einem verpatzten Raubüberfall zum Opfer gefallen ist. Dann blamieren wir uns höllisch.«

»Trotzdem ist Nichtstun keine Option.« Sommer schaute auf die Armbanduhr. Mittlerweile war es halb sechs nachmittags. »Was hältst du davon, wenn wir Speer nervös machen?«

»Woran denkst du?«

»Dieses Wochenende findet seine Galaveranstaltung statt. Er hat wichtige Kundinnen eingeladen. Eigentlich müsste das Event schon im Gange sein. In Anbetracht dessen, dass alle Opfer zu dem Nutzerkreis gehören, ist es fast unsere Pflicht, dort aufzutauchen.« Sommer zwinkerte Drosten zu.

***

Dank der Unzuverlässigkeit der Deutschen Bahn traf Sylvia Schablas eine Dreiviertelstunde später als geplant am Hauptbahnhof Baden-Baden ein. Genervt von der insgesamt sechsstündigen Zugfahrt, zog sie ihren Koffer hinter sich her und versuchte, sich zu orientieren. *Einen modernen Bahnhof hat die Kurstadt nicht,* dachte sie überrascht. Sie hatte mit einem repräsentativeren Gebäude gerechnet.

Zumindest warteten am Taxistand ausreichend Fahrzeuge. Einer der Fahrer sah sie kommen, stieg aus und grüßte sie freundlich mit ausgeprägt badischem Akzent. Er nahm ihr den Koffer ab. »Wohin soll's gehen?«

»Zum Hotel *Der kleine Prinz.*«

»Eines der besten Hotels der Stadt. Das ganze Wochenende oder bloß für eine Nacht?«

»Das ganze Wochenende.«

»Sie werden es lieben.«

Hoffentlich, dachte sie. Ihr Leben war kein Zuckerschlecken. Umso mehr wollte sie das Event genießen, das sie völlig überraschend gewonnen hatte. Viele Jahre ihrer Kindheit hatte sie unter ihrer überforderten alleinerziehenden Mutter gelitten, ehe die ihr Coming-out gefeiert und mit einer Frau zusammengezogen war. Danach hatte sich das Blatt nicht zum Guten gewendet, allerdings sah Sylvia ein, dass es ihr besser ergangen war als dem Sohn, den die Partnerin ihrer Mutter mit in die Beziehung gebracht hatte. Während sie für Kindheit und Jugend noch ihrer Mutter die Schuld geben konnte, musste sie die Verantwortung für ihr Erwachsenendasein ganz allein tragen. Die falsche Berufswahl, den Hang zu Losern in der Partnerwahl und kein glückliches Händchen in Geldfragen. Das alles hatte die letzten zwölf Jahre ihres Lebens geprägt.

Als dann per E-Mail die Einladung zu dem Event eingetrudelt war, hatte sie das erst für einen schlechten Scherz gehalten. Vielleicht sogar für den Versuch, ihr einen Virus unterzujubeln. Doch es war ein echter Hauptgewinn. Sie war auserkoren worden, weil sie regelmäßig eine bestimmte Handyapp nutzte.

Zu dem Event gehörte unter anderem ein Casinobesuch. Die Glücksgöttin Fortuna könnte wirklich mal ihr Füllhorn für Sylvia ausschütten. Ein paar Tausender beim Roulette zu gewinnen wäre ein gelungener Neustart.

Nach einer knapp zwanzigminütigen Fahrt kamen sie am Hotel an, das von außen eher unspektakulär wirkte. Ein Hotelpage trat ans Taxi und öffnete ihr die Tür.

»Guten Abend, Frau Schablas«, begrüßte er sie sogar mit Namen. »Ich hoffe, Sie hatten eine angenehme Anreise. Ich kümmere mich zuerst um die Bezahlung des Taxis, danach um Ihr Gepäck.«

»Vielen Dank.«

Was für ein gut organisiertes Event, wenn der Page sie erkannte und sogar gleich ihren Namen parat hatte! Sie sah ihm dabei zu, wie er die Taxirechnung bezahlte, dem Fahrer ein großzügiges Trinkgeld gab und ein wenig mit ihm scherzte.

Seine Stimme kam ihr bekannt vor. Sie wusste bloß nicht sofort, woher. »Kennen wir uns?«, fragte sie ihn auf dem Weg in ihr Zimmer.

Er schaute sie kurz an. »Waren Sie schon einmal zu Gast bei uns?«

»Nein, noch nie.«

»Dann ist das wohl eine Verwechslung. Übrigens, unsere Aufzüge sind leider sehr eng. Ich bringe Sie zum Fahrstuhl, werde aber nicht mit einsteigen. Ihr Zimmer liegt im zweiten Stock. Ich erwarte Sie oben.«

»Okay.« Sie musterte ihn. Seltsam! Normalerweise konnte sie Stimmen gut zuordnen. Doch in seinem Fall gelang es ihr nicht.

Als kurz darauf die Tür des Aufzugs aufglitt, stand der Page tatsächlich schon im Gang der zweiten Etage. »Darf ich Ihre Aufmerksamkeit auf die Gemälde lenken?« Er deutete auf die Wände. »Jedes Bild spiegelt Motive aus dem Roman Der kleine Prinz wider. Haben Sie das Buch gelesen?«

»Dazu bin ich leider nie gekommen«, antwortete sie ehrlich.

»Schade. Da haben Sie eindeutig einen Hochgenuss verpasst.«

Plötzlich wusste sie, an wen die sie Stimme erinnerte. Doch das war unmöglich. Der Page sah völlig anders aus. Unauffällig musterte sie ihn.

Nein! Das konnte nicht ihr Stiefbruder sein. Offenbar ähnelten sich bloß ihre Stimmen.

29

Sylvia betrat das Restaurant, in dem in fünf Minuten das offizielle Programm für die Gewinner begann. Bei den meisten Anwesenden handelte es sich um Frauen, die sich aufwendig geschminkt und hübsch zurechtgemacht hatten. Zwischen ihnen saßen einige ebenso herausgeputzte Männer. Plötzlich fühlte sie sich in dem schlichten Kleid ein wenig deplatziert. Hatte sie die falschen Sachen eingepackt?

Ein Hotelangestellter nickte ihr freundlich zu und bat sie um ihren Namen.

»Sylvia Schablas.«

Er hakte sie auf einer Liste ab. »Ich führe Sie zu Ihrem Platz.«

Der Mann ging voran und steuerte einen Tisch an, an dem ein attraktiver Mittdreißiger saß. Hektisch strich Sylvia ihre Handfläche am Kleid trocken. Der Tischnachbar sah sie kommen, lächelte und erhob sich.

»Hallo, ich bin Marcel. Creative Manager bei *Spearsmithy.*«

Sein Händedruck war angenehm fest.

»Sylvia«, stellte sie sich vor.

»Freut mich, dich kennenzulernen.«

Kaum hatte sie sich gesetzt, tauchte ein Kellner an ihrer Seite auf und bot ihr ein Glas Champagner an. Dankbar nahm sie es entgegen. Der Alkohol würde helfen, ihre Nervosität zu bändigen.

»Hast du gut hergefunden?«

»Von der üblichen Bahnverspätung abgesehen.«

Mitleidig verzog er den Mund. »Die Bahn. Darüber könnte ich dir Geschichten erzählen. Ich musste früher Pendeln inklusive Umsteigen. Es war immer ein Wunder, wenn ich den vorgesehenen Anschlusszug erreicht habe.«

Sylvia nippte an dem Champagner. Vielleicht würde sich das Wochenende noch besser entwickeln als erhofft.

***

Luckhart schaltete den Wasserkocher ein, der zur Zimmerausstattung gehörte. Dann holte er die Thermosflasche aus dem Koffer.

Heute war der Tag gekommen, an dem er sich rächte. Ob Speer noch immer so erfolgreich wäre, Investoren bei Meeting zu großzügigen Finanzspritzen zu bewegen, wenn sein hübsches Gesicht verbrüht wäre? Luckhart zweifelte daran. Auch im knallharten

Business waren attraktive Menschen erfolgreicher – darüber gab es viele Studien.

Der Mann hatte ihn zweimal betrogen. Beim Verkauf der Firma hatte er Luckhart gedrängt, das Einstiegsangebot anzunehmen. Das war zwar lukrativ, trotzdem hätten sie damals mit etwas Geduld einiges mehr herausschlagen können. Schlimmer jedoch war der Verrat, hinter den Luckhart erst kürzlich gekommen war. Speer hatte die beiden Start-up-Firmen seines Ex-Partners über Mittelsmänner in den Ruin getrieben.

Dafür würde er bezahlen.

Seine Userinnen zu beleidigen, war bloß der Anfang gewesen. Luckhart hatte immer gewusst, dass es auf eine Konfrontation an diesem Abend herauslaufen würde.

Das Wasser begann im Kocher zu brodeln. Er würde einen ganzen Liter davon in die Thermoskanne füllen, das Restaurant betreten, und bevor irgendwer kapierte, was er plante, wäre Speers attraktives Gesicht verbrüht.

Der Kocher schaltete sich automatisch aus. Luckhart schraubte den Verschluss der Thermoskanne ab und füllte vorsichtig das heiße Wasser ein.

***

Gregor Speer schaute auf die Armbanduhr. Dieses lächerliche, fünfhundert Euro teure Geschenk der Mitarbeiter. Denen er ihr angenehmes, finanziell abgesichertes Leben ermöglichte. Sie wussten genau, dass er sich jede Luxusuhr der Welt kaufen konnte. In drei Minuten würde er das Event eröffnen.

Er nahm die Uhr ab und legte sie auf den Boden. Dann trat er mit dem Absatz so lange auf das Zifferblatt, bis das Glas endlich zersplitterte.

Heute Nacht würde er zu Ende bringen, was er vor wenigen Monaten begonnen hatte. Es war immer sein Plan gewesen, seine verhasste Stiefschwester zu töten. Allerdings hatte er gehofft, vorab mehr Frauen zu finden, die ihn an seine Mütter erinnerten.

Leider hatten ihm die Ermittlungen der Polizei und vor allem Josefines Handeln einen gehörigen Strich durch die Rechnung gemacht.

Zumindest hatte die Polizei sein Event nicht verhindert. Natascha war ihm treu ergeben und hatte an dem Alibi festgehalten. Bestimmt besaßen die Bullen nicht genug Verdachtsmomente gegen ihn.

Vor dem Spiegel richtete er sich die Krawatte. Er würde den Anwesenden gleich eine herzzerreißende Geschichte erzählen. Von einem gewaltigen Zufall, den das Leben geschrieben hatte. Ein Zufall, der dazu geführt hatte, dass eine zusätzliche Teilnehmerin an der Feier teilnahm. Dann würde er Sylvia zu sich bitten. Bestimmt schössen die Weiber Fotos und teilten sie in den sozialen Kanälen.

Außerdem würde er dafür sorgen, dass die Mütter ein ganz spezielles Foto zu sehen bekämen. Das mit einem Skalpell zerschnittene Gesicht ihrer Lieblingstochter. Inklusive der herausgestochenen Augen.

***

Die Tür des Restaurants öffnete sich, und ein attraktiver Mann trat herein. Sylvia musterte ihn verwirrt. Die Ähnlichkeit war unverkennbar. Oder bildetet sie sich das ein? Damals hatte ihr Stiefbruder Florian zwangsweise kurz geschorene Haare getragen und keinen Dreitagebart. Und der Mann, der nun wegen seines Erscheinens Applaus erhielt, hatte starke Ähnlichkeit mit ihm.

Er hob die Hände, um den Beifall im Keim zu ersticken. Dann schritt er zum Rand des Restaurants, wo eine Treppe auf eine Empore führte. Auf halbem Weg blieb er stehen.

»Herzlich willkommen«, sagte er und verbeugte sich leicht.

Die Stimme des Pagen. Sylvia fasste es nicht. Hatte ihr Stiefbruder eine atemberaubende Karriere gemacht? Aufgeregt winkte sie ihm zu, was er mit einem kurzen Lächeln quittierte.

»Willkommen«, wiederholte er.

Der Applaus verebbte. Alle Anwesenden hingen an den Lippen ihres Stiefbruders, den sie so viele Jahre nicht gesehen hatte.

»Ich freue mich so sehr, Sie zu begrüßen. Für unsere Firma ist dieses Wochenende mit den wichtigsten Anwenderinnen unserer Software, also Ihnen, der Höhepunkt des Jahres. Wir hoffen, auch Sie werden die nächsten Tage als Ihr persönliches Jahreshighlight empfinden.«

***

Sommer und Drosten liefen die wenigen Stufen zur Rezeption hoch. Das Restaurant war gut gefüllt, und die Gäste lauschten jemandem, der am Rand des Raums stehen musste.

»Guten Abend«, begrüßte der Rezeptionist die Hauptkommissare. »Wie kann ich Ihnen behilflich sein?«

Drosten präsentierte seinen Dienstausweis. »Wir müssen mit Herrn Speer sprechen.«

Unterdessen trat Sommer an die Glastür. Von hier aus konnte er das Restaurant besser einsehen.

»Speer hält eine Rede«, informierte er Drosten.

»Das wollen wir unter keinen Umständen verpassen.«

»Sie können nicht einfach ...«, protestierte der Rezeptionist, als Sommer bereits die Tür aufriss.

»Können wir. Wir sind nämlich die Polizei«, erwiderte Drosten.

Die beiden Männer betraten den Raum. Die Augen, die bislang auf Speer gerichtet waren, wandten sich ihnen zu. Der Geschäftsführer stockte in seiner Rede. Ohne ihr plötzliches Auftauchen zu erklären, steuerten die Kommissare einen freien Tisch an und nahmen Platz. Als würden sie zur Gesellschaft dazugehören.

Speer räusperte sich. »Nun ja, ich meine, wie gerade erwähnt, dient dieses Event jedoch nicht nur, also besser gesagt ...«

Die unerwarteten Besucher schienen ihn völlig aus der Fassung zu bringen.

Sommer hielt sich bereit. Sollte der Geschäftsführer plötzlich den Ausgang ansteuern, würde er ihn abfangen.

Allgemeines Gemurmel wurde laut. Offenbar verstanden die Gäste, dass gerade etwas Seltsames passierte.

***

Luckhart drückte sich die Thermoskanne an den Oberschenkel und näherte sich zielstrebig dem Restaurant.

»Entschuldigen Sie«, sagte der Rezeptionist. »Da drinnen findet ...«

»Ich gehöre dazu.« Er riss die Restauranttür auf, wodurch die Gäste auf ihn aufmerksam wurden. Es dauerte einen Moment, bis er einen Überblick gewonnen hatte.

Speer stand auf der Treppe zur Empore. Er musterte den Neuankömmling verwundert.

»Frank?«, fragte er überrascht.

»Du mieses Schwein!«, zischte Luckhart.

Speers Standort war perfekt. Von dort konnte er nicht fliehen. Luckhart drehte den Schraubverschluss der Kanne ab und ließ ihn achtlos fallen. Mit großen Schritten näherte er sich dem verhassten Ex-Partner.

***

Sommer bemerkte den Dampf, der aus der Thermoskanne stieg. War der Neuankömmling Luckhart? »Speer, die Treppe hoch! Sofort!«, schrie er und sprang auf.

Speer zögerte für den Bruchteil einer Sekunde. Dann wandte er sich von dem breitschultrigen Mann ab und hechtete die letzten Stufen zur Empore hoch.

Der Neuankömmling folgte entschlossen. »Du entwischst mir nicht!«, zischte er.

Sommer sprintete zu ihnen und betrat die erste Stufe. Befand sich im Inneren der Kanne bloß heißes Wasser oder Schlimmeres? Er musste an die eigene Sicherheit denken. Doch vor allem musste er den Angriff unterbinden.

»Luckhart, stopp!«, schrie er.

Seinen Namen zu hören, schien den Mann zu verwirren. Er hielt inne und schaute über die Schulter. Dieser kurze Moment reichte Sommer, um die restliche Distanz zu ihm zu überbrücken. Er versuchte, ihn zurückzureißen. Doch der durchtrainierte Mann wehrte ihn ab, fuhr herum und holte mit der Kanne aus.

Heiße Flüssigkeit schoss Sommer entgegen, der er gerade noch rechtzeitig auswich. Luckhart nahm wieder sein ursprüngliches Ziel ins Visier. Er hatte die oberste Stufe fast erreicht. Offenbar glaubte er, seinen Verfolger abgeschüttelt zu haben. Sommer verwarf den Gedanken, die Waffe zu ziehen. Stattdessen hielt er sich am Geländer fest und trat dem Angreifer mit Schwung in die linke Kniekehle. Der geriet ins Stolpern. Wasser spritzte aus der Kanne und verbrannte

Luckharts Hand. Schreiend ließ er die Kanne los. Sie fiel zu Boden, und das restliche Wasser sickerte größtenteils aus dem Gefäß.

Sommer nahm Luckhart in den Polizeigriff. »Leisten Sie keinen Widerstand. Sonst wird es verdammt schmerzhaft.«

»Okay, scheiße, Sie tun mir weh«, jammerte der Angreifer.

Sommer zog ihn hoch und legte ihm den Arm um den Hals. »Sie folgen mir jetzt nach draußen, wo wir uns in Ruhe unterhalten.«

***

Speer sah den Polizisten nach, die Luckhart nach draußen führten.

Hatten die Bullen von dem Anschlag seines Ex-Partners gewusst, oder waren sie bloß zufällig zur Rettung erschienen, während sie eigentlich seinetwegen gekommen waren?

»Wow«, entfuhr es ihm. Er atmete tief durch. »Ich könnte jetzt so tun, als wäre das ein Programmpunkt gewesen, aber dem war leider nicht so.«

Er schaute in die teils verwirrten, teils verängstigten Gesichter. Die meisten Gäste hatten sich von ihren Plätzen erhoben.

»Das müssen wir wohl erst mal verdauen. Ich schlage vor, wir machen eine Stunde Pause und treffen uns dann hier wieder, nachdem wir uns alle beruhigt haben. Sind Sie damit einverstanden?«

Die meisten nickten oder murmelten zustimmend. Langsam ging Speer die Stufen hinab. Er steuerte Sylvia an.

»Hallo, Schwester«, begrüßte er sie unter Marcels verwundertem Blick. »Marcel, darf ich dir meine Stiefschwester Sylvia vorstellen?«

»Oh, Flo, das ist so schön, dich zu sehen. Aber was war das gerade? Wollte der Kerl dich verbrühen?«

Speer breitete die Arme aus, um sie zu umarmen, was sie tatsächlich zuließ. »Reden wir in meiner Suite in Ruhe miteinander. Kommst du mit?«

Sie nickte. Gemeinsam schritten sie zum Ausgang.

***

Sommer zwängte Luckhart auf die Rückbank des Autos. Drosten nahm hinterm Steuer Platz.

»Verhören wir ihn im Präsidium?«

Sommer wusste, dass Drosten bluffte. Es würde viel zu lang dauern, in Baden-Baden einen Verhörraum zu bekommen. Eigentlich müssten sie den Gefangenen an Hauptkommissarin Schmidt übergeben. Außerdem hatten sie das Bedürfnis, ihn direkt zum Reden zu bringen.

»Sagen wir Schmidt Bescheid. Sie wird ihn uns abnehmen und nach Offenburg transportieren.«

»Ich hab nichts getan«, maulte Luckhart. »Sie haben es verhindert. Zu meinem Glück. Danke!«

»Nichts getan?«, fragte Sommer fassungslos. »Der versuchte Angriff mit heißem Wasser ist wohl Ihr kleinstes Problem.«

»Diese paar Bedrohungen im Internet? Ist das überhaupt eine Straftat?«, entgegnete Luckhart.

Ein ungutes Gefühl kam in Sommer auf. Pokerte Luckhart? »Auch das interessiert uns nicht.«

Luckhart zog die Stirn kraus. »Sondern?«

»Ich fasse es nicht! Unser Gast will uns verarschen.«

»Netter Versuch«, brummte Drosten. »Ich informiere Hauptkommissarin Schmidt. Soll Sie sich mit dem vierfachen Mörder herumplagen.«

»Vierfacher Mörder?«

Selbst in der diffusen Innenraumbeleuchtung erkannte Sommer, dass Luckhart erblasste.

»Wovon reden Sie?«

»Sie haben mindestens vier Frauen erpresst, drei von ihnen getötet und eine in den Selbstmord getrieben. Dafür bekommen Sie lebenslänglich mit anschließender Sicherheitsverwahrung.«

»Hab ich nicht!« Die Stimme des Gefangenen überschlug sich. »Wer behauptet das?«

»Außerdem sind Sie dringend des Mordes an Sascha Weller verdächtig«, fuhr Drosten fort.

»Sie haben den Falschen!«, rief Luckhart. »Ich wollte mich an Speer rächen. Aber ich hab niemanden umgebracht. Glauben Sie mir!«

Sommer kam nicht gegen sein Bauchgefühl an. Er glaubte ihm tatsächlich. Im Innenspiegel des Wagens suchte er Drostens Blick. Der nickte ihm zu.

»Sie rühren sich nicht vom Fleck«, warnte Sommer den Gefangenen.

Zeitgleich stieg er mit Drosten aus. Der verschloss das Fahrzeug mit der Funkbedienung.

»Wir können ihn nicht alleinlassen«, gab er zu bedenken.

»Ich kümmere mich darum.« Sommer rannte zum Eingang des Hotels.

***

Speer öffnete die Tür der Suite. Sylvia hatte ihm auf dem Weg Löcher in den Bauch gefragt. Trotzdem war es ihm gelungen, freundlich zu bleiben, obwohl der Stachel der Demütigung tief in ihm steckte.

»Wow«, sagte sie beeindruckt. »Du hast es wirklich weit gebracht. Das ist größer als meine ganze Wohnung.«

Ohne Vorwarnung vergrub er die Hand in ihrem Haar. Sie stieß einen Schreckensschrei aus. Speer schmetterte ihr Gesicht gegen den Türrahmen. Sylvias Nase brach knackend, Blut schoss hervor, und sie sackte zusammen. Kaltherzig ließ er seine Stiefschwester fallen.

»Wir werden jetzt viel Spaß haben, Schwesterherz.«

Er schloss die Tür der Suite, schleifte sie durch den Raum und warf sie ächzend aufs Bett. Sie wimmerte. Nun musste es schnell gehen. In dem Nachttischschrank hatte er bereits Kabelbinder und einen Mundknebel deponiert. Er holte beides heraus, fesselte zuerst ihre Hände und zwängte ihr danach den Knebel in den Mund. Sie erwachte endgültig aus ihrer kurzen Bewusstlosigkeit und sah ihn schreckerfüllt an. Genussvoll nahm er das ebenfalls in der Schublade liegende Skalpell zur Hand.

»Ich hatte gehofft, wir hätten mehr Zeit miteinander. Aber zumindest werde ich die nächsten Minuten genießen. Anschließend bekommen unsere Mütter Fotos von deinem zerschnittenen Gesicht.«

Sie versuchte erfolglos, ihn abzuwerfen. Speer führte die Klinge unter ihr Augenlid.

»Oder soll ich dir zuerst das Auge ausstechen?«

Sekunden später floss Blut. Der Knebel dämpfte ihre Schmerzensschreie.

***

Sommer rannte ins Restaurant, das sich deutlich geleert hatte. An einem Tisch saßen mehrere Personen.

»Wo ist Speer?«, rief er.

»In seiner Suite«, antwortete ein Mann. »Mit seiner Stiefschwester.« Er zuckte ratlos mit den Achseln.

Sommer fuhr herum und verließ das Restaurant. Der Rezeptionist starrte ihn an.

»In welcher Suite übernachtet Herr Speer?«

»Das darf ich Ihnen ...«

Sommer griff über den Tresen hinweg und packte den Mann am Hemdkragen. »Wenn Sie nicht wegen Beihilfe zum Mord angeklagt werden sollen, geben Sie mir sofort Auskunft.«

»Pe... Pe... Penthousesuite.«

Sommer ließ ihn los. »Haben Sie einen Schlüssel? Sonst trete ich die Tür ein.«

»Nein! Bitte! Sie kriegen einen!« Er drehte sich um und reichte ihm einen Schlüssel mit Messinganhänger.

»Wie komme ich am schnellsten dorthin?«

»Das ist im Nebengebäude. Die Stufen runter, nach links durch den Hof. Dritte Etage. Am oberen Treppenabsatz nach rechts. Ist das einzige Zimmer dort.«

»Wehe, Sie warnen ihn.«

Sommer rannte los. In dem kleinen Innenhof, der beide Gebäudeteile des Hotels miteinander verband, hatten sich ein paar Frauen versammelt. Sie warfen ihm verwunderte Blicke zu. Er sprintete an ihnen vorbei, erreichte das Nebengebäude und hetzte die Stufen hoch. Zwei Frauen kamen ihm entgegen, denen er auswich. Dann war er endlich im obersten Stockwerk, erreichte die Tür und rammte den Schlüssel ins Schloss. Sommer stieß die Zimmertür auf und betrat einen kleinen Flur, von dem drei Zimmer abgingen.

Da hörte er einen gedämpften Schrei. Er folgte der Geräuschquelle, zog die Pistole aus dem Schulterholster und erblickte Speer auf dem Bett, über eine Frau gebeugt. Sein Hemd und seine rechte Hand, in der er einen funkelnden Gegenstand hielt, waren blutverschmiert.

»Sie kommen zu spät.« Speer stach zu.

Im selben Moment drückte Sommer den Abzug. Der Schuss war ohrenbetäubend laut. Der Mörder sackte zusammen, das Skalpell rutschte ihm aus den Fingern.

Der Hauptkommissar rannte zum Bett und zog den Mann von der regungslosen Frau. Aus ihrem Hals spritze Blut.

»Hilfe!«, schrie Sommer. »Hilfe!« Verzweifelt presste er ein Kissen auf die Wunde. Speer rutschte vom Bett und schlug mit dem Kopf hart am Boden auf. Er stöhnte. Sommer nahm das Handy aus der Jacketttasche und wählte Drostens Nummer. »Wir brauchen Notärzte«, brüllte er. »Speer ist der Mörder. Ich hab ihn niedergeschossen. Aber sein letztes Opfer verblutet.«

30

In mühevoller Kleinarbeit recherchierten Sommer und Drosten, ob die Anschuldigungen Luckharts der Wahrheit entsprachen. Dank der Quellen, die das BKA anzapfte, fanden sie schließlich heraus, dass der Mann recht hatte. Speer hatte Mittelsmänner angesetzt und sogar eine kleine Firma gegründet, um dem ehemaligen Partner Kunden abzuwerben. Offenbar war er in jeder Hinsicht äußerst rachsüchtig. Für den Mord an Weller hatte Luckhart zudem ein lupenreines Alibi, weil er das entsprechende Wochenende im Ruhrgebiet verbracht hatte.

Da er nicht vorbestraft war, rechneten Sommer und Drosten damit, dass er aufgrund der versuchten schweren Körperverletzung eine Bewährungsstrafe erhalten würde. Wahrscheinlich würde die wegen der Umstände am unteren Rand des möglichen Strafmaßes liegen, das bei sechs Monaten begann.

Schwieriger war es, Speer den Mord an Weller nachzuweisen. Während sich der Täter von dem Schulterdurchschuss im Krankenhaus erholte, ermittelten die Polizisten unter Hochdruck. Sie befragten Nachbarn, werteten Videokameras aus und forderten die Daten der Mobilfunkmasten an, die in der Nähe von Wellers Zuhause lagen. Doch Speer hatte es geschafft, keine verwertbaren Spuren zu hinterlassen. Sollte er die Tat nicht gestehen, würde der Mordfall Weller als ungelöst ins Archiv wandern.

Die Mordserie schlug hohe Pressewellen. Was nicht zuletzt daran lag, dass einige Frauen, die am Event in Baden-Baden teilgenommen hatten, die Ereignisse nutzten, um ihre Social-Media-Auftritte zu pushen. Sie verkauften Handyschnappschüsse exklusiv an verschiedene Zeitungen und gaben zahlreiche Interviews. Auch die Mitarbeiter von *Spearsmithy* stiegen in das dreckige Geschäft ein. Da ihre Arbeitsplätze von einem Tag auf den anderen nicht mehr existierten, versuchten sie ebenfalls, ein letztes Kuchenstück abzubekommen.

Einem Reporter gelang es, ein Leck bei der Polizei ausfindig zu machen. So erfuhr die Öffentlichkeit davon, was Josefine Weikert durchgemacht und wie Speer die anderen Frauen mutmaßlich erpresst hatte.

Sylvia Schablas entrann dank Sommers Eingreifen dem Tod nur knapp. Speer hatte die Halsschlagader um Millimeter verfehlt, und Sommers Druck auf die Wunde hatte den Blutverlust begrenzt. Zwar würde sie mehrere Narben zurückbehalten, doch immerhin lebte sie. Sobald sie vernehmungsfähig war, gab sie bereitwillig Auskunft. So erfuhren die Polizisten, dass Gregor Speer früher Florian Gregor Fischer geheißen hatte. Sein Vater hatte sich frühzeitig aus dem Staub gemacht, seine Mutter hatte nach einigen Jahren als Alleinerziehende ein Coming-out gehabt. Sie und Sylvias Mutter hatten sich verliebt und waren zusammengezogen.

»Mama und Gloria haben ihn nicht gut behandelt«, bekannte sie. »Er wurde ständig in sein Zimmer eingesperrt, musste die Wochenenden und die Ferien darin verbringen. Sogar seinen Hund haben sie ihm abgenommen.«

Bei den Erinnerungen kamen ihr die Tränen.

»Haben Sie ihm zur Seite gestanden?«, fragte Drosten, der das Verhör allein führte.

Sylvia zögerte mit der Antwort.

»Frau Schablas, Ihnen kann strafrechtlich nichts passieren. Sie waren damals ein Kind beziehungsweise eine Jugendliche. Außerdem sind eventuelle Straftaten aus dieser Zeit verjährt.«

Sie schaffte es nicht, ihm in die Augen zu sehen.

»Ich will verstehen, warum Sie sein letztes Opfer sein sollten. Nur wegen meines Kollegen Sommer sitzen Sie noch hier.«

»Ich schäme mich so«, bekannte sie und weinte hemmungslos.

Nach und nach entlockte Drosten ihr die Wahrheit. Die beiden erwachsenen Frauen hatten den Jungen sexuell missbraucht, sobald der geschlechtsreif geworden war. Auch die zwei Jahre ältere Sylvia hatte sich an ihm vergangen. Laut eigener Aussage jedoch nur dreimal. Da sie Drostens Blick mied, glaubte der Hauptkommissar ihr dieses Detail nicht. Doch die wahre Anzahl spielte keine große Rolle.

Die Polizisten forschten in Speers Vergangenheit und erfuhren, dass er im Alter von einundzwanzig Jahren geheiratet und den Namen seiner Frau angenommen hatte. Marie Speer, die inzwischen in Amerika lebte, berichtete ihnen bei der Videochat-Vernehmung von der kurzen Ehe. Ihrer Erinnerung zufolge war sie vor allem an Speers Unfähigkeit gescheitert, körperliche Nähe zuzulassen. Gewalttätig war er jedoch nie geworden.

Nachdem sie diese Information ermittelt hatten, suchten sie noch einmal Natascha Unger auf.

Unter Tränen entschuldigte sie sich für das falsche Alibi.

»Verschonen Sie uns mit Ihren Krokodilstränen«, fuhr Drosten sie an. »Erzählen Sie uns alles über Ihre Geschäftsbeziehung zu Gregor Speer.«

»Vor zwei Jahren buchte er mich das erste Mal«, erinnerte sie sich. »Ich hatte den normalen Ablauf erwartet. Abendessen, gegenseitiges Kennenlernen, Sex. Der letzte Punkt fiel allerdings aus. Wir verbrachten bloß einen anregenden Abend miteinander. Von da an buchte er mich öfter. Manchmal blieb ich sogar über Nacht, aber wir schliefen immer in unterschiedlichen Betten. Er bezeichnete sich mir gegenüber als asexuell und brauchte mich, um den Schein einer Beziehung aufzubauen. Niemand sollte ihn für homosexuell halten. Davor hatte er Angst. Außerdem genoss er unsere Gespräche.«

»Haben Sie sich nicht in Ihrer Berufsehre gekränkt gefühlt und versucht, ihn zu verführen?« Sommer kannte ein solches Verhalten aus seiner Zeit im Untergrund.

Natascha lächelte. »Ein einziges Mal. Er hat es rasch abgeblockt.« Sie zuckte mit den Achseln. »Angesichts der perversen Wünsche anderer Kunden war Gregor immer sehr angenehm.«

***

Vier Wochen nach den dramatischen Ereignissen war Speer endlich vernehmungsbereit.

»Wie haben Sie Ihre Opfer ausgewählt?«, fragte Drosten, der die Vernehmung leitete.

»Ihr Äußeres sollte mich an meine *Mütter* erinnern.« Er spuckte das Wort verächtlich aus. »Dank Instagram und Facebook ist es so einfach, eine Vorauswahl zu treffen.«

»Aber Sie haben sich auf Anwenderinnen Ihrer Software beschränkt?«

»Ich hatte gehofft, das würde niemandem auffallen.«

»Wieso eigene Kundinnen?«

»Um ihnen die Malware unterzujubeln. Wenn einem der Geschäftsführer einer angesehenen Firma schreibt, zögern die Wenigsten, einen Link anzuklicken.«

»Wie vielen Frauen haben Sie den Virus untergejubelt?«

»Circa vierzig. Wobei die meisten von ihnen nicht als Opfer infrage kamen. Ich brauchte Frauen, die auf meine Erpressungsversuche eingehen mussten. Weil sie sich den Neukauf eines Laptops nicht leisten konnten, ihr Gerät beruflich nutzten und den Vorfall nicht dem Arbeitgeber melden konnten.«

»Oder weil sich auf der Festplatte Erinnerungsfotos von sentimentalem Wert befanden«, ergänzte Sommer.

Speer nickte.

»Erzählen Sie uns von dem genauen Ablauf. Wie gingen Sie vor, sobald eine Frau in Ihrem Netz zappelte?«, fragte Drosten.

Bereitwillig gab Speer Auskunft. Er berichtete, wie er die Frauen zunächst heimlich ausspioniert hatte. Mittels der eingebauten Mikrofone und Kameras hatte er Einblick in ihre Tagesabläufe erhalten. Dank der Kontrolle über den Computer kannte er zudem ihren finanziellen Hintergrund, da alle Opfer Onlinebanking nutzten. Danach erzählte er haarklein, wie er ihr Leben stückchenweise zerstört hatte.

»Wieso musste Ihr Mitarbeiter Sascha Weller sterben?«, fragte Drosten schließlich.

»Er hat sich in Dinge eingemischt, die ihn nichts angingen. Vielleicht deshalb?«

»Die Tat war von großer Wut geprägt. Warum?«

»Wie kommen Sie auf die Idee, ich wäre sein Mörder?« Er lächelte kalt. Doch in seinen Augen erkannte Drosten die Wahrheit. Speer nutzte den einen aus der Reihe tanzenden Mordfall, um sich ein Hintertürchen offenzuhalten. Nützen würde es ihm nichts.

»Egal, ob Sie den Mord an Herrn Weller gestehen oder nicht, Sie werden nie wieder freikommen. Der Staatsanwalt wird auf die besondere Schwere der Schuld im Laufe des Prozesses hinweisen.«

»Ich war als Kind ein Gefangener und werde als Gefangener sterben. Scheint mein Schicksal zu sein«, erwiderte Speer lapidar. »Manche Kinder haben Glück, manche Pech.«

***

Auf dem Heimweg nach dem Verhör hallten Speers Worte in Drostens Kopf wider. Ihm war die Erklärung zu einfach. Nicht immer entschied sich der Lebenslauf eines Menschen in dessen Kindheit. Drosten selbst hatte zweifelsohne ein unbeschwertes, behütetes Umfeld genossen. Melanie ebenfalls. Doch auch in ihren Biografien gab es Ereignisse, die zu anderen Lebenswegen hätten führen können. Sie hatten sich bewusst dagegen entschieden, den manchmal einfacheren Weg zu wählen. Genauso wenig wurde jedes missbrauchte Kind später selbst zum Täter. Menschen konnten den vorgezeichneten Pfad verlassen und eine andere Richtung einschlagen.

Drosten parkte den Wagen in der Garage. Dabei dachte er an Dana. Das Mädchen hatte schon viel Pech im Leben gehabt, trotzdem wirkte es meistens lebensfroh. Er und Melanie müssten Dana helfen, die positive Einstellung niemals zu verlieren. Um ihr eine kleine Freude zu machen, hatte er auf dem Heimweg einen Umweg in Kauf genommen und ein neues Kuscheltier besorgt. Mit dem flauschigen Einhorn in der Hand steuerte er ausgelassen die Haustür an. Im Flur bellte Rocky, der die Ankunft seines Herrchens kaum hatte erwarten können.

Drosten lächelte, als er die Tür aufschloss. Gleich sprang Rocky an ihm hoch, und aus dem Wohnzimmer kamen Melanie und Dana herbeigeeilt.

Das Mädchen sah das Kuscheltier und riss begeistert die Augen auf. »Für mich?«

»Ich hoffe, es gefällt dir.«

»Und wie! Danke!« Sie presste das Einhorn an ihr Gesicht. »So weich! Toll!«

Zufrieden betrachtete Drosten seine kleine Familie. Er hatte die richtigen Wege eingeschlagen. Nun kam es darauf an, das alles nicht zu verlieren. Dafür würde er kämpfen.

Nachwort

Liebe Leserinnen und Leser,

das war er also: der mittlerweile fünfte Fall der *Kriminalermittlungstaktischen Einsatzgruppe*. Ich hoffe, er hat Ihnen gefallen, und bedanke mich bei Ihnen für den Kauf beziehungsweise das Ausleihen des Thrillers. Falls Sie diese Zeilen, die ich übrigens am 1. Advent schreibe, noch vor Weihnachten 2018 lesen, wünsche ich Ihnen ein frohes und besinnliches Weihnachtsfest. Falls Sie erst danach zu meinem Buch gegriffen haben, wünsche ich Ihnen ein tolles Jahr 2019. Passen Sie auf sich auf!

Wenn Ihnen der Roman gefallen hat und Sie mich unterstützen wollen, nehmen Sie sich doch bitte ein paar Minuten Zeit und hinterlassen eine Bewertung auf der Produktseite meines Buches bei Amazon. Vielleicht sind es dann Ihre Worte, die einen Leser, der mich noch nicht kennt, überzeugen, meine Bücher zu lesen.

Per E-Mail kontaktieren Sie mich unter: marcushuennebeck@outlook.de

Auch per Facebook erreichen Sie mich: www.facebook.com/MarcusHuennebeck

Falls Sie alle Informationen zeitnah erhalten wollen, empfehle ich Ihnen, sich in meinen Newsletter einzutragen: www.huennebeck.eu/newsletter

Alle Leser, die sich neu eintragen erhalten die Kurzgeschichte *Die Namen des Todes – Die Jagd beginnt* als Dankeschön geschenkt.

Vielen Dank und herzliche Grüße

Marcus Hünnebeck

Lesetipps

Die Todestherapie

Gero Ruppert kennt sich aus mit Trauer und Verzweiflung. Der Psychologe betreut Eltern, die ihre Kinder auf schmerzliche Weise verloren haben. Als ein 17-jähriges Mädchen brutal missbraucht und ermordet wird, kontaktiert Ruppert die verwaiste Mutter und bietet ihr an, sie psychologisch zu behandeln.

Drei weitere junge Frauen sterben, und Ruppert kümmert sich um die trauernden Hinterbliebenen. Für die Soko rund um die Kommissare Drosten und Sommer steht trotz wasserdichter Alibis der Hauptverdächtige fest: Der Mörder kann nur Gero Ruppert selbst sein. Hat er einen Helfer? Spielt er ein falsches Spiel mit traumatisierten Eltern? Doch die Polizisten ahnen nicht, dass der Psychologe bedroht wird. Er muss den Anweisungen eines Erpressers folgen, um nicht seine eigene Tochter zu verlieren. Je näher die Soko den wahren Hintergründen kommt, desto stärker gefährdet sie das Leben des Mädchens – wogegen Ruppert mit allen Mitteln kämpft.

Der Wundennäher

Anonyme Anrufe, Blumen auf der Fußmatte, spätabends ein Klopfen an der Tür. Svenja hat Angst vor einem unheimlichen Verehrer und verkriecht sich. Trotzdem geschieht das Unvorstellbare, als sie eines Tages einem Nachbarn die Tür öffnet. Sie wird zur Gefangenen in ihrer eigenen Wohnung und erleidet grausame Qualen. Svenjas einzige Chance ist ihre Freundin Irina, der sie von den unheimlichen Vorkommnissen erzählt hat. Als Irina endlich versteht, warum sie ihre Freundin nicht mehr erreicht, hängt auch ihr Leben am seidenen Faden.

Robert Drosten und Lukas Sommer jagen den besonders brutalen Serienmörder, doch der scheint ihnen immer einen Schritt voraus zu sein. Es gelingt ihm sogar, die Polizei in eine tödliche Falle zu locken. Aber dann wendet sich das Blatt und der Mörder gerät unter Zugzwang. Den Polizisten bleibt nicht viel Zeit, um das Schlimmste zu verhindern.

Der Schädelbrecher

Vanessa kennt sich aus mit Gewalt. Ihre Mutter ist Kriminalkommissarin, ihr Vater war Profiler beim LKA. Die Studentin berichtet in den sozialen Medien über Schwerverbrechen und hat unzählige Fans. Als eine ehemalige Schulfreundin niedergemetzelt wird, erweckt dies großes Interesse auf Vanessas Kanälen. Kurz darauf bekommt sie einen blutverschmierten Würfel zugespielt und beschließt, auf eigene Faust zu recherchieren.

Weitere Morde geschehen. Lukas Sommer und Robert Drosten übernehmen die Ermittlungen, ahnen jedoch nicht, dass die junge Frau wichtige Hinweise zurückhält. Denn sie will endlich aus dem Schatten ihrer Eltern treten und den Schuldigen eigenmächtig überführen. Doch genau darauf hat der Mörder spekuliert.

Blut und Zorn

Marko denkt sich zunächst nichts dabei, als er eine Person aus seiner Vergangenheit zufällig wiedertrifft. Doch am nächsten Abend steht sie unerwartet vor seiner Tür. Sekunden später ist Marko tot. Niedergemetzelt in rasender Wut. Aber das ist erst der Beginn eines Strudels der Gewalt: Wochen später stirbt ein zweites Opfer auf die gleiche Weise.

Lukas Sommer und Robert Drosten finden heraus, dass die beiden Toten Jahre zuvor für dieselbe Firma gearbeitet haben. Was hat beim Täter den Wunsch nach Vergeltung ausgelöst? Ist ein ehemaliger Mitarbeiter der Mörder? Sommer und Drosten bleibt nicht viel Zeit, um die Hintergründe aufzuklären, denn der Rachedurst des Täters ist noch lange nicht gestillt.

Die Namen des Todes (Robert Drosten 1)

Ein Hacker spielt dem BKA brisante Informationen zu: Internetpseudonyme, Bilder und Chatnachrichten. Das Material stammt angeblich von Serienmördern, die sich über ein Forum im Darknet austauschen. Als ein im Internet angekündigter Doppelmord tatsächlich verübt werden soll, gerät das BKA unter Zeitdruck.

Hauptkommissar Robert Drosten leitet die zuständige Sonderkommission, die den Killer rechtzeitig verhaftet. Doch als der Mann seinen Anwalt ins Vertrauen zieht, schreckt er damit die Nutzer des geheimen Darknet-Forums auf. Einer von ihnen verfolgt fortan ein ganz besonderes Ziel: Drosten ein für allemal zu brechen.

Schuld vergibt man nie (Robert Drosten 2)

»Schuld vergibt man nie.« Oberkommissarin Katharina Rosenberg kann sich keinen Reim auf diese Botschaft machen, die sie am Tatort eines Mordes entdeckt. Als sich Robert Drosten vom BKA einschaltet, gelingt es ihnen, die Hintergründe aufzudecken. Der Mörder will den grausamen Tod eines Kindes rächen. Die Polizisten kommen dem Täter auf die Spur, doch jemand warnt ihn. Wer ist der unbekannte Verräter, der alles daran setzt, Drosten zu schaden? Während der Hauptkommissar den Mörder jagt, holt sein Gegenspieler zum vernichtenden Schlag aus.

Rudelfänger (Robert Drosten 3)

Nach einem Streit mit ihrem Freund macht sich die neunzehnjährige Franka mitten in der Nacht allein auf den Heimweg durch einen schlecht beleuchteten Park. Nur Minuten später wird sie von einem Mann überwältigt und betäubt. Frankas Freund eilt zu ihrer Rettung herbei – und bezahlt diesen Einsatz mit seinem Leben. Das BKA um Hauptkommissar Robert Drosten schaltet sich in die Mordermittlungen ein. Vieles deutet darauf hin, dass Franka bereits das fünfte Opfer eines brutalen Serientäters ist, der junge Frauen in seine Gewalt bringt. Was Drosten nicht weiß: Je näher er dem Täter kommt, desto stärker gefährdet er das Leben der Gefangenen. Außerdem muss der BKA-Mann noch an einer anderen Front kämpfen: Sein Ex-Partner verstrickt ihn in ein perfides Spiel und schreckt vor blutigen Opfern nicht zurück.

Rudeljagd (Robert Drosten 4)

Zwei brutale Morde. Zweimal das gleiche, mit dem Blut der Opfer geschriebene Wort: "Rudel". Erst lockt ein Mann eine junge Frau aus ihrer Wohnung und sticht sie nieder. Achtundvierzig Stunden später schlägt der Mörder auf einem Rockfestival erneut zu. Robert Drosten übernimmt die Ermittlungen. Wurden die Toten Opfer eines diabolischen Rachefeldzugs? Drosten sieht sich einem Täter gegenüber, der vor nichts zurückschreckt. Viel zu spät erkennt er, dass er zwischen die Fronten einer erbarmungslosen Auseinandersetzung geraten ist, an deren Ende auch sein Tod stehen soll.

Sommers Tod (Lukas Sommer 1)

An einem sonnigen Frühlingstag verschleppt ein Unbekannter den achtjährigen Simon und seine neun Jahre ältere Schwester Carla. Es geschieht am helllichten Tag und es gibt Zeugen, sodass Kommissar Lukas Sommer rasch eine heiße Spur findet. Beim Rettungszugriff gerät er jedoch in eine heimtückische Falle und verliert fast sein Leben. Als sich ihm eine zweite Chance bietet, setzt er alles daran, das Verbrechen zu sühnen. Aber sein Gegner ist ihm immer einen Schritt voraus.

Sommers Schuld (Lukas Sommer 2)

Eine Krankenschwester wird bei strömendem Regen in dem geliehenen Auto ihrer Kollegin hingerichtet. Schnell kommt der Verdacht auf, dass die Besitzerin des Wagens, die Ex-Frau von Oberkommissar Lukas Sommer, das eigentliche Ziel des Anschlages war. Hängt der Mord mit früheren Ermittlungen Sommers zusammen? Als der Täter wenig später erneut gnadenlos zuschlägt, gilt plötzlich Lukas Sommer als Hauptverdächtiger. Auf der Flucht muss er seine Ex-Frau und seinen Sohn vor einem Mörder schützen, der eine offene Rechnung begleichen und am Ende die komplette Familie ausradieren will.

Weitere Bücher:

Kainsmal
Die Drahtzieherin
Tödlicher Komplize
Wenn jede Minute zählt
Stumme Vergeltung
Verräterisches Profil
Die Rache des Stalkers
In jedem Fall Moll
Im Auge des Mörders
Abschaum
Rampensau
Blender
Bruderlos
Opferraum

35727402R00193

Printed in Poland
by Amazon Fulfillment
Poland Sp. z o.o., Wrocław